U0056573

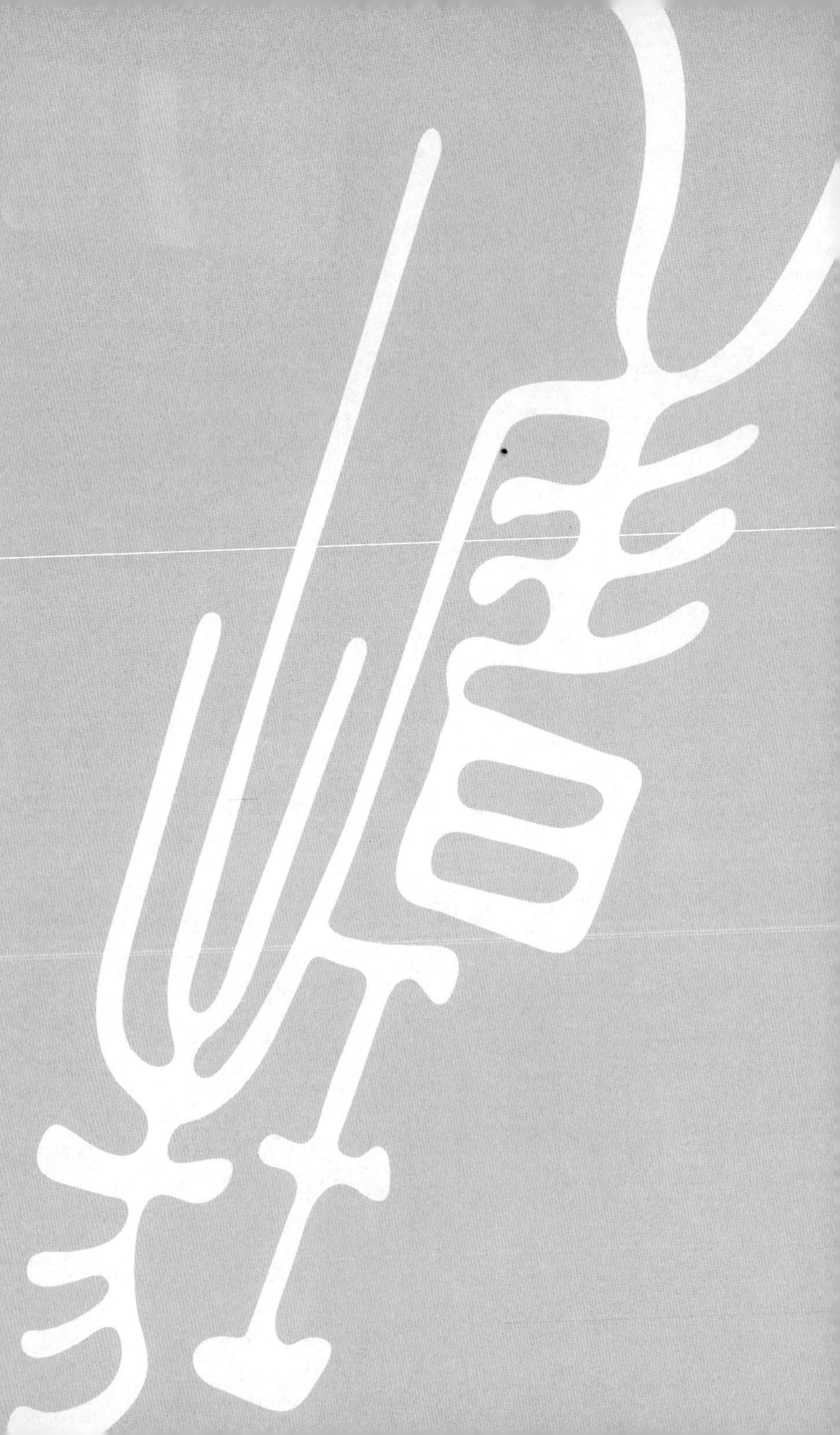

# 德川四天王

川村真二 著

瑞昇文化

導讀／熱血威爾（日本歷史達人、旅遊書作家）

# 稀世珍寶吾不知，德川之寶乃武士

提起大名鼎鼎的戰國三英傑，大家對織田信長、豐臣秀吉、德川家康都耳熟能詳，對於最後取得天下的家康公，還流傳著這樣一句話：「天下有如一餅，信長和麵，秀吉搓圓，家康吃餅」。開創天下太平的德川家康自己曾說：「稀世珍寶吾不知，德川之寶乃武士。」從那時開始，德川的家臣們都下定決心，要跟德川家康同生死、共進退。在德川家康的重臣中知名度最高的：酒井忠次、本多忠勝、榊原康政、井伊直政四人被稱作「德川四天王」，是德川家康為了表彰幫忙建立江戶幕府的這四位武將，將他們比作佛教的四天王。

受邀為這本《德川四天王》寫推薦序，越看越覺得要學習的地方還有很多，書中所列的大大小小戰役比我過去接觸的資料更詳盡。四天王他們是陸續到家康公的身邊，其中年紀最大的是酒井忠次，他從德川家康還是幼童的竹千代時期（那時候的家康公是今川家的人質）就開始輔佐德川家康的政治軍事，不斷反複著為別人家（今川義元）浴血奮戰的艱苦戰役，直到織田信長在桶狹間之戰斬殺今川義元為止。德川家康完敗的「三方原之戰」，看得我淚流滿面，這場戰損失了好多的三河家臣，這才懂得為什麼後世把德川家康的家臣們這種犧牲小我、誓死保衛主公的精神，譽為『三河武士魂』。

三方原之戰後，武田信玄在過年時，挑釁送給德川家一句話「松木枯竹首舞，明日無憂」。松是指松平家、竹是武田，意思是：你德川家就快滅亡了，我們武田家準備過好年。酒井忠次把這句改成「松不枯竹首無，明日無憂」，就是說我們德川家不會滅亡，倒是你武田家才無首（後來確實如此）。從此以後，德川家於正月時，都會將門松裡的青竹斜切當作好兆頭，這個習俗一直從當時經歷江戶時代傳承至今，日本新年在門口擺放插有松木與青竹的裝飾盆栽，就是起源於酒井忠次。因為德川家四天王也是我最欣賞的武將，這一篇推薦序，我想透過他們的故事，也跟讀者分享尋訪德川四天王的生平足跡景點。

德川家康曾說：「若無忠次，我不可能在駿府活下來！」，更讚揚忠次為「三河武士之鏡」。酒井忠次是德川四天王之首，也是德川家的元老，他娶了德川家康姑姑碓井姬為妻，跟著被當作人質的竹千代（家康）來到駿府，不斷提醒、教導家康是三河國名將之後，更是松平家臣及百姓的心靈支柱，桶狹間之戰後，他保護家康回到岡崎，並擔任家老，德川家統一三河後，酒井忠次已是「吉田城」城主（位在現在愛知縣岡崎市井田町），他在長篠之戰提出奇襲的策略，把武田勝賴打得落花流水。晚年，家督讓給大兒子家次後隱居，豐臣秀吉賜給他京都屋敷，七十歲過世，跟他的愛妻碓井姬一起葬在京都「知恩院」山腰的墓地先求院。

到了江戶時代，酒井忠次的庶流後代（非嫡系子孫）改封到庄內藩，就是現在的山形縣鶴岡市。當時的鶴岡城被拆毀改建成鶴岡公園，還保留當時的壕溝及石垣。由北川景子主演的電影《花痕》（改編自藤澤周平小說），也在鶴岡城取景，一到春天櫻花滿開，還曾入選「全國櫻花名所百選」，公園內的「莊內神社」祭奠庄內藩藩祖酒井忠次、酒井家次。每年盛夏八月舉行一連三天的「莊內大祭」，會重現庄內藩參勤交代的遊行隊伍。

一向不輕易稱讚別人的織田信長，在長篠之戰中，居然稱讚本多忠勝為「華實兼備之將」；本能寺之變後，隨身護衛家康公伊勢大逃脫，家康公說他是「八幡大菩薩」的化身；小牧長久手之戰，本多忠勝以五千兵力反制秀吉的三萬八兵力，讓秀吉無功而返。後來秀吉與家康握手講和，秀吉還將名刀「貞宗」賜給了本多忠勝，這位『四天王』可說是集天下三英傑的讚譽於一身。關原之戰時，本多忠勝擊退勇悍出名的薩摩島津部隊，衝鋒陷陣如入無人之境。戰場上，敵人只要遠遠看到黑色鹿角兜、兩尺長的蜻蛉切和他的鍾馗馬印都聞風喪膽實是一代名將。戰後受封伊勢桑名藩，六十三歲病死在桑名城。忠勝家經歷幾次轉封，跟著家康公入主關八州，他也搬到大多喜藩（千葉縣大多喜町），之後搬到伊勢桑名藩（三重縣桑名市），最後，子孫又回到本多忠勝的出生地三河岡崎（愛知縣岡崎市）。

本多忠勝在關原之戰後蓋的「桑名城」是利用河川地形建造的水城，以前有「海道名城」的美名，可惜現在已經被改建成九華公園，但歷史留下來的景觀仍然很奪目，護城河環繞著公園，讓桑名這裡像水鄉澤國般，是個讓人會覺得很清閒的小城鎮。本多忠勝的舊領千葉縣大多喜城，居民為了紀念他，從四十年前開始，每年九月底都會舉辦「大多喜城祭」，高潮就是由當地居民身穿盔甲扮裝的武士大遊行。而愛知縣岡崎市，為了推廣岡崎的歷史和三河武將文化，成立了『グレート家康公「葵」武将隊』由一群帥哥裝扮成德川家康和德川四大天王，以岡崎公園為據點展開演舞表演，還可以跟遊客互動、拍照，讓旅客就像穿越到四百年前，非常有趣。

榊原康政，與四天王的本多忠勝同年齡，十三歲時，被父親帶到大樹寺拜謁家康，就被家康提拔為隨身小姓，後來，在小牧．長久手之戰，擊退豐臣秀次，森長可、池田恆興都死在他手下，因功勳彪炳被分封於上野國館林藩（現在的群馬縣館林市）。關原之戰，陪同德川秀忠行經上田城被真田昌幸阻擾，加上壞天氣而來不及參加關原之戰，而被家康公疏遠，他以自己沒有獲得戰功而繼續留在館林藩，直到五十九歲過世，葬在群馬縣館林市楠町善導寺。後來，到了江戶時代，他的子孫榊原政岑表現太闊綽、流連妓院，八代將軍德川吉宗對他相當不滿，懲罰榊原政岑移封到越後高田藩（現在的新潟縣上越市）。

在與榊原康政有關的4個城市舉辦名為「榊原サミット」的活動，這4個城市是：榊原康政出生的愛知縣豐田市、逝世的群馬縣館林市、榊原家後代曾經擔任城主的兵庫縣姬路市和新潟縣上越市。在新潟縣上越市的「榊神社」，主祭神正是榊原康政，神社境內的「雙輪館」更收藏著榊原康政使用的鎧甲、頭盔、刀劍和馬印。

德川四天王中最年輕的井伊直政，在1561年出生，當時酒井忠次已經三十四歲、本多忠勝跟榊原康政都是十三歲。井伊直政的童年很辛苦，在他二歲的時候，父親直親因為涉嫌暗殺主公今川氏真，被今川氏真處死，開始過著逃亡生涯，他的姑姑「井伊直虎」把他當作養子養育，這段故事將出現在柴崎幸主演的明年NHK大河劇《女城主直虎》，直到得到德川家康的賞識，重新獲得一族的領地「井伊谷」（位於靜岡縣濱松市北區）。

他剛投靠家康公時，並非三河譜代家臣，井伊直政說：「願為德川家之厚恩而身死以為報答！」家康公曾評價直政：「平時沈默寡言，但心平穩重，想著不少計劃，下定決心執行計劃就決不退縮」，得到家康公特別信任，。歷史學家指出「德川家中，本多忠勝與榊原康政是武功優秀，本多正信是政治智略優秀，但兩者兼持者，只有井伊直政。」之後，開始在德川家的舞臺活躍，更代替了酒井忠次擔當旗本手先鋒。武田家滅亡後，井伊直政從這群投降德川家的遺臣當中，把武田家的赤備隊再次復活，成為敵軍聞風喪膽的一支軍隊。小牧・長久手之戰時，秀吉軍非常懼怕井伊直政的驍勇善戰，開始有了「赤鬼」的外號，他的另一個外號是「人斬兵部」。關原之戰後，家康公賞給他彥根藩（現在滋賀縣彥根市），因為在戰場上被鐵砲射擊得了破傷風，四十二歲就過世，葬在滋賀縣彥根市清涼寺。

他的舊領井伊谷城，現在已經改為「城山公園」，從山上可以眺望濱松的夜景。傳承井伊家歷史的家廟「龍潭寺」，被靜岡縣指定為文化遺產，祭祀著藩祖井伊直政，現在的龍潭寺也是遠州地區的第一名勝庭園，寺內庭園出自江戶時代的庭園名師小堀遠州規劃設計，室內展示井伊家赤紅色的盔甲、鶯聲地板的走廊、左甚五郎的龍雕刻，都非常有看頭，到了秋天，則是遠州著名賞楓景點。

井伊家後來改封的彥根藩，位於日本關西地區的滋賀縣彥根市，大部份的朋友來關西玩，都是去京阪神奈良，漏掉滋賀縣，但其實滋賀縣在京都的隔壁，距離不遠。這裡有日本僅存十二座古天守閣之一「彥根城」，而且常常被當作時代劇的拍攝地點，像是藤澤周平導演的「武士三部曲」：木村拓哉及檀麗主演《武士的一分》、真田廣之及宮澤理惠主演《黃昏清兵衛》、永瀨正敏及松隆子主演《隱劍鬼爪》跟萬城目學小說《偉大的咻啦啦砰》改編電影都是在這取景。如果讀完這本書，有機會你也可以安排旅程，來個懷古思情德川四天王的古蹟巡禮。

# 德川四天王　目錄

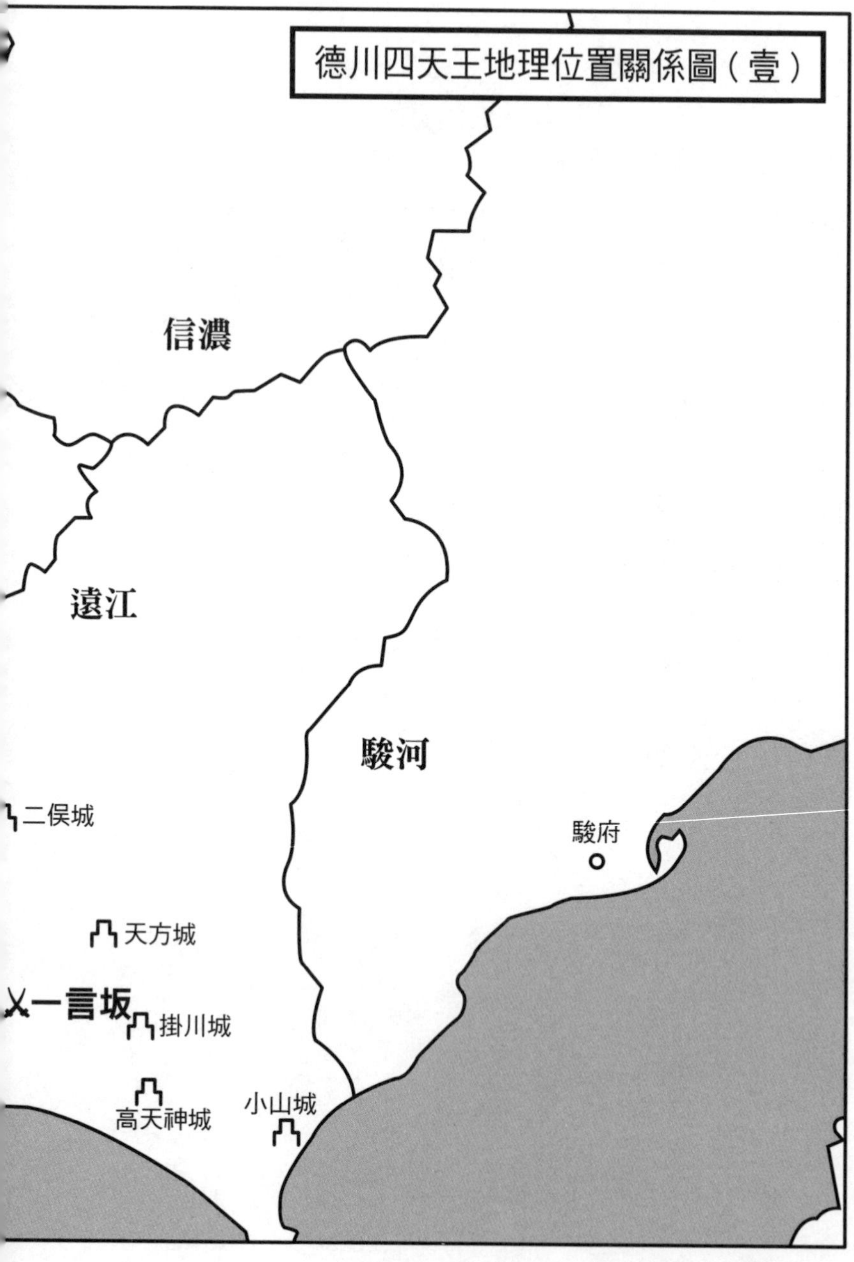
德川四天王地理位置關係圖（壹）
信濃
遠江
駿河
駿府
二俣城
天方城
一言坂
掛川城
高天神城
小山城

犬山城
八幡林
樂田城
小牧山城
美濃
小幡城
勝幡城
白山林
清洲城
岩崎城
三河
大高城
桶狹間
尾張
田峯城
岡崎城
作手城
安祥城
小豆坂
長篠城
設樂原
牛久保城
井伊谷城
吉田城
田原城

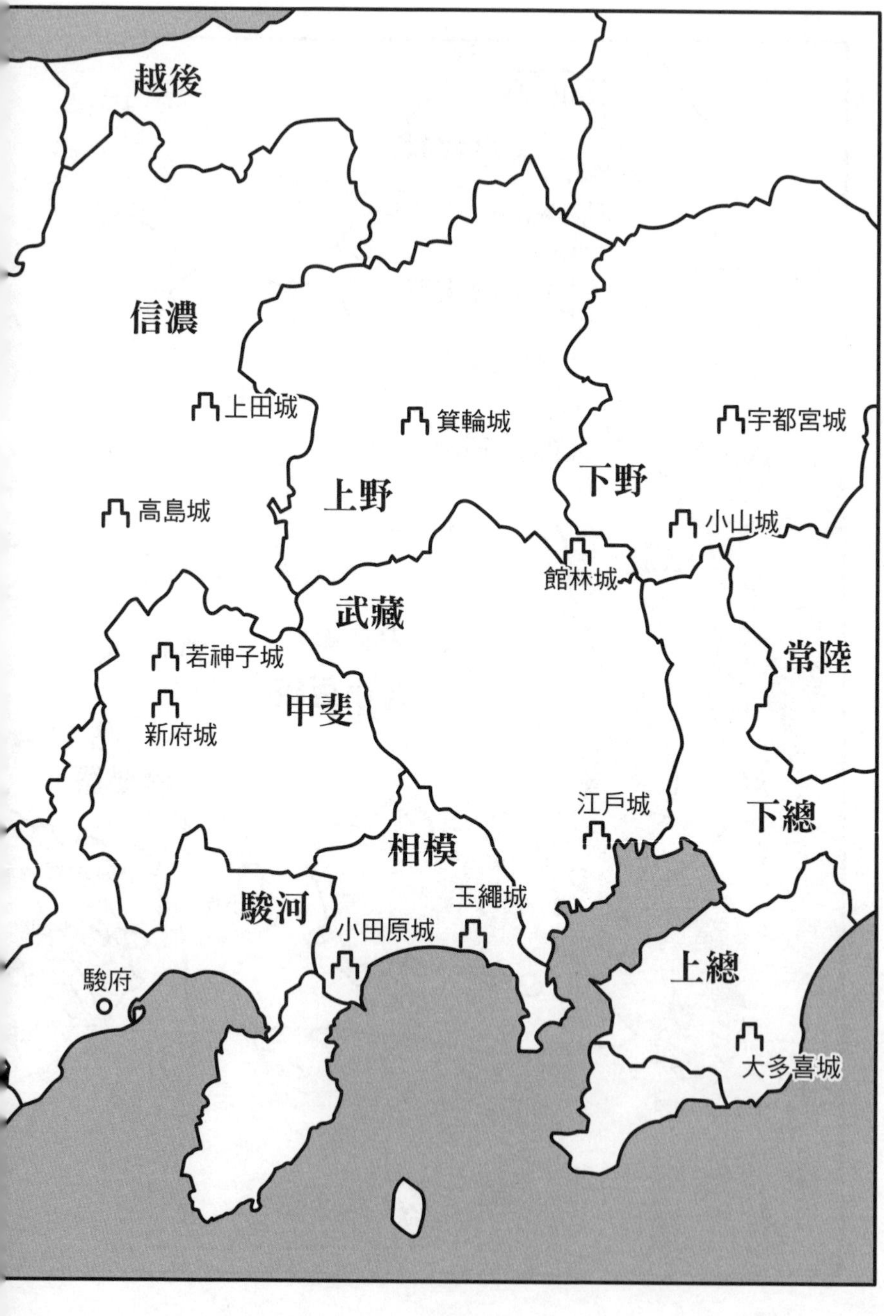
越後
信濃
上田城
箕輪城
宇都宮城
下野
上野
高島城
小山城
館林城
武藏
常陸
若神子城
甲斐
新府城
江戶城
下總
相模
玉繩城
駿河
小田原城
上總
駿府
大多喜城

# 德川四天王地理位置關係圖（貳）

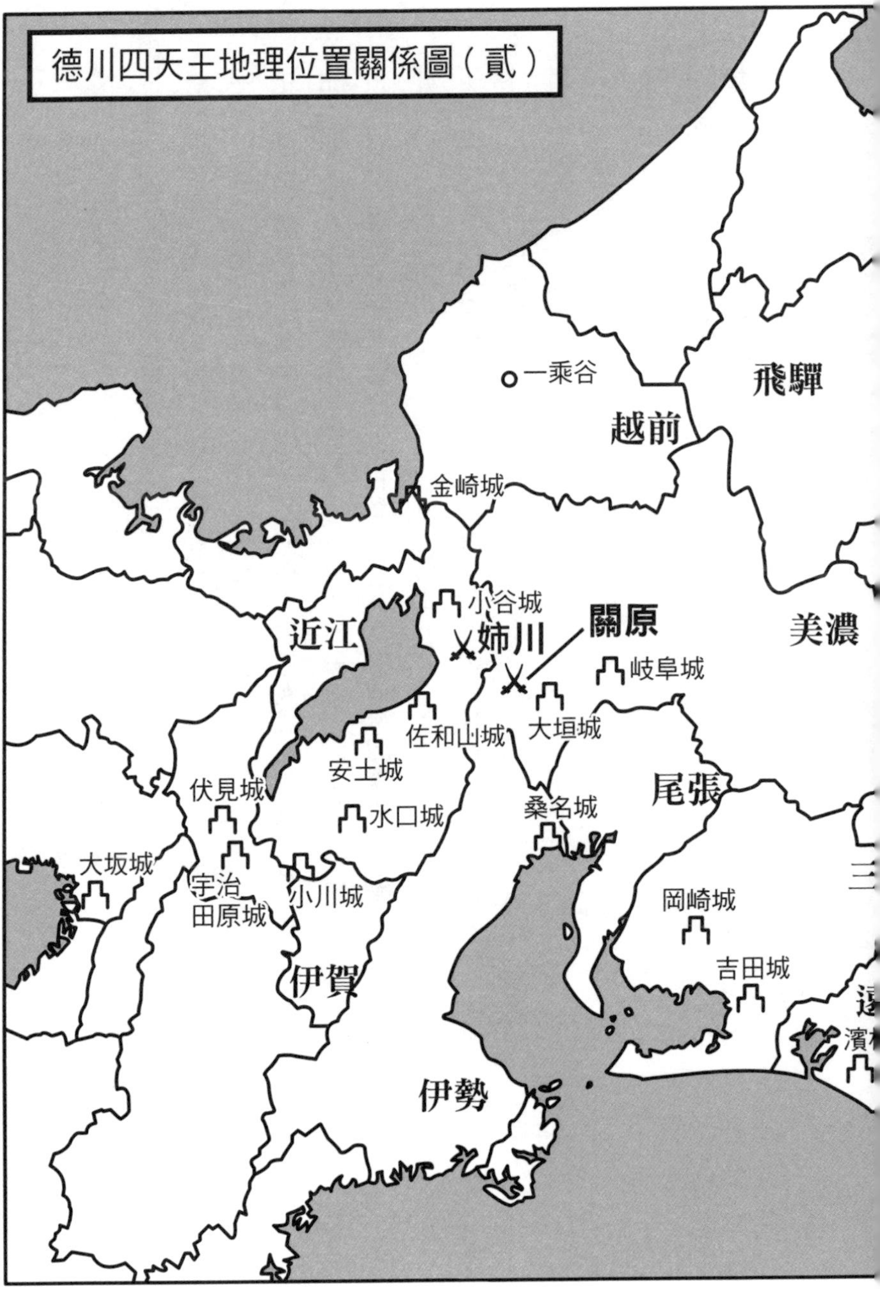

# 序

某日，關白[1]豐臣秀吉於眾諸侯前逐一展示刀劍、槍、甲冑、茶具、陶器、掛軸與襖繪[2]等稀世珍品。豐臣秀吉頻頻撫鬚，驕傲地介紹這些珍品的來歷。

寶物展示告一段落後，秀吉向眾諸侯問道：

「好，那諸位是否也有堪稱稀世珍品的寶物？」

諸侯各自列舉幾個腦海中浮現的自家珍寶。秀吉大悅，對每件寶物都大力讚許道：「真是珍品、傑作啊！」秀吉暗想，以統一天下霸主的威儀，天下寶物早已盡歸我有，再如何褒揚，諸侯口中的寶物也敵不過自己的收藏。若真有更稀奇的寶物，之後再向諸侯討來便是。

此時，大納言[3]德川家康則傷透腦筋。秀吉心想，家康並非風雅之人，只是一介草莽武夫，不知德川家有何物堪稱稀世珍寶。家康歪著頭苦思寶物，豐臣秀吉見狀，愈發暢快。

終於，家康彷彿靈光乍現般銅眼圓睜，望向秀吉。秀吉察覺家康的視線，靜靜等候答覆，其他諸侯也默默看著家康。

「在下惶恐，不知這是否也能算得上稀世珍寶。」

秀吉頷首，津津有味地喝了一口茶。

「德川家的珍寶……」

家康支支吾吾，秀吉用親切的眼神示意家康：「不必多慮，說吧！」

---

①職官名，統領全國事務的大臣。
②紙門上的畫作。
③職官名，地位低於關白。

家康正色道：「容在下斗膽一言，德川家有五百名勇士，即便是危急之際也願意為我赴湯蹈火在所不辭。若要說德川家有什麼寶物，在下只能想到這個了。」

秀吉臉色一沉，整個宴會氣氛變得十分尷尬。諸侯都在想，大人心情正好，推說家裡沒什麼好東西，低頭道歉便可了事，他卻偏要天外飛來一筆。此時，秀吉彷彿忘記方才的尷尬氣氛，爽朗一笑。

「真不愧是大納言，您說的我能理解，但我想問的是物品不是人啊！」

語畢，眾諸侯點頭附和。

家康緊張地拭去額頭上的汗水，

「真是讓大人見笑了。在下竟然說出這麼不識趣的話。」

家康用苦笑掩飾自己的手足無措。

秀吉移開視線，沒再看家康一眼，轉身與諸侯繼續談笑，討論方才的稀世珍寶，徹底忽略家康。

家康是一生都在戰場上殺敵的男人，他真心認為：

稀世珍寶吾不知，德川之寶乃武士。而這令秀吉畢生羨慕不已。

家康麾下有後世稱為「德川四天王」的名臣。「德川四天王」之稱始於江戶時代，從家康幼年到關原之戰四天王一直是輔佐家康的股肱忠臣。家康所說的五百名勇士，便是以酒井忠次、本多忠勝、榊原康政、井伊直政為首。

秀吉意欲將四人納入麾下，曾私下分別勸誘四人，但全都遭拒。最能體會「德川之寶乃武士」這句話的人，莫過於一代名將豐臣秀吉了。

# 第一章　先人遺物贈忠臣　忠次鐵騎勇殺敵

天文十七年（一五四八年）三月，酒井左衛門尉忠次前往三河國[1]探望臥病在床的岡崎城主松平廣忠。

廣忠在岡崎城旁的宅邸養病，肩上披著羽織[2]坐在病榻上等候忠次來訪。二十二歲的忠次是松平家的重臣，他進門先將頭盔放在木製地板上，然後跪坐朝廣忠行禮並報告：「在下馬上就要領軍出征了。」

廣忠頷首用略顯低沉的嗓音說：

「瞧我這病懨懨的樣子，想上陣殺敵都難，真是沒用。這場仗只能靠你了。你務必拿下織田信秀這小賊。」

「在下定不負所望，拿下信秀小賊奪回安祥城！今川家太原雪齋大人的援軍隨後就到，請您放心。」

忠次略略抬起下巴，眼神堅定。他鼻梁高挺前額寬闊。嘴上蓄鬍，低垂的嘴角透露出堅強意志。

廣忠滿意地點點頭，吩咐隨從：「端上來。」

隨從端來檜木製高腳托盤，上面放著采配。所謂采配，就是在戰場上調兵遣將的指揮

①今愛知縣中東部。

②穿在和服外的短版外套，胸口和背後繡有家徽。

棒。忠次凝視采配，長一尺二寸④柄上的紅漆略微脫落，顯然已使用很久，尾端裝飾用的黑色流蘇，搭配前端中國氂牛毛製成既白又長的毛球。因為像極了畫中唐獅子的毛髮，這種氂牛毛當時稱為「唐頭」。忠次疑惑地看著廣忠，不知為何差人取來此物。

「此乃先父清康遺物，與你身上酒井家傳的頭盔十分相配啊！」

廣忠的父親乃一代猛將松平清康。忠次一聽不禁看著放在身旁的頭盔。

頭盔上裝飾著寶劍與一對金屬角，內面埋有二十公分左右的白氂牛毛，所以廣忠才會說采配跟頭盔相配。

忠次掩不住激動漲紅臉頰，向廣忠叩首：「在下不勝感激，這就斗膽收下了。」

廣忠高聲說：「你戴上家傳頭盔手持既白又長的采配，馳騁戰場一定更顯威風。先父雖在我年幼時仙逝，仍是統一三河國的英雄、一位傑出的武士。忠次啊！你自幼侍奉松平家，這雪白的唐頭盔甲和采配會指引你，前往該去的地方。去打一場光耀門楣的仗吧！」

「承蒙大人賜予卑職貴重的先主遺物，忠次願為大人拼死一戰殲滅敵人。」

忠次雙手接下托盤上的采配後，用右手舉起細細端詳。

然而，忠次卻在廣忠面前躊躇半晌，因為竹千代（德川家康的乳名）尚為織田信秀所囚，該如何是好理應早有定論，忠次卻仍猶豫不決。

酒井家的祖先原是松平家始祖德阿彌⑤之子，也就是說酒井家與松平家系出同族。距今約六百五十年前，時宗⑥的行腳僧德阿彌來到三河國坂井鄉（酒井鄉），與酒井家的女兒生下

---

④約四十公分。
⑤日後更名為松平親氏。
⑥屬佛教淨土宗之一。

子嗣。

德阿彌在酒井鄉生活數年後，輾轉到松平鄉並入贅松平家繼承家業。此時生下的孩子，便為松平家的嫡長子，第五、六代分別是清康與廣忠。

而早先在酒井鄉生下的孩子，襲名酒井廣親成為松平家的臣子。第六代乳名小五郎，也就是忠次，為松平家譜代大臣之首。酒井家長男代代襲名左衛門尉，次男則襲名雅樂頭，而忠次襲名左衛門尉。

清康因家臣誤會慘遭毒手，二十五歲便死於非命，廣忠才十歲就被迫成為一家之主。此時，鄰國尾張國（今愛知縣西部）的織田信秀，趁清康亡故之際攻打三河國，松平一族拼死抵抗才勉強退敵，至此，松平一族分為十八個家系。

廣忠的大叔父信定從前就意圖反叛清康，不久也起兵攻打廣忠的領地。此後松平一族分為親廣忠、反廣忠兩派相互鬥爭。忠次的祖父・康忠與父親・忠親，保護廣忠（幼名亦為竹千代），離開岡崎城逃往伊勢國（今三重縣）投靠清康的妹夫吉良持廣。當時九歲的小五郎（忠次）也在逃亡隊伍中，他總是模仿祖父、父親的口吻安撫長一歲的竹千代說：「有臣等守護，請您安心。」

吉良認為以一己之力無法保護竹千代，於是向東邊的遠江國⑦、駿河國⑧兩國領主今川義元求援。竹千代、小五郎主僕為投靠義元，動身前往駿府⑨。旅途中松平康忠病死，之後

⑦今靜岡縣中、東部。
⑧今靜岡縣西部。
⑨今靜岡市。

由忠親、小五郎、鳥居忠吉、阿部定吉等人隨行。

年幼的小五郎寄人籬下，在今川家宛若奴僕供人使喚。

某次，竹千代要沐浴，由小五郎負責挑水，途中遇上今川家的大臣朝他喊：「喂，松平家的！」那人淺笑道：「順便幫我家主人提洗澡水吧！」那笑容彷彿在說：寄人籬下的隨從挑個水也不為過！

小五郎本不想搭理他，但又怕事後害竹千代遭罪，只好和今川家的僕人一起拖著台車往返井邊取水。完事後，那位家臣竟高高在上地說：「辛苦了，下次也拜託你了！」小五郎在三河國松平家也位居重臣，若非情勢所逼，不可能幫別人的臣子提水。無奈現在寄人籬下，只能忍辱偷生。

終於，小五郎失落萬分地回到長屋[10]。忠親見狀問道：「怎麼了？」小五郎這才把挑水的事從頭到尾說了一遍。忠親停頓了一會兒，堅定地告訴小五郎：「不愧是吾兒，忍得好。總有一天讓他們後悔莫及！」

小五郎自幼在他人的庇護下忍辱求生，早就學會寄人籬下的生存之道。

此時，他只能用力睜大泛紅的雙眼，努力不讓淚水奪眶而出。

「父親大人，有朝一日吾等必定要讓竹千代大人成為三河國之主。不再需要今川家庇護的一國之主！」

小五郎傾盡畢生之力貫徹當初立下的志願。

[10]一種集合型住宅，面窄呈狹長型且戶戶相連。

過著寄人籬下的生活，同時也看著多位年長的家臣、年輕的小五郎等人為自己忍氣吞聲，竹千代日漸成長。患難之中，君臣情誼更加堅定。

終於，在義元的庇護下，竹千代於十四歲元服[11]更名為廣忠，與小五郎等人返回岡崎城。小五郎成為廣忠的隨從，於十五歲行元服之禮，更名為忠次。

此後，松平家仍內亂不斷，但因為有義元相助，加上酒井忠親、大久保忠俊等人盡力輔佐，至今四散的舊臣漸漸團結一同守護廣忠，廣忠這才保住領主的地位。信定心知目前情勢於己不利，表面上痛改前非，向廣忠俯首稱臣。

廣忠回到岡崎城後，尾張的織田信秀仍常出兵三河。天文九年（一五四〇年）六月廣忠十五歲那年，三河的安祥城被敵軍攻陷。

安祥城在此之前，長達六十年都是松平家的根據地。據說安祥城周邊的一隅，便是後世稱為「安祥七譜代」的發祥地。所謂「安祥七譜代」是指侍奉德川（松平）最久的家臣，分別是酒井、大久保、本多、阿部、石川、青山、植村七家。然而，廣忠卻痛失這歷史悠久的城池與土地。

此後，城池歸織田家所有，由織田信廣（織田信秀長子）任守城將領。

天文十四年，廣忠與本多忠豐（本多忠勝祖父）、十九歲的酒井忠次等人出兵欲奪回安祥城，卻遭織田軍突襲，九死一生逃回岡崎城。此次戰役中，本多忠豐為助廣忠撤退而殿後，最後戰死沙場。

---

⑪成年禮。

屋漏偏逢連夜雨，天文十六年（一五四七年）廣忠的長子竹千代（日後的家康）遭人擄走。

今川義元以支援松平家為交換條件，向廣忠要求人質。廣忠決定將竹千代送至駿府。竹千代的生母於大為廣忠正室，但於大的異母兄長水野信元卻背叛松平家轉而投靠織田。廣忠因顧慮今川家，不得已只好休了於大。

竹千代年僅三歲便與生母分離，六歲又成為人質被送往今川家。

襖熱的夏日，竹千代離開岡崎城前往今川家。

同行的有玩伴阿部德千代（日後更名為正勝）、天野又五郎（日後更名為康景）、平岩七之助（日後更名為親吉）等幼童三名，還有石川家成等二十名左右的護衛。

松平廣忠迎娶三河的田原城主戶田康光之女為續絃。

戶田康光自告奮勇擔任護衛，出發當天帶著五名左右的隨從到岡崎城接竹千代。康光向廣忠、忠次、家成等人說明護衛竹千代前往駿府的路線。

「到西郡前走陸路，再搭乘在下準備的船隻到對岸吉田（今稱豐橋）後，改行陸路至駿府，請您放心。」康光表情沉穩地解說路線。

竹千代一行人不久便出了西郡。岸邊停泊三艘船，由戶田先登船，接著是竹千代與平岩等幼童、戶田的兩位家臣，在石川家成等隨從上船前，船卻先行離岸。其他兩艘船由戶田家的三名護衛先行登船，松平家隨從上船前，船隻又快速駛離岸邊。

石川家成等人一時毫無頭緒，不知眼前已經發生叛變。年幼的平岩等人無法抵抗，先後被丟入海中。家成等松平護衛隊意會到事態嚴重時，船隻已經駛離十幾公尺。

康光喊道：「竹千代就交給在下了。」

三名幼童拼命地游，才終於到達岸邊。

陽光耀眼的海面上，已不見竹千代所乘之船了。

康光以銀兩五百貫的價格，將竹千代賣給織田信秀。沒想到康光竟然為了錢，背叛自己的女兒、女婿和外孫。

石川家成等人，千頭萬緒地回到岡崎城。

廣忠與忠次等家臣無比錯愕，一時語塞。大久保忠俊、松平政忠（松平康忠之父）怒氣無處發洩，怒叱家成：「你竟然眼睜睜看著……」

家成表情痛苦地告退。

在回休息處的途中，家成突然跳下庭院，坐在角落欲切腹謝罪。跟在家成後頭的忠次，跳下庭院阻止家成。

「沒能看穿戶田謀反，眾人皆同罪。足下若切腹，只是徒然浪費性命。請留下這條命，救回竹千代大人。」

忠次堅定地凝望家成。

織田信秀手中握有竹千代，三河形同囊中之物，旋即以書信威脅廣忠。

「竹千代在吾手中，吾必善待之。足下應當明白吾意。」

廣忠召集松平政忠、酒井忠次、石川康正（家成兄長）、石川家成、大久保忠俊（忠員兄長）、大久保忠員（忠世之父）、鳥居忠吉（鳥居元忠之父），共商今後應對織田信秀與今川義元之策。

忠次認為無論如何不能使今川家有疑慮，獲得家臣一致同意後，火速以書信通知義元。

——十分慚愧，竹千代因戶田康光叛變，落入織田信秀之手。今後無論竹千代如何遭罪，松平家也敢對天地發誓，絕不與織田家聯手，請義元大人務必繼續賜予支援。——

書狀送出後，廣忠與家臣皆十分苦惱。

松平家嫡長子落入敵軍之手，我軍若反抗便會被殺。以此為前提，必須決定松平家今後該如何生存。

若失去竹千代，松平家便毫無未來可言。但若為保全竹千代性命而背叛今川家，則義元便會以廣忠忘恩負義之名出兵三河。屆時松平家無力防禦，只能依靠宿敵織田家。竹千代為人質，松平家便須接受織田家無理要求，若不想落入這般田地，只能捨棄竹千代，繼續依靠今川家。

這種話即便是老臣也無法在廣忠面前說出口。

廣忠察覺家臣心思便起身離席。

「諸位，今日在此談話的內容，切勿外傳。」松平政忠痛苦地開口說話。

政忠是長澤松平家第七代當家，妻子碓井姬乃清康之女，家世相當顯赫。

在座的家臣皆應道：「當然。」

「恕我直言。」最年長的鳥居忠吉開口。

「保護竹千代大人是為了松平家的未來。只要少主活著，有朝一日定能改變松平家的命運。」

大久保忠俊頷首表示：「確實如此。」

過一會兒，忠次提出疑問。

「在下惶恐，保護竹千代大人乃吾等職責所在，但竹千代大人淪為人質，松平家此生都會受可恨的信秀使喚，主公、家臣乃至百姓都將被迫付出相當大的代價。」

忠吉答道：「即便如此，那也是吾等職責所在，只能靜待時機。眼下只能先接受織田提出的條件。無論如何，請諸位忍辱負重。」

政忠提出令人憂心的問題。

「若要保護竹千代大人，只能與織田家聯手。今川家終究會知曉，他們絕不可能嚥下這口氣。」

一陣沉默之後，忠次終於開口說出身為臣子最難以啟齒的話。

「忠吉大人所言甚是，但若與織田家聯手，諸位大臣送出的保證人豈不是……」

保證人也就是人質。在座眾臣，皆於往年與今川家締結盟約時，送出自己的家人或親戚充作人質。想起年幼的竹千代時，眾臣也想起成為人質的家人、親戚。總是要有人開口才能下決定，眾臣痛苦地低吟嘆息，又是一陣靜默。

終於，忠吉顫抖著雙唇硬擠出字句。

「的確是很令人悲傷。但眼下不是顧慮家人的時候，有竹千代大人松平家才有未來啊！」

石川康正、家成兄弟因竹千代被擄而自責不已，一直保持沉默。只能傾聽大久保忠員等大臣所說的話，一一點頭附和。

忠次打破沉重的靜默，惋惜地說：

「的確，誠如忠吉大人所說，只能放棄大臣送出的九名人質。仔細想來，每次送走人質，都已經有所覺悟了。」

眾臣皆忍痛頷首表示同意。

在座無人敢說放棄竹千代，與織田家戰鬥到底。

石川家成從剛才就一言不發。自己明明就在身旁，卻中了戶田的奸計，不甘心地連一個字都說不出口。忠次等家臣皆心裡有數，但忠次仍然大膽向家成探問意見。

「家成大人認為如何？」

眾臣望向家成，思慮再三的家成只說：

「救回竹千代大人吧！」

但實際上卻不可能執行。救回竹千代，不需多言眾臣便已經各自在心中沙盤推演過了。竹千代被擄去織田家的勝幡城，要救回是難如登天，草率攻城只是平白耗損兵力。

即便如此，家成還是不斷主張「救回竹千代」。機敏的家成，也因悔恨而靜不下心。這樣的心情，眾臣皆然。然而，顧及現實環境，只能捨棄家成的提案。

又是一陣沉默，過一會兒忠次略顯疲倦地說：

「吾等必須詳加考量，為保護竹千代大人而決定與織田聯手，是否恰當。為爭取時間，已經先連絡義元大人，請他務必繼續支援松平家。然而，今川家之後必定盯緊松平家是否願意捨棄竹千代大人倚靠今川家。廣忠大人與吾等十多歲時，在座諸位包括忠吉大人、忠俊大人以及在下的父親於內亂之際，衡量織田信秀與義元兩家，哪家值得依靠。深思熟慮後選擇投靠義元。這是當初眾臣經過充分商議後的結論。」

選擇投靠義元，獲得義元支援已經十年。當然，義元並非出於俠義之心相助松平家。義元只是把廣忠當作後援，平定三河內亂擊退織田後，三河國實質上便歸義元所有。

義元徵收許多年貢，即便出兵支援也會設法使今川軍的損害降至最低，危險的工作都交給三河武士。從地理分布來看，與織田軍交戰，三河勢必為先鋒，而義元總是強迫三河武士從事嚴苛的作戰與高風險的戰鬥。義元打著如意算盤，若損失嚴重，三河國力變得衰弱，便更加需要仰賴駿河義元的力量。

忠吉等人千頭萬緒地聽著忠次說話。

忠次想救竹千代但也想保住松平家。這一點，眾臣與忠次皆是。但以松平家目前的力量，魚與熊掌難以兼得。

忠次繼續說道：

「恕在下多言，斬斷與今川家長年情誼，是否為良策？與織田聯手，松平家能抵抗義元大人的兵馬嗎？」

忠次這番話，意思是要放棄竹千代。誰都知道不可能戰勝義元。此外，織田家內亂頻頻國情不穩，根本不可靠。

忠次想說的是：「為保全竹千代大人的性命而與毫無誠信可言的織田聯手，對松平家來說有害無益。竹千代大人本應前往今川家為人質，吾等應貫徹對今川家之道義，請義元公延續十年來對松平家的支援才是。縱使有再多不捨，為了松平家的未來，也應與織田家交戰。竹千代大人若是幸運，終有一日會得救，若不幸遇難，也只能認命。此時不能下定決心捨棄竹千代，松平家便無法生存。」

但這些想法任誰都說不出口。

眾臣皆對忠次的言外之意了然於心，只能嘆息保持沉默。結論雖然顯而易見，但眾臣仍然躊躇萬分。如此，一個多小時便過去了。

「主公到。」

屋外傳來隨從乾啞的聲音。眾臣維持盤腿坐姿，雙手握拳撐於木製地板上叩首行禮。

甫進屋的廣忠臉色慘白，靜靜地坐下。

「諸位想必難以裁決吧！」

廣忠的聲音有氣無力。眾臣一陣嚅囁便低頭不語。

這一個多小時，廣忠讓大臣商討松平家與親生兒子的命運，自己在另一個房間拼命自問自答，十分痛苦。

眾臣察覺廣忠已有結論，恭敬地等待廣忠發言。

「雖然可憐，但也只能放棄竹千代了。」

音量雖小，眾臣卻也確實聽到廣忠的結論。忠次與在座眾臣皆感惋惜而語塞。臉上佈滿皺紋的忠吉，不禁流下一行老淚，以乾枯的雙手掩面。

廣忠無力地說：

「就當作沒生過竹千代吧！」

家成額頭抵著木製地板低聲嗚咽。忠俊結結巴巴地說道：

「主、主公英明，主公英明果決。在下明白主公思慮。」

「諸位，感激不盡。諸位都清楚我心意已決。家成，萬萬不可切腹。」

廣忠提筆書寫回信予信秀。

「小犬性命任憑尊下處置。松平家與義元大人多年情誼絕不改變。」

廣忠書寫完畢便離席。

雖於眾臣前展現果斷的英姿，但內心卻希望能看到竹千代長大成人，率領三河軍前進的模樣。

信秀看到廣忠的書信勃然大怒，但留著竹千代有朝一日會派上用場，便暫時將竹千代軟禁於勝幡城。

義元對田原的戶田康光擅自賣掉竹千代一事大為光火，猛攻田原城。康光戰死，義元通知廣忠「仇敵同夥已滅，唯信秀也。」接著在吉田城配置城代⑫小原鎮實，田原城安插朝比奈元智，義元自身則統領東三河。

義元斷無可能饒恕奪走竹千代的織田信秀，天文十七年（一五四八年）正月，以提供援軍為由，向廣忠提出討伐信秀之要求。廣忠雖回覆身染重病，希望痊癒後再出征，但義元又再度要求出兵。義元其實想藉機觀察信秀會如何處置竹千代，另一方面則是觀察忠次等人，在少主被擄去當人質的情況下會如何應戰。

忠次奉義元之命，向廣忠報告出征一事時，拜領清康留下的采配。

手握唐頭采配的忠次躊躇不願離開，廣忠察覺忠次心思。

「再重複一次，務必放棄竹千代。」

廣忠意指織田信秀必定會帶著竹千代前往戰場，威脅若不棄械投降便殺了竹千代，即便如此也必須毫不猶豫地戰鬥。忠次凜然受命：

⑫代理主君治理城池的職位。

「是，主公。」

忠次以低沉的聲音回答。

告別廣忠之後，忠次在城外河畔等待今川援軍，此時吹來一陣風，櫻花花瓣落在忠次紅紫交錯的華麗鎧甲上。忠次凝視落下的花瓣，為竹千代祈禱。

終於，今川軍的大將太原崇孚雪齋、副將朝比奈泰能率領六千兵馬前來。位居副將領的忠次，率領三河武士約一千名。

目的地是被織田奪走的安祥城。先鋒為松平軍，也就是忠次所率領的千名精兵，接著是二千名朝比奈軍，以及太原雪齋所率領的四千名士兵。

義元此次也讓松平軍負責較危險的戰役。就算戰勝，義元也只會給予足夠準備下次戰爭的賞賜。義元早就看準三河武士再辛苦也不會叛逃，因為一旦逃走國家便會滅亡，所以三河武士各個拚勁、韌性十足。利用三河武士，取三河奪尾張，最後便能一路攻進京都，這才是義元的終極目標。

另一方面，信秀聽聞今川、松平聯手出兵，立刻召集三千兵馬出勝幡城迎敵，安祥城的城兵加上農民兵約四千名，齊渡矢作川後，於上河田紮營，為迎敵再更進一步於小豆坡上布陣。信秀布局十分機敏。

忠次軍擔任先鋒，從下坡向上攻，形勢十分不利。而忠次仍然心懸如何保住竹千代性命。廣忠叮嚀「捨棄竹千代」絕非本意，但若竹千代被綁於刑柱推上戰場，三河武士別無選擇只能拚死一戰。

目前尚不知敵軍陣營中，是否有刑柱及竹千代的蹤影。苦思不得結果的忠次獲得太原允許，在開戰前遣使者至信秀軍中。

使者進入信秀營帳後端坐於摺椅上，待信秀坐定便高聲道：

「傳松平家大將軍酒井忠次口諭。『望織田彈正忠信秀大人與三河武士光明磊落決一死戰。』」

使者已宣讀完忠次口諭。通常，派遣使者多半用來勸降或交涉條件。派使者宣告「希望光明磊落對戰」可是前所未聞，惹得信秀捧腹大笑。

「我織田彈正出兵素來光明磊落。不知將軍此言是何道理？」

信秀也高聲回應使者。年輕的使者不動如山，只道：

「如方才所述，請您務必光明磊落與三河武士決戰。」

信秀這才明白忠次所謂的「光明磊落」，是指不要把人質竹千代推上戰場威脅松平軍，即使如此三河武士也會拚死奮戰到底。

信秀抿嘴而笑，輕輕搖頭道：「真難纏」。信秀暗想，要如何用竹千代是由本將軍做主，豈有告知敵軍的道理。

使者依然端坐於原位，凝視信秀的一舉一動。

「信秀大人搖頭的意思是，要三河武士光明磊落地赴死？」

使者眼中閃爍詭譎的光芒回問信秀。織田軍的將領一陣騷動，似乎在說「這傢伙口無遮攔」。

使者的話中有話：若竹千代遭受危害，三河武士不惜一死也會與織田軍對戰。信秀與眾將領皆明白這弦外之音。

「此人是來威脅本將軍？難道不怕死嗎？」

竟然是被抓走人質的松平家，前來威脅手握人質的織田。

若激怒信秀，使者很有可能當場被斬。

信秀這才意會到，抱著必死覺悟的武士就在眼前。信秀因為使者滿身殺氣，深深體會三河武士全軍的信念。信秀心想，殺死這樣的武士實在太可惜。信秀起身，望向使者。

「傳話給忠次大人，竹千代大人健健康康地在別處待著。」

也就是說，不會把竹千代帶上戰場，也不會拿來當作交換條件。

「那就承大人貴言，此戰光明磊落。」使者又再複誦光明磊落四個字，信秀忍不住脫口而出「這傢伙真煩人！」

使者道：「那就光明磊落地一決勝負吧！」

語畢，便起身馭馬下坡。

使者回營向忠次覆命。這名使者正是石川家成，抱著必死決心要脅織田，有效牽制信秀可能把竹千代拿來當擋箭牌的戰略。當然，信秀非常可能食言，忠次與家成都明白，屆時只有拚死一戰了。

忠次謝過家成後，告知眾將士「竹千代平安無事」以及與信秀「光明磊落決戰」之事。

忠次吶喊道：「眾將士，要相信松平家的采配！賭上三河武士尊嚴，好好地打場勝仗！」士兵旋即齊聲高呼。大將軍太原十分滿足地看著這一切。

其實信秀本來就帶著竹千代，打算視情況把竹千代當作籌碼，但廣忠已經表明絕不眷戀竹千代性命，忠次又決心要「光明磊落決勝負」，此時搬出竹千代，徒令三河武士群情激憤。信秀亦不欲與千名死士對決。信秀的如意算盤是若處於劣勢，不以殺死竹千代威脅松平軍，只要表明退兵便可釋放竹千代，趁松平軍猶豫不決時攻擊即可。

忠次當然也不相信信秀的回覆。但此行不只暫時牽制了對方還激勵士氣，已經值得了。

忠次心想，若竹千代也被帶來戰場，只能不斷出擊猛攻，讓信秀連把竹千代推出來的時間都沒有，如此一來就算無法打倒信秀，也有機會能把竹千代救出來。

太原雪齋為臨濟宗的僧侶，任今川家軍師，乃聞名天下的大將。

忠次得雪齋軍令出兵。

戰場位於小豆坡。松平軍與今川軍布陣於坡下草原。小豆坡坡度平緩，從坡底到信秀紮營的坡頂約兩百公尺。途中草木繁茂，斜坡上下完全無法互窺軍隊陣容。坡頂左右皆為樹叢，正中間有一條對外道路，信秀便是以堵住道路的形式布陣。

忠次率領千名松平軍徒步前進。全軍分為前鋒五百名、中鋒一百名、後衛四百名，忠次位於中鋒正中央。

忠次揮動白色的唐頭采配，以長而尖銳的嗓音號令全軍「前進——」。同時法螺貝[13]也響起示意前進的信號。

忠次等人身上的背旗被風吹起，松平軍開始上坡。穿越斜坡裡的林木前進，便可見坡上信秀的軍勢及旗幟。先鋒大將乃信秀庶子信廣，也就是信長的異母兄長。

此時，槍砲已經傳入日本，但尚未廣泛應用於戰場。遠距離攻擊以弓箭、投石為主。織田軍所用的弓較長，松平軍的弓則較短。

信廣待松平軍前鋒靠近，令三百名弓箭隊放箭。從上坡放箭，射程遠超過兩百公尺。稍稍有風。

松平軍前鋒判定弓箭來襲的方位，或閃避或以木板竹盾抵擋。因為風向的關係，很多箭都射偏了。

然而，仍有部分射中士兵的手足或肩膀，數人當場倒地，又或屈膝於地。一見這情勢，松平軍前鋒數十人便在上坡途中退縮不前。信廣及織田軍在上坡看得一清二楚。區區一箭便打得士兵抱頭鼠竄，宛如被迫受徵召的農民兵。

松平軍前鋒大將內藤正成高聲激勵將士。重整先鋒軍隊持續進攻。內藤十五歲時，初上戰場便與織田信秀軍對決，是讓織田軍頭痛不已的猛將，而此時內藤已經二十一歲。

信廣令弓箭隊接著發動第二波攻擊。趁著第一波攻擊到第二波攻擊之間的空隙，松平

⑬法螺貝製成的號角。

軍前進十幾公尺。由於距離縮短，弓箭的精準度也隨之提升，受風力影響減少。松平軍前鋒持盾抵禦來勢洶洶的箭陣，仍有數人負傷。內藤激勵士兵持續前進，前鋒終於抵達斜坡中段。信廣清楚看見陸續有士兵逃離中鋒忠次隊、後衛石川康正隊。

三河武士根本不如傳聞中武勇。信廣從第一波攻擊到第二波之間，松平軍接招的形式以及其狼狽前進的模樣，深感松平軍並非難纏的敵手，率領這一群烏合之眾的大將忠次，想必只是個乳臭未乾的傢伙，應當還算不上是武將。

信廣又號令開始第三波攻擊，暢快地眺望三百隻弓箭射向前進中的松平軍前鋒、中鋒。又有數名士兵受傷或者逃亡。在信廣眼裡看來，松平軍宛如螳臂擋車，在弓箭隊的攻擊下只能勉強前進，目前已有五十人左右負傷，五十人左右因懼怕弓箭攻擊而逃亡。這人數等同松平軍全軍的十分之一。

前鋒的內藤正成軍還沒前進到射程範圍內，必須再前進二十公尺。信秀在後方靜待時機，安心地看著有利於我軍的戰況。

第四波弓箭再度來襲。松平軍又有十名左右士兵負傷。士兵雖一個個倒下，卻持續前進，這是一場豁出性命的犧牲戰。

第四波攻擊時，松平軍放棄前進，在斜坡途中大多數的士兵倒地不起，松平軍在信廣軍前赤裸裸的呈現脆弱而即將潰散的軍容。接著，松平軍開始撤退。

信廣一見松平軍退卻且即將潰散，確信立刻下坡追擊必能一舉殲滅敵軍。

信廣下令追擊敵軍。

「拿起刀槍將敵軍全數殲滅！」

松平軍乃敢死隊，到目前為止豁出性命前進全是忠次作戰計畫的一環。途中負傷的士兵多半是偽裝的，幾乎毫髮無傷就地匍匐，就是在等待敵軍掉以輕心下坡攻擊時起身奮戰。這是需要驚人勇氣的誘敵戰術，必須在斜坡中段等到織田軍棄弓箭執刀槍靠近才行。

忠次的作戰計畫是兩軍之間的距離縮短後，信廣軍會判斷得勝的時間點下坡出擊，一旦信廣全軍為擊潰松平軍而衝下坡，松平軍便齊捨盾牌，放箭後以刀槍應戰殺出一條血路。在處於劣勢的情形下，直接開始近身戰，而且必須堅持到太原、朝比奈兩軍參戰為止。

犧牲小我奮勇戰鬥，這是受今川家庇護的三河武士之戰術。

信廣軍的將士捨棄弓弩順坡而下，沿路殺死負傷於斜坡上動彈不得的傷兵。即使負傷也要一直戰鬥到最後一刻，對這些傷兵見死不救，正是「讓織田軍驕傲輕敵」的計謀。

敵軍追擊而來，等敵軍靠近數十公尺時，正成便下令士兵把箭搭在弦上準備。忠次也對撤退中的士兵高聲呼道：「弓箭隊！轉向！」，法螺貝號角聲響起時停在原地瞄準來襲敵軍，忠次心臟劇烈跳動，拉弓搭箭號令士兵：「放箭！」正成等人與偽裝負傷的士兵也坐在原地齊聲放箭。極近距離的利箭，立刻射傷十人左右。忠次令全軍反擊。忠次、內藤隊一放箭，信廣前鋒士兵便一個個中箭負傷。忠次、內藤隊之所以使用短弓，是因為當初就計畫好要坐著放箭或者打近身戰。

信廣軍勃然大怒，來勢洶洶。眼見機不可失，忠次、內藤隊便一齊放箭。信廣軍立即退卻當場屈服，為避開弓箭而停在途中。

信廣軍停止攻擊時，忠次再度號令全軍：「撤退！逃啊！」士兵背對敵軍而逃。這雖然也是作戰計畫之一，但在受敵軍追擊的情形下，松平軍處於劣勢。

信廣軍確信這場仗十拿九穩，暗想接下來只要追擊至下坡便能擊潰敵軍，屆時再視時機撤退即可。

太原軍、朝比奈軍六千名士兵，一直緊盯松平軍的誘敵戰術。一千兩百名信廣軍持刀槍下坡追擊，穿過茂密的樹林拐個彎斜坡便到底了，斜坡的盡頭是一片草原。松平軍逃離戰場，殿後的石川康正隊幾乎是未戰先退，毫髮無傷地逃離戰場，這也是作戰計畫之一。

信廣軍追擊正成隊、忠次隊，下坡後拐出茂密樹林抵達草原，放棄追殺負傷的松平軍。信廣命令士兵撤退，重整步伐從容上坡返回營地並指派殿後軍隊，欣喜於大獲全勝。

大將軍信秀滿足地從坡上俯瞰，想像樹林後方已經順利滅敵開始撤軍。

突然，樹林後方傳來一片嘶吼聲，草原中出現伏兵，是太原雪齋軍。信廣軍已經撤退，背對敵人的士兵處於劣勢。雪齋領三千名士兵追擊信廣軍。

此時，扮演誘餌的松平軍已經折損許多士兵。

忠次見雪齋伏兵出動，旋即召集士兵拋棄所有盾牌，讓負傷者留在原地。這次石川康正隊替代內藤隊擔任先鋒，松平軍開始逆轉反擊。士兵大約剩下八百名左右。好不容易忍到。

現在才終於能反擊，只要一息尚存便緊追信廣軍，避開上坡弓箭手的攻擊，力圖拿下信廣與信秀。

松平全軍與雪齋精兵三千一齊上坡。措手不及的信廣軍受康正隊、雪齋隊、忠次隊、正成隊夾擊，死傷不少。

等在上坡的信秀派五百名士兵前往救援，信廣軍卻衝進增援軍隊中。後頭有雪齋隊的精兵與群情激憤的松平軍，信廣軍欲殺出一條血路逃回本營，對信廣軍來說援軍反而阻礙逃亡路線。

信秀派出的五百名援軍與信廣軍相撞，不得不掉頭上坡。如此一來，信秀的弓箭隊便無法從上坡出擊，因為一放箭便會傷到自家軍隊。

信廣軍在上坡途中一個個被擊殺，死傷者為數眾多。上坡信秀雖握有兩千八百名士兵，卻決定暫時撤退讓援軍重整旗鼓。信廣見狀以為信秀打算退兵，可見信廣對戰術的觀察力十分拙劣。

信秀命軍隊向後退五十公尺左右，號令逃回的信廣軍停下腳步，但信廣軍卻繼續前進。

信廣衝向留在坡上的愛馬。

「信廣小賊！站住！」

信廣聞聲大驚，回望便見衝上坡的武士手持浴血刀劍。頭盔下的唐頭隨風飄動，那武士正是忠次。忠次揚起繪有鳩作草家徽的旗幟，信廣感到不寒而慄，旋即乘馬逃逸無蹤。

忠次差一點就能拿下信廣。

信秀因為信廣軍這個絆腳石而無法迎敵，只好退兵至矢作川對岸，重整軍容接應逃回本營的信廣軍。忠次、內藤正成、石川康正、太原雪齋等人停止追擊。

對峙一段時間後，信秀、信廣退兵回安祥城。忠次顧慮竹千代仍於敵軍之手，建議雪齋不要攻城。

忠次與太原雪齋等人回到岡崎城，向廣忠報告此戰大勝。

精確地說應該是今川軍大勝。織田軍大約死傷四百名士兵，今川家死傷人數僅十幾人，而忠次率領的松平軍，卻折損二百名將士。雖然痛擊織田軍，但仍未拿下信秀、信廣二人，安祥城仍為敵軍所據，對松平家而言犧牲慘重。

唯一的希望是竹千代仍然活著。

三河武士直到織田信長在桶狹間之戰拿下今川義元為止，不斷反複這種艱苦戰役。另外，這段期間從松平家受今川家支援長達二十五年，若從竹千代成為人質那年開始計算也長達十四年左右。

信秀將安祥城交給信廣，自己則前往古渡城。

忠次奮戰於小豆坡這一年，三河國誕生二名男孩，而這二名男孩正是後世稱為德川四天王的本多鍋之助（日後的本多平八郎忠勝）以及榊原龜丸（日後的榊原小平太康正）。

# 第二章　營救竹千代

隔年，天文十八年（一五四九年）三月六日，忠次正在田裡幹活，卻傳來廣忠訃聞，旋即趕回岡崎城。

廣忠已撒手人寰。廣忠與前妻生離，長男又落入敵手，年僅二十四歲便辭世。

忠次看著廣忠冰冷的屍骨感到無比惋惜。廣忠自幼便苦難重重，忠次悔恨自己沒能讓廣忠安穩的過日子。

因為侍奉廣忠，日日都在戰場上殺敵，忠次至今仍未娶妻。年少時曾對父親起誓要讓廣忠成為三河國國主，而今卻以悔恨告終，父親也早已不在人世。

廣忠在世時，今川家已經實質上統領東三河。廣忠逝世後，西三河也一併納入義元手下，由義元治理三河國。岡崎城由城代統治，松平一家幾乎未任一官半職。

同年三月，織田信秀病死。

潛伏於尾張國的忍者告知忠次，信秀已死。

不久忠次便離開岡崎，前往駿府拜見今川義元。

兩人時隔許久才相見。守護大名[1]今川義元乃今川家第十一代當家，身著絲綢製的羽織，蓄黑鬍眼光沉穩神采奕奕。雪齋端坐於一旁。

①戰國大名之一，是地方上真正的統治者。

忠次衣著雖寒酸，但年紀輕輕便滿身英氣，風采毫不遜於義元。

義元沉穩地問道：

「終於來了。一段時日不見，如今已儀表堂堂。第一次見你時還是十幾歲的少年。今日千里迢迢而來，所為何事？」

廣忠逝世之後，義元把忠次當作是自己的家臣，對忠次十分有好感。

忠次誠惶誠恐地告知織田信秀已死。義元便想到這是攻擊織田的好時機。

忠次自告奮勇：「請容在下出兵攻打織田」，義元也答道：「當然好」。忠次便接著說：

「感激不盡。若能生擒敵將織田信廣，在下希望能以竹千代交換人質。」

義元以為，憑忠次之力不可能生擒信廣。但若果真如此，便是大獲全勝。以竹千代為交換條件，松平軍便宛如獵物在前，引燃熊熊鬥志猛攻信廣。如此一來織田斷不能全身而退。無論如何，對今川家有益無害。義元心裡盤算著，靜靜望向雪齋，雪齋微微頷首。

義元忍住笑意准許忠次的提案並說道：

「真是志向遠大啊！」

忠次回到岡崎，進房對著置於高腳托盤上的采配祈禱：「天佑我軍奪回竹千代。」忠次告知大臣與義元之間的約定。

十一月，忠次召集將士定宣告：

「這次是為營救竹千代大人而戰，諸君切記粉身碎骨在所不惜！」

將士中甚至有人激動地眼泛淚光，眾人從未見過忠次如此士氣高昂。

大將軍太原雪齋指揮萬名今川軍與忠次率領的千名松平軍齊力包圍安祥城。守城將領為織田信廣。松平軍、今川軍以奪回安祥城為目標展開突擊。本多忠高在松平軍中與其他士兵一齊攻破第三城廓，並夜襲主城外的二之丸。忠高雖取下兩名敵軍首級，卻因中箭戰死。二十二歲的忠高雖死，但餘軍仍猛攻奪下二之丸。織田軍失去信秀，宛如一盤散沙。

信廣困於主城中，已有最後一戰的覺悟。忠次逼退敵軍，差石川家成為使者與信廣談判。與幾年前小豆坂之役時一樣，家成一心要救回竹千代，便自告奮勇當使者。

家成說盡好話說服信廣。

「身為武士尊下已經光榮奮戰至最後一刻。請珍惜自身性命，在下願竭力保您性命無憂。」

同時也告知信廣「將以竹千代大人的性命交換」，承諾保護信廣。

信秀將家業交由十六歲的長男信長繼承。信長並無餘力派遣援軍，信廣只能投降。

聽聞信廣投降，忠次不禁拍案叫好。

忠次旋即向雪齋要求以信廣交換竹千代。

身披珠寶鎧甲的雪齋面無表情聽完，便試探忠次道：

「交換人質一事，之前便已知曉。不知您交換人質後，竹千代大人要何去何從？」

竹千代縱使年幼，也仍是三河國之主，乃三河武士、百姓的心靈依靠。忠次其實想以其他大臣親戚為人質，讓竹千代繼任岡崎城主。今天雖是我軍奪回岡崎城，沒有今川家的援軍也斷不可能成功。單憑松平軍之力，難以生擒信廣。義元不可能這麼簡單就將竹千代送回岡崎。兩年前，竹千代本應前往今川家為人質。只是途中被織田攔截，若對方要求依照先前約定松平軍也只能照辦。

縱使已知今後今川家將以竹千代要脅松平家，也只能忍耐。竹千代能在援軍的手中生活已是萬幸。總之，救回竹千代才是當務之急。忠次只好隱忍所有悲苦思緒。

「若能順利交換人質，請允許竹千代大人在岡崎城逗留一、二日，之後便留在義元大人、雪齋大人身邊陶冶心性，元服之後若能讓竹千代大人繼承岡崎城主之位，在下將感激不盡。」

忠次字字斟酌，謹慎陳述要求。雪齋顯得心滿意足。

「忠次大人真是識時務。若順利交換，竹千代大人就暫時由今川家照顧，在岡崎城停留三日無妨。」

允許停留三日是出於雪齋對忠次的好意。

「在下感激不盡。」

忠次低頭稱謝。

忠次與信長商討竹千代與信廣交換人質一事。此時，竹千代人在織田家的宗祠萬松寺。

信長同意後，於國界上交換人質。

竹千代結束織田家二年的人質生活，在忠次的護衛下回到岡崎城。

松平家臣、岡崎城百姓無不含淚迎接。雪齋也與竹千代同行，留宿岡崎城。竹千代可是重要的保證人（人質），雪齋自然要親手帶回駿府，不得有任何差池。

翌日一早，忠次便晉見竹千代。君臣相見，雪齋自覺不便打擾暫時離席，心想對方只是八歲幼童，不可能商議要事。

兩人獨處，忠次盡可能詳盡而簡單地對竹千代說明現況：

**您是「岡崎城之主」也是今後「三河國的統領」。「您的父親、祖父雖皆已亡故，卻都曾是英勇的武將。」**

**另外，在下是松平家「家臣」，「與松平一族有血緣關係，在下一定會竭力保護您。」**

忠次將這些話，一一書於紙張上。竹千代雖年幼，卻也能感受到忠次確實值得信賴，「岡崎城主」、「家臣」等忠次所言之意也約略明白。竹千代抿著嘴輕輕點頭，將忠次寫下的字條收進懷裡。

石川家成在走廊上待命。忠次告知「家成在外頭等著見您。」竹千代點點頭，自己打開紙門向外走。

已是晚秋節氣，庭院散落著美麗的楓葉。家成慌慌張張叩首行禮。

家成抬頭望著竹千代，好不容易才擠出一句「您平安無事太好了」，便再也說不出話。

竹千代清楚記得，兩年前的夏日，看著同舟的孩子平岩等人一個個被丟入海裡，有多麼不甘心。竹千代也想起當時的護衛長就是眼前的家成，看著家成低頭垂淚的樣子，竹千代也察覺家成心思，對家成道：

「都過去了，別哭了。」

竹千代啟程前往駿府，隨行的有兩年前便同行的阿部德千代（正勝）、天野又五郎（康景）、平岩七之助（親吉）等人。除此之外，義元還令忠次等主要大臣至駿府任官。

岡崎城如同以往，指派城代治理，更加強化今川家的統治權。

忠次等人為了在今川統治下確保竹千代安全，為今川家工作。義元令竹千代師事雪齋。若竹千代有器量能成材，雪齋便鍛鍊竹千代成為今川家大將，若資質駑鈍尚有人質功能，一切任憑今川家處置。

照例，忠次只要一有與竹千代獨處的機會，便不斷重述「您才是三河國之主」、「若非時勢所逼，您與義元大人地位相同」。

竹千代已經十歲，忠次便把至今經歷的種種反覆告訴竹千代。松平家夾在今川家與織田家之間狹縫求生的艱辛、祖父清康乃平定三河國的一代名將、父親廣忠經年累月苦戰，逝世前仍掛念著竹千代、竹千代是松平家臣及百姓的心靈支柱等等，不論竹千代是否能理解，忠次仍然不厭其煩地教導竹千代。

弘治二年（一五五六年）正月，竹千代年屆十五，舉行元服典禮，更名為元信。今川義元代替竹千代雙親主持典禮，剪去髮尾負責整髮的是關口親永。關口親永乃今川家大臣，年奉二萬四千石的持船城主。元服典禮後，元信娶關口親永之女瀨名姬為妻。瀨名姬之母乃義元的妹妹，故兩人是叔姪關係。瀨名姬傳說與元信同年或年長，日後更名為築山殿。

三河領地內有部分豪族轉而投奔織田。義元傳喚元信與忠次，命令討伐叛變的豪族：

「此乃元信大人初戰，用心擊退敵軍吧！」

三河武士上上下下無不引頸盼望元信旗開得勝。已經有七、八年的時間，戰場上沒有主公指揮。光是想像元信一同出征，便足以讓三河武士的士氣高昂。

忠次在出征前日，偕同元信擬定作戰計畫。

天一亮，忠次策馬靠近臉色鐵青的元信，鼓勵元信道：

「切勿急躁。敵軍乃烏合之眾，擊潰敵軍易如反掌。」

忠次看著敵軍旗幟的排列解說敵軍布陣情形，預想敵軍戰術，教導元信松平軍應敵之道、用兵方法，但這與昨天的作戰計畫相異。忠次笑著說：「用兵需臨機應變。」

元信緊緊頭盔向忠次點點頭。

該是號令全軍之時。

忠次示意元信「請下令全軍突擊。」一邊教導元信「讓第二小隊加入攻擊」、「第三小隊從後方攻擊」等指揮作戰之法。忠次一一指導元信如何以太鼓、銅鑼、法螺貝號令攻守、如何傳令、探子回報敵情背後的意義等。

三河的精兵皆依照元信、忠次號令行動。

元信不只理解忠次教導的內容，也自行觀察敵我雙方的狀況，最後得勝這場與地方領主之間的小規模戰鬥。忠次於對戰後立刻說明指揮內容及其意義，要元信務必銘記在心。

忠次在元信身上看見清康、廣忠的武將風采，感到十分欣慰。

義元為慶賀初戰旗開得勝，贈元信三河國山中城三百貫土地與一柄太刀，並褒獎忠次輔佐有道。

慶功宴上忠次向義元提出，早年與雪齋曾立約「待竹千代元服後，使其繼承岡崎城主之位」請義元依約讓元信出任岡崎城主。忠次深深叩首待義元回應。義元舉杯道：

「還是在我身邊多留一陣子吧！」

義元委婉地拒絕忠次的要求。此時想請雪齋幫忙說話也為時已晚，太原雪齋早已逝世。忠次雖不甘心，卻也無法再三要求義元。

永祿元年（一五五八年），元信改名為元康。保留義元的偏諱，加上祖父清康的康字，改為元康。

這年，三河的寺部城主鈴木日向守重辰背叛今川義元，投靠織田家。

義元親命元康出兵，指派忠次輔佐元康。

敵軍以寺部城為中心共有三座堡壘。要攻下敵軍準備萬全的堡壘著實不易。料想又是一場硬戰。

今川軍實戰中精銳部隊乃松平軍千名士兵，今川軍三千名都是下級武士。忠次輔佐元康指揮作戰，火攻寺部城、廣瀨、拳母、梅之坪等要塞。放火後，敵軍從四面八方衝出，擊敗敵軍後又追擊一段距離。如此，松平元康已威名遠播。忠次向今川軍軍師大河內源三郎提出退兵獲准，松平軍便由戰場上撤退。

義元因為元康成為「可用之才」暗自欣喜。

# 第三章　本多平八郎與榊原小平太之初戰

今川義元與甲斐武田、相模北條結盟，終於可以免去後顧之憂，便率駿河、遠江、三河共計二萬五千名精兵，於永祿三年（一五六〇年）五月十二日為上京而西進。

十九歲的松平元康任今川軍先鋒由駿府出發。元康後方便是忠次，松平軍有一千兩百名士兵。軍隊穿過遠江國，行經姬街道進入三河，義元、元康及其他大臣直接進入吉田城。吉田城代乃今川家的小原鎮實。

三河國武士聽聞擔任前鋒的松平元康從駿府出發，紛紛集結表示願隨隊出征。

十三歲的本多鍋之助頭戴護額身著輕便鎧甲，持太刀、長槍從三河安祥趕往吉田城。日後桶狹間之戰，將是鍋之助的初戰。

鍋之助晉見主公元康前夜，於軍隊野營處，由叔父忠真主持元服典禮，更名為平八郎忠勝。

本多氏乃藤原助秀後裔。助秀因住在豐後國（今大分縣）的本多，故改姓本多，第七代助時才到三河國，侍奉松平第四代當家親忠。助時後兩代便是鍋之助的祖父忠豐與父親忠高，二位分別侍奉清康、廣忠。

酒井忠次允許集結至吉田城的三河譜代家臣入城，依序安排晉見元康。輪到本多平八郎時，他將長槍、太刀置於走廊才進入元康房內。

忠次介紹平八郎乃安祥譜代本多忠高長子。

今日會面，平八郎理應穿著最好的衣衫，但肩上、褲子上卻處處有補丁痕跡。今川家吸取所有財富，導致松平家即便是譜代家臣也都十分貧困。

平八郎臉泛少年應有的紅光，堅毅眼神可看出性格精悍。元康帶著憐憫的心情，對叩首在地的平八郎道：

「你的祖父忠豐於天文十四年，為助我父廣忠撤退殿後而戰死沙場。天文十八年，我八歲之時尚名竹千代，被囚於織田家，你父親為營救吾進攻安祥城二之丸，卻奪城失敗且未能拿下敵將織田信廣，出師未捷身先死。常聽聞忠次說本多父子兩代皆忠勇無雙。有此般祖父與父親，平八郎忠勝能參軍，對我軍來說如虎添翼！」

初見面的元康所言，句句打動平八郎。當場便決意要終生侍奉此主。平八郎激動地說不出話，只是一直地叩首於地，在忠次的催促下才終於開口說：

「感、感激不盡。在下願捨身侍奉主公，絕不辱先祖之名！」

本多忠高是曾在安祥城與忠次並肩作戰的武士。聽聞元康對忠高滿懷感激，忠次也銘感五內。

對元康而言，每位譜代家臣都十分重要，能託付未來的少年們尤甚之，平八郎當然也是其中一員。元康說這些話時，強烈地希望能夠抓住這位少年的心。

翌日，松平軍靠近岡崎城時，一位年輕武士單膝下跪等在路邊，身邊一位似乎頗有身分地位的武士，對松平軍前方將校說了幾句話。

將校立刻傳令予位於後方的忠次。不久，便見忠次笑容滿面前來。

對方才的武士說道：「叔父大人，您能參軍真是感激不盡，在下久候多時了。」

這位武士乃三河上野城城主酒井忠尚，是忠次的叔父。年約四十二、三歲。上野城位於岡崎城北方約七公里處，乃戒備織田等敵軍從北部入侵之要塞。酒井忠尚曾大破反叛廣忠的上野城主松平清定，之後便因功而駐守上野城。

忠次告知大臣前來，元康策馬前行。忠尚行禮後便介紹一旁的年輕武士。

「這位是榊原長政的次男，名叫小平太。年屆十三，昨日於上野城，完成元服大典。趁此次出征，若能讓小平太離開在下追隨主公，在下便感激不盡。」

一旁的年輕武士，單膝單手著地，低著頭開口道：

「在下乃忠尚大人之家臣，名為榊原小平太。從今以後願為主公元康大人鞠躬盡瘁。請務必讓在下隨侍左右。」

榊原小平太聲調略顯亢奮。

榊原家與本多家相同，皆是歷史悠久的松平譜代家系之一。祖先乃與清和源氏足利氏有血緣關係的仁木義長。其第四代子孫次郎七郎利長居於伊勢壱志郡的榊原，遂更名為榊原，子孫清長移居三河國侍奉松平清康。清長之長子長政於上野生下長男清政、次男小平太。

小平太至今侍奉忠尚，此次為追隨元康而來。

數年前忠次便請忠尚留意，若有品行端正、才識豐富的三河譜代子弟，務必推薦給主公。忠尚爽快允諾，今日才得以與小平太相會。

與身著輕便鎧甲的平八郎相同，小平太也是衣衫破舊，但小平太只有護胸鎧甲與一把太刀，連長槍都沒有。

從馬上凝視小平太的元康，跳下馬來。

體格瘦小的小平太不禁渾身僵硬。元康走近小平太身邊說道：

「從以前就聽忠次與忠尚說過，你是位才智兼備的年輕人。聽說你在大樹寺裡讀書？」

小平太答道：「在下惶恐」。元康和藹地說：

「曾聽聞你父親長政戰績顯赫。之前於安祥城也是靠長政奮戰才得以生擒敵將，托他的福吾才得以續命。這次小平太也前來參軍助陣，著實欣慰。長政在後頭，稍後去見他一面吧！」

「在、在下定為主公鞠躬盡瘁在所不辭！」

小平太以元康的見習隨從身分加入軍隊。元康顧慮岡崎城已駐滿今川軍，便未入城，暫居於城下親戚的宅邸。

翌日行軍時，小平太與同為隨從的平八郎互報姓名，得知彼此皆年屆十三，便談笑並肩齊行。

小平太十分羨慕平八郎的長槍。

「真是一把好槍啊！」

「嗯，還可以。你也用槍嗎？」

「會用是會用，但如您所見，我只有一把太刀。從敵軍身上搶下一把給我用吧！」

兩人相視而笑，皆為譜代大臣子嗣，從懂事開始，主公便為今川家人質，戰事、年貢皆為義元掌控。西邊又常有強敵織田軍襲擊。兩人同在肅殺的氣氛下成長，今日因義元進京，於煙硝四起的路途中相逢。從此，兩人便成為至親好友。

元康親自寄予期許之言，兩人勤於互相切磋。六年後，兩人十九歲時便被拔擢為直屬將軍的旗本武士隊長，領五十名騎兵，成為家康左右手馳騁沙場。

義元令元康送軍糧至今川軍據點大高城。城中因糧食不足，已臨斷炊之危。

大高城原為織田池城，今川雖以謀略拿下大高城與沓掛城，但大高城被織田領地的向山砦、冰上山砦、政光寺砦三處以及鳶津砦、丸根砦等堡壘環繞。

大高城被敵軍環繞得密不透風，要送軍糧入城難如登天。

元康於野營陣中與忠次、石川家成、石川數正、大久保忠俊、大久保忠員、酒井忠尚等人商討對策。

忠次獻計，建議勸降守向山砦的水野信元。水野信元乃元康生母於大之兄長。血濃於水，水野本與松平較親密。信長軍兵力五千，對今川兩萬五千大軍是毫無勝算，從這個角度說服水野即可。

「您截至目前為止征戰無數，對信長公已是仁至義盡。此戰今川軍兵力強大、織田必敗無疑。望您能與我軍同心，戰勝後義元公除保您原有領地無憂之外還另有賞賜。」

為生存而見風轉舵乃戰國兵家常事。若可保顏面，勸服信元並非難事。在場眾臣皆同意此案。

具體戰術也由忠次策畫，以其為基礎眾臣紛紛獻計。

若未能拿下信長，為避免信長降罪於信元，此案萬萬不可讓信長知曉。勸降計的前提是保障對方的人身安全。

勸降一事，由少時與信元交好的大久保忠郡與松平親俊擔任說客。

兩人已盡心盡力說服信元後，便開始說明搬入軍糧的偽裝戰術。信元判斷信長將滅，遂答應配合。

五月十八日破曉前，松平軍出兵向山砦，同時大高城也有約百名士兵突圍出城。在雙方夾擊之下，趁向山砦的信元一時不察，元康、忠次率糧草隊毫髮無傷地入城。然而，這全都是信元與大高城之間事先串通好的。

翌日，恢復精力的大高城城兵、今川後援軍、松平機動部隊聯手攻陷鳶津砦與丸根砦二砦。

義元命元康頂替孤軍苦戰的大高城守鵜殿長照。義元總是指派艱難的任務給元康。松平軍全軍集結於大高城。小平太此時撿來長槍，在平八郎面前獻寶，驕傲地說：

「這樣我就跟平八郎平起平坐了！」

平八郎潑冷水似地應道：「槍的長度雖然相同，但還是不同的東西啊！」

然而，當天傍晚，探子卻回報一個驚天動地的消息。

今日午後，義元公因信長軍奇襲戰死於桶狹間。

忠次大驚，旋即告知元康。

「義元公已不在人世，今川軍全軍撤退。目前捨棄諸城，大舉逃回駿府避戰。」

元康不可置信地向忠次問道：

「這是否屬實？」

「不確定。」

忠次立刻召集眾臣商議，但意見卻左右分歧，一方認為：

「應當立即退兵。若晚一步，信長軍將殺入孤立無援的大高城。」

另一方則認為：

「若因誤報而逃，松平家將臉上無光。應先探織田軍是否已經退兵。」

忠次也對此慎重其事。

「的確應先探一探虛實。水野信元尚在向山砦，遣使者前往吧！」

使者出發前，信元便通知松平軍：

「義元昨日因信長公奇襲，戰死於田樂狹間。信長公已退兵回清洲。」

已經證實探子的回報無誤，忠次便建議撤退。

「信元大人乃松平盟軍，他的話應當可信無誤。」

即便如此，元康不安心仍按兵不動，號令準備守城。

終於，鳥居元忠從岡崎城傳來「義元公戰死」的消息。此時，元康才下令撤軍回岡崎城。忠次任先鋒衝出大高城，朝岡崎城出發，由松平親俊殿後。因為可能遭織田襲擊，必須盡快領松平軍返回安全地帶。平八郎與小平太各執長槍緊跟元康身後，所有人氣息紊亂、汗流浹背。

終於抵達岡崎城，但忠次猶豫是否立刻進城。現在城中應該有今川軍的城代才是。忠次暫時將軍隊安置於松平家宗祠大樹寺，另一方面派大久保忠世通知岡崎城城代松平軍現狀。入夜，今川城代回覆「岡崎城原為松平之城，快進城吧！」

大久保忠世告知忠次，今川城代貌似早已夾著尾巴逃回駿府。即便如此元康依然不入城並號令全軍：

「靜待今川氏真大人（義元之長男）指示。」

今川軍經過漫長等待之後，帶著七百名守備軍棄岡崎城逃回駿府。

忠次接到回報便笑道：「今川已棄城而逃。」元康則笑答：「那就由我軍來撿吧！」

元康、忠次回到熟悉的岡崎城。

由大樹寺出發時，忠次策馬超越先鋒將校。

明月高掛，忠次頭盔上的三寶劍隱隱反射光芒，唐頭白毛輕輕搖曳。

今川義元支配岡崎城長達十年，如今告終。不可言喻的解放感，瀰漫松平全軍將士之間。雖仍有織田信長威脅，但義元戰死，松平家宛如撥雲見日。元康、忠次等松平全軍將士無不感慨萬千。未來的命運無人能料，平八郎、小平太均認為義元的死是幸運的開端。

忠次腳踩馬鐙高舉采配，回望後方的松平軍。年方十九歲的元康（家康）、十三歲的平八郎、小平太以及松平軍皆屏息凝視采配。采配一揮向前，松平軍隨即齊喊殺聲。月光映照忠次的側臉，周圍的士兵看著忠次臉上反射的光芒宛若淚光。

距離忠次從廣忠手中接下采配，已過十二個寒暑。

桶狹間之戰時松平政忠戰死，未亡人碓井姬是一位美人。政忠死後一年，元康表示欲將碓井姬許配予為松平家鞠躬盡瘁的忠次，忠次歡天喜地迎娶碓井姬為妻。碓井姬乃亡君廣忠之妹，忠次也因此在松平家的地位更加舉足輕重。

元康以岡崎城為根據地，一一掃除三和國內的織田勢力。並且再三向駿府的今川氏真催促「為報義元公之仇請盡快出兵！在下願任先鋒！」但氏真卻猶疑，而遲遲不肯答覆，松平家越來越覺得今川家不可依靠。

另一方面，信長從水野信元等人的消息得知，元康目前進退兩難。信長認為元康的英雄氣概與武士器量非同小可，再加上又有忠次等忠臣隨侍在側必定十分可靠。信長欲取西美濃而後攻入京都，當然想趁早與東三河締結友好關係以免去後顧之憂。

元康詢問眾臣意見。忠次說出自己的看法：

「主公多次催促為義元公復仇而戰，但氏真大人卻未有為父出征之心。在下從前便認為氏真大人耽溺於玩樂，並非可靠之人。雖說義元大人對松平家多少有恩，但義元大人奪走三河領地年貢，每每征戰便派松平家執行最艱難的任務，使松平家失去許多武士、百姓，又違反當年主公成人後便歸還岡崎城之約，簡直是盼著松平家就此沒落。今川家之恩，已經在連年戰事與繳納年貢時還清了。反觀信長大人，依照目前眾多消息來看應該是位智者，桶狹間一戰也證明其英勇神武，在下認為是可依靠的武將。藉此良機脫離氏真大人，與信長大人友好才是上策。」

在座眾臣皆深深頷首。元康當機立斷：

「義元大人於戰事中屢任吾等為先鋒，已盡武士忠義之道。雖義元大人對我有養育之恩，但以岡崎武士為誘敵之餌，又吝於賜予吾等家臣俸祿，使眾臣貧困實為可恨。忠次之言，確實有理。」

元康命使者與信長議和。

很快地，信長遣瀧川一益為使者赴岡崎，商討結盟一事。

今川氏真又向地方領主要求人質。遠江國內如今也對是否遣人質予今川家意見分歧。

忠次小心不讓今川家得知松平家已與信長議和，同時悄悄攻下氏真屬城三河長澤城與東條城，西三河至此大抵平定。

預見未來的忠次，對信長同盟一事樂觀其成。叔父酒井忠尚則不以為然，認為應該繼續依靠今川家。

元康聽從忠次建言，同意與信長結盟。

永祿五年（一五六二年）正月，元康為締結盟約赴信長之居城清洲城。元康一行除有忠次以外，尚有石川家成、石川數正、大久保忠世、松平親俊、平岩親吉等人及隨從本多平八郎忠勝、榊原小平太等共計兩百餘人。

清洲城下百姓聽聞年輕的岡崎城主松平元康等人到來，為親眼一睹本人蜂擁而至。

松平武士一向質樸，但今日特地穿上最豪華的衣物只為宣揚國威。可惜，除了元康之外，一行人根本比不過奢華的織田軍。三河的鄉下武士雖衣著無補丁，但一眼便可見長年貧困的窘境。忠次抬頭挺胸乘馬前進，但百姓仍對無法在鎧甲、武器以外花錢的武士抱持著輕蔑的態度。

元康一行人靠近滿洲城城門時，百姓紛紛竊竊私語「松平武士還真窮酸哪！」、「可不可靠啊？」、「（盟國之主）該不會是那個年輕的？」、「要真出事有辦法保護我們嗎？」

群眾的眼神和舉止無不令松平武士感到屈辱。

此時，元康近身護衛當中一位年輕武士脫隊而出，大聲喝道：

「不得無理！」

將長槍高舉過頭，發出低吼轉動長槍，咚地一聲將長柄往地上一戳。這一戳地上砂石紛飛，群眾驚呼便往後退去。操長槍的身手迅雷不及掩耳，十分敏捷。

「吾雖無華裳，刀槍卻是日日打磨。無禮之人，將成為我本多平八郎矛上鐵鏽！」

平八郎大聲威嚇後，尾張國百姓不敢造次便往後退，甚至有人逃離現場。織田家護衛雖必須保護松平一行人，但懼於平八郎之勢，個個將刀劍對準平八郎。

「莫慌！」十五歲的平八郎大喝一聲，織田護衛這才放下武器。

乘馬走在前頭的忠次停下腳步回望後方。忠次與平八郎四目相接時，忠次微笑點頭，平八郎也以爽朗笑容回應。元康繼續策馬前進，微笑看著脫隊而出的平八郎默默行禮的樣子。這段時間榊原小平太一直高舉長槍走在元康馬前，以銳利的眼神睥睨四方。

締結盟約後，信長宴請松平一行人。

席間，臉型瘦長的信長突然對忠次說：

「吾曾聽聞尊下戰績輝煌。」

僅此一句。成功討伐今川義元，信長此時可是轟動天下的名將。沒想到鼎鼎大名的武將竟知曉自身戰績。忠次放下酒杯，恭敬地低頭回答：「在下惶恐。」信長點了點頭。幾年前曾於宇畿賀井城與忠次交手過的柴田勝家機靈地為信長斟酒。

忠次跳了一段輕快的惠比須舞[1]，元康則吟唱一段歌曲。心情大好的信長也跳了一段幸若舞當中的「敦盛」[2]，唱道：「人生五十載……」織田與松平軍在酒宴上和樂融融。

這場盟約一直持續到信長在本能寺之變身亡，前後共二十年。在人心劇烈反覆的戰國亂世可謂一樁美談。

背叛今川家的西三河地方領主，欲與信長盟友元康交好。氏真盛怒之下，處死十三位地方領主的人質。此後，氏真對東三河也嚴格要求人質，使人心更加背離。

氏真並未如義元有器量和擅長謀略，無法掌握人心。不少家臣分別投靠武田家、北條家、松平家。

元康雖與今川家斷絕關係，但正室瀨名姬（築山殿）與四歲的長男竹千代（信康）、三歲的龜姬仍於駿府今川家為人質。

氏真想過要處死三人，但瀨名姬之父關口親水大力反對，故未能處死表妹。

元康命忠次、石川家成、石川數正、大久保忠世、鳥居元忠等人攻打今川上鄉城的鵜殿長照。忠次等人受元康密令，必須生擒長照與其子。

長照生母為今川義元之妹，故地位崇高，但鵜殿的親戚也有部分支持松平家。

正面對決若無謀略，不可能生擒敵將。忠次與數正展開正面攻擊，截斷敵軍水路，同

①帶著惠比須大神面具跳舞，祈禱漁獲豐收。
②舞劇中講述熊谷真實討伐平敦盛的故事。在戰國時代流行於武士之間。

時與鵜殿親族交涉。，以保證駐守士兵性命為條件，呼籲鵜殿投降。鵜殿堅持等待今川援軍，但今川援軍卻在路途中被大久保隊、鳥居隊擊退。

鵜殿眼看援軍不可能到來，已有必死覺悟。要求至少留下二子氏長、氏次一命。忠次允諾後，鵜殿目送二子出城。

忠次再度遣使者勸降，但長照選擇守節與數名家臣切腹自殺。

忠次俘虜長照二子，要求今川家的瀨名姬、竹千代、龜姬交換人質。

石川數正自告奮勇：「請讓在下護衛二人前往駿府。」

氏真說不定打算把長照二子與使者一起殺死，此行非常危險。數正耿耿於懷數年前竹千代（元康）在叔父石川家成眼前被擄，為一雪家族之恥，家成捨身成功救回竹千代。這次數正也想為元康建功而自願冒險前往駿府。

數正智勇兼備，早已有所謀畫。元康為人質時，已與數名今川家重臣交好，此時便能倚靠這些人，而忠次也同意此計畫。

數正出發前往駿府，二子暫留於國境附近。

數正面見氏真，大讚鵜殿長照為守節而切腹，又道：「在下懇請以鵜殿遺孤二子交換瀨名姬、竹千代、龜姬。瀨名姬等人皆與氏真大人血脈相連，您當助一臂之力。」並策動鵜殿之親族請願。數正言外之意是若拒絕便只好決一死戰。

氏真接受人質交換。

鵜殿之子由松平武士守護，於三河與遠江國國境上交還予今川家，接獲消息後數正便偕瀨名姬、竹千代、龜姬離開駿府，返回岡崎城。

靠近城門時，數正讓四歲的竹千代騎乘自己的馬匹，在百姓夾道歡呼中進入岡崎城。能平安救回主公妻小，數正感到十分欣慰。

元康治理西三河後，意圖平定東三河。忠次經常任松平軍先鋒前進東三河。

永祿五年九月，忠次再度前往攻防數次的寶飯郡八幡砦、佐脇砦。忠次在這場戰役中陷入危機，元康領援軍相救。

這場勝戰得來不易，但由於拿下八幡、佐脇，三河的地方領主紛紛藉由忠次引介而納入松平麾下，元康在東三河的勢力更加拓展。東三河中今川氏真的領地只剩下吉田城、田原城等數個守城勢力。

永祿六年（一五六三年）三月，松平家嫡長子竹千代（信康）與信長之女德姬締結婚約，二人當時才五歲。

同年七月，元康去掉義元的「元」字，更名為家康。

## 第四章　一戰之功

永祿六年九月，西三河發生一向宗僧侶及信眾暴動事件，使得家康前進東三河的計畫停擺。

事件肇因於家康的臣子菅沼定顯強行向上宮寺徵兵糧，引發信眾不滿。一向宗三個寺廟的僧侶及信眾為奪回糧草，包圍定顯城寨。定顯向家康求援，酒井正親派使者前往撫慰，不料使者卻遭情緒高漲的信眾斬殺。家康盛怒，命忠次討伐信眾。之後，西三河一帶陷入一向宗對家康之戰。

三河武士在忠義與信仰之間兩難，最後越來越多人加入一向宗信眾之列，近乎有三河武士半數之多。忠次的叔父酒井忠尚、松平昌久等人也在其中，連今川軍也加入暴動，西三河陷入內亂狀態。

先前活躍於八幡之戰的渡邊半藏與剛毅勇猛的蜂屋半之丞、日後成為家康謀士的本多正信、武勇的本多正重等人皆因信仰而反叛家康。

本多平八郎卻不以為然。

「佛祖固然重要，對平八郎而言，佛祖只存在心中。賜予吾等糧草的可是主公。宗派、教義俯拾皆是，主公卻只有一人。為此反叛主公，簡直荒謬。在下願改宗派！」

於是，便由信仰一向宗（淨土真宗）改為淨土宗。十六歲的平八郎貫徹譜代大臣的忠義之節。

暴動勢力與武士結合，而且這些人願為信仰捨身取義，深信若殺死佛敵死後可榮登極樂淨土，抱著寧為玉碎不為瓦全的決心突擊。對戰不怕死的敵人，忠次等人陷入苦戰。

岡崎城也受到攻擊。家康與忠次一同迎戰，將敵軍追趕至上和田。平八郎、小平太也隨侍在側與敵軍對戰。

兵荒馬亂之際，平八郎與其他旗本大將於家康馬前揮舞長矛，為家康殺出一條血路，小平太則牽著家康馬轡由後方前進。

聽聞槍擊聲，乘馬的家康大幅度地向後倒。子彈命中家康，家康使勁猛攬馬轡，使得馬兒痛苦不堪提起前腳。家康左腳脫離馬鐙，眼看就要落馬。小平太使力拉緊馬轡使馬兒鎮靜，再用長槍支撐家康，家康這才免於落馬。

敵軍衝向家康「厭離穢土欣求淨土」的旗幟。厭離穢土指離開這令人厭惡的汙穢土地，欣求淨土則是祈求彼岸的清境世界之意，此乃少年家康的理想。

旗本武將與平八郎等人雖盡力掃除暴動勢力，但仍有追兵越過重重險阻來襲。小平太撿起長槍將敵軍一一擊退，家康也揮舞太刀欲戰勝敵軍。此時若家康落馬，身體受強烈撞擊全身劇痛，戰鬥能力勢必銳減，只要碰上一群雜兵便將立刻敗下陣來。所幸小平太等人防範於未然，沒有讓家康落馬。

見家康危急，忠次、平岩親吉、大久保忠世等人火速前來援助，擊潰敵軍。終於，敵軍從眼前散去。此時下起雨來，德川軍直接在草原中暫時歇息。

小平太對馬上的家康問道：

「主公是否負傷？」

「沒事，諸位也平安吧？」家康回應後便下馬。

此時小平太凝視著家康西洋盔甲上清晰的彈痕。

「真是千鈞一髮。」

家康笑著用左手拍拍盔甲上的彈痕。

忠次也受到槍擊，多虧了盔甲才得以續命。傍晚，雲雨欲來。將士為保護家康圍坐成一圈，雨勢之中確認自己的呼吸，努力求生。

慘烈的一向宗暴動乃家康生涯中的一大難關。

戰事延續六個月，在忠次、平八郎、小平太等人拚死奮戰數十次後才終於得以勝利，與敵軍議和。

戰後，家康大力讚揚小平太。

「一向宗暴動多虧有你，我才免於落馬，真是救了我一命。救了我就等於救了三河國，真是天下無雙的牽馬人。」

小平太應道：「在下惶恐，主公過獎了。今後也將捨身侍奉主公！」

一向宗提出的議和條件有三。其一，須保證參與暴動的三河武士平安；其二，所有寺院、僧房維持原貌；其三，須留暴動發起人一命。

忠次眼冒怒火，否決議和條件。

「一個條件都不能同意！若同意這些條件，暴動等同無罪。無法為死於暴動之人報仇雪恨。」

忠次接著說，反叛慈悲為懷的主公簡直大逆不道。第一條，參與暴動的三河武士應一律處死。第二條，若留著寺廟形同留下禍根。第三條，策畫暴動之人，理應斬首，藉此機徹底清除三河反叛勢力。

聽完忠次意見，長老其中一人，大久保忠俊認為忠次言之有理，但希望對參與暴動的三河武士從輕發落。成為今川內應的酒井忠尚不可饒恕，但其他因信仰而戰的人原本對德川家盡忠云云，大久保忠俊試圖保護這些三河武士。

家康因忠次與忠俊的意見而左右為難，不禁臉色一沉。

忠次早就料到會有從輕發落的意見。敵對武士中很多是親戚、友人或認識的人。若一開始便講人情，那麼之後會有許多相同的意見出現。

忠次堅持嚴懲不貸，卻陸續有人提出從輕發落之言。家康雖認同忠次主張，但希望從寬處置。因為如此一來，獲得饒恕之人終生都會追隨家康。

忠次見狀，只好說：「原來如此，的確是很寶貴的意見。」認同忠俊提案。忠次表示讓步同意赦免三河武士，但其他二條萬萬不能同意。家康點了點頭。

家康同意議和條件之一，因信仰而敵對的人可以歸營，並保證人身安全。

忠次奉家康之命，通知「只同意議和條件其一、其二」。得知若被捕將被斬首，暴動主謀以迅雷不及掩耳的速度逃離三河國。

忠次雖說已知家康同意議和條件第二條，但為斷絕禍根，率兵摧毀所有寺院。當然，僧侶及信眾因忠次違約而怒不可遏。

「您已經同意要讓寺院維持原狀！」

忠次應道：「我是讓寺院維持原狀沒錯啊！這裡原是一片原野，有意見的話就只好再打一仗！」

三河的一向宗暴動就此平定。

對家康與忠次而言真的是一場硬戰，但成果豐碩。首先，三河的舊勢力與反家康派的松平家臣與武士遭流放，同時也凝聚了松平家臣向心力，家康獲得強而有力的後盾。

一段時日之後，暴動餘燼已滅，忠次便臨機應變採取軟硬兼施之策，使信眾效忠松平家。忠次接受信眾請願，不僅同意還協助信眾重建寺廟。

家康平定一向宗暴動後，為再次前進東三河，命忠次攻打吉田城。永祿七年（一五六四年）五月，忠次率兵一千包圍吉田城，築堡壘準備攻城。十七歲的本多平八郎忠勝也參與此戰役。

吉田城守將小原鎮實出城迎擊忠次隊。

對本多平八郎來說，此戰能與上次未決勝負的敵手相遇。他是頭戴桔梗笠的城所助之丞。去年，平八郎與丞所對戰卻勝負未分，之後聽聞頭戴桔梗笠的城所助之丞乃今川家擅於用槍的名將。

平八郎欲與其對決，在戰場上找尋頭戴桔梗笠的城所，終於找到城所並叫住他。

城所也記得平八郎。雙方再次報上名號，便取長槍擺出陣勢。援軍到場，彼此都交代「不許出手！」準備一對一決勝負。

雙方都把長槍架於左前方，慢慢靠近。一瞬間，平八郎使勁出擊，城所跳向後方閃避。平八郎的長槍撲空，但卻更進一步刺向城所。城所打下長槍，防禦平八郎攻勢。調整呼吸後這次由城所出擊，挑開槍尖刺向平八郎。

二人長槍如電光火石飛快交錯，突刺、敲擊、兩槍相抵發出驚人的摩擦聲伴隨著彼此相互嘶吼的殺聲。平八郎與城所纏鬥之處，附近草木皆被斬斷，雜草亂舞、樹枝飛散，雙方腳邊砂石漫天。

城所欲刺平八郎胸口，不料平八郎速速後退，並為重新調整姿勢而按兵不動。因為他知道此時若突刺，反而會遭襲擊。雙方互望。平八郎的功夫比去年更加敏捷，城所心中暗暗驚嘆不已。

平八郎的隨從偷偷從草堆中接近城所。平八郎發現時欲警告對方「不許插手」，這卻成了平八郎的空隙。城所使槍欲刺平八郎雙足，平八郎從上方壓制攻擊。城所收槍欲再次出擊時，平八郎的隨從從旁殺出欲斬殺城所。城所右臂受輕傷，雖欲重新執槍再戰，卻已經握不住長槍了。

平八郎本想叫隨從別插手，卻聽見隨從輕聲喊「啊！」接著腳步變得踉踉蹌蹌。原來是被後方敵軍武士刺傷大腿。傷勢不重，平八郎盯著城所慢慢繞圈，讓隨從由後方逃生。

刺傷平八郎隨從的敵方武士對城所喊「撤退！」並高舉長槍由上而下揮動，這一擊沉穩有力。平八郎只能向後跳閃避攻擊。

介入城所與平八郎纏鬥的年輕武士乃今川軍牧野惣次郎，與平八郎同齡皆為十七歲。

惣次郎之父牧野定成原本居於牛久保城，這次趕赴吉田城與小原軍一同於吉田城外的下地草原布陣。如今陷入敵我混戰。城所乃牧野家家臣，也是惣次郎用槍之師。稍早惣次郎仍與城所並肩作戰，但城所卻突然消失。惣次郎邊戰邊尋找城所蹤影，便見到平八郎與城所纏鬥，千鈞一髮之際營救右手負傷的城所。

惣次郎身邊有一名隨從。惣次郎將長矛刺向平八郎，平八郎與惣次郎的隨從互相對戰。城所只能惋惜地放棄與平八郎對戰，離開現場。

這次輪到平八郎與惣次郎一對一戰鬥，惣次郎也精於用矛。

牧野定成雖屬今川家，卻也為大幅拓展勢力的家康深深吸引。繼續追隨今川氏真牧野家是沒有未來的。出陣前，惣次郎與父親定成還商討過此事。二人琢磨著若有機會，希望與家康交好。不料，卻遇上城所危急之際，只能拚死一戰。

雙方互喊殺聲對刺、對打數回合。

惣次郎漸漸被平八郎逼入絕境。且戰且走，找到附近的竹林可供逃逸。一記猛攻趁平八郎暫退之隙，惣次郎逃進竹林。

平八郎喊道：

「卑鄙小人，出來堂堂正正決戰！」

惣次郎並未從竹林裡出來。不得已，平八郎只好步入竹林中。竹林中不好站穩腳步，這才發現惣次郎左臂負傷，平八郎右小腿也隱隱作痛。

傳說平八郎生平征戰五十七回，從未於戰場中負傷，但事實上在吉田城外的激戰時，平八郎確實受過傷。

竹林中無法揮動或旋轉長槍，於是只能相互猛刺。長槍數度擊中青竹，伴隨尖銳撞擊聲，青竹皮被削落四處飛散。

惣次郎刺擊，平八郎一個閃身便將長槍撥開。惣次郎長槍刺進青竹中，再也拔不起來。平八郎再次進攻前，惣次郎捨棄長槍後退數步拔出背上的太刀。平八郎暗想此戰必勝。若離開竹林，長槍靈活度有利於平八郎。平八郎持長槍，惣次郎持太刀，惣次郎毫無勝算。平八郎將惣次郎誘至竹林盡頭，太刀與長槍一直保持適當距離，平八郎終於穿越竹林，但惣次郎並未追擊平八郎，停留於竹林之中。一出竹林將成平八郎槍下亡魂。平八郎在竹林外對惣次郎道：

「足下槍法不錯，但可惜槍尖給青竹吃了。竹林已盡，四周只有松平軍，無今川軍勢。若在下呼叫同伴，足下只能死在竹林之中。既然如此，倒不如與我本多平八郎忠勝用長槍光明正大決勝負。來，出來吧！」

平八郎蹲低馬步架好長槍。惣次郎經今日一戰才得知對方身手。若出竹林必死無疑。但惣次郎卻不禁一笑，一邊退進竹林中一邊喊道：

「嗯，原來足下乃本多平八郎忠勝大人。城所告訴過在下，久仰大名。平八郎大人槍法了得。在下乃牛久保城將牧野定成長男惣次郎，其實我們父子都有意與松平家交好，請代為轉達。」

若此話為真，平八郎真心想與這位年輕武士結為同伴，於是便對他喊道：「此話當真？」

惣次郎則回應：「絕無虛言。終有一天你我會成為夥伴。再會！」

語畢，惣次郎收起太刀消失於竹林深處。

雖未攻下吉田城，但忠次卻大獲全勝。忠次決定暫時退兵。

之後，牧野家差人送書狀予本多平八郎，希望以平八郎為中間人與忠次協商。平八郎將書信交給忠次，並告知與城所、惣次郎以長槍對戰，二人展現超凡的武者風範。

忠次讚許平八郎的武勇：

「平八郎的槍法讓敵軍長男折服，此戰因你而勝啊！」

牧野惣次郎此後於姉川會戰時與松平軍一同出征，其後於各地也立下顯赫戰功，取家康名中一字改名為康成，成為領地五千石①的從五位下②讚岐守。

永祿七年五月，包括剛加入的牧野定成、惣次郎父子與東三河的地方領主，忠次率領平岩親吉、本多廣孝、平八郎等人再度進攻吉田城，小原鎮實雖全力拚搏卻毫無勝算。忠次差伊奈城主本多忠次進行調停，本多忠次數度苦勸議和，小原也認為再戰無益，便遣使者前往駿府取得氏真同意。

酒井忠次將家康庶出胞弟松平勝俊及自己的女兒阿風送到小原家為人質，小原將二人送至今川氏真所在的駿府。以此為交換條件，小原亦悉數歸還與家康交好的東三河地方領主之人質並交出吉田城。

人質松平勝俊與阿風，之後因今川氏真為武田信玄所攻，於今川家沒落之際，落入武田家之手。最後忠次受命於家康，營救之戰成功，勝俊得以逃生。阿風在與武田家交涉之後平安歸國，其後成為家康養女，嫁給五井的松平伊昌。

攻下吉田城後，家康又攻陷田原城，一掃三河國內的今川勢力。

如此一來，便完成家康之父廣忠未完成的心願——平定三河國。

為慰勞將士長年辛勞，家康賜酒井忠次吉田城與領地二百石，是為東三河旗本武士頭領。忠次認可東三河四郡的封建統治，統括東三河的松平一族、地方領主戶田、牧野、西鄉

①五萬畝左右。

②從五位下以上者為貴族。

等，頒布年貢徵收、賞罰規則。吉田城乃對今川、武田之要衝，因此忠次在德川家的地位更顯崇高，權力更為穩固。

忠次長年辛勞得到回報且面子十足。西三河的旗本武士頭領由譜代大臣石川家成擔任，入主岡崎城。石川家成乃數正叔父，其地位於數年之後由數正繼承。

九月，忠次與石川數正率榊原小平太等千名士兵，攻打上野城主酒井忠尚，忠尚在一向宗暴動事件時，選擇投靠主導暴動的今川家，而忠尚正是忠次的叔父。

忠次於上野城外一戰後，派遣昔日曾為忠尚隨從的小平太為使者前往議和。

小平太傳達忠次之意：

「吾對叔父毫無怨恨之心。意見分歧、生存方式不同、互為敵人也只因身在武門。勝敗也不過因天命，請降我軍吧！我軍絕不傷您分毫！」

一直靜靜聆聽的忠尚開口說道：

「把使者榊原小平太因為人質，直到我軍安全為止。」

忠尚冷冷地看著小平太。忠尚的家臣用刀刃抵著小平太背部，將身上物品全數取出。

小平太對忠尚說，自己出身卑微，即使成為人質也毫無效果。忠尚只是沉默不語。

當夜，忠尚帶著隨從三十人左右，挾持小平太逃離上野城。來到矢作川岸邊，忠尚望著小平太說道：

「把你抓來當人質，只是以防萬一。吾等逃離上野城，忠次應該早已發現，卻未派追兵，就表示他非常器重你。降於忠次，有違我武士節操。逃亡才能保護有恩於我的今川氏真大人，這是我選擇的路。守城而死毫無意義。今天拿你當人質其實也出乎我意料，還得用刀抵著你，以免你因反抗而死無法繼續效忠家康大人。再者，小平太若戰死，家康與忠次在盛怒之下必定猛攻上野城，松平軍損失慘重，我也將戰死沙場。我想如此兩敗俱傷也太可惜，才會挾持你為人質，逃到這晦暗的河灘。」

忠尚凝望河灘對岸繼續說道：

「未來事不可知。小平太，今後你得好好想想何為忠義。脅持你當人質，其中一個原因就是為了跟你說這句話。我跟你是因時勢才成為敵人，你多保重。」

忠尚笑了笑，歸還小平太隨身物品，與隨從走進河川消失於暗夜中。

小平太回到忠次營帳，報告自己被挾持為人質以及忠尚已經逃離等經緯。

忠次早已接到探子回報小平太被挾持為人質，但卻深信小平太定能生還。忠次表面上仍透露出沒能拿下忠尚，十分懊惱。小平太自覺顏面掃地，渾身僵硬。忠次稱讚小平太：

「小平太雖成為人質，但我軍卻未折損一兵一卒便拿下上野城。若換作其他人，斷不可能有此成績。全因小平太品行端正，忠尚才決定不做無謂犧牲。你的功勞能抵攻城兵千人啊！」

家康聽忠次讚許小平太功績，便道：

「你這次擔任使者可真是立下大功啊！」

賜太刀一把與家康偏諱，更名為康政。

此戰之後，三河國的吉田城主酒井忠次以輔佐松平家康聞名遐邇，遠江國自是不在話下，連甲斐的武田信玄、小田原的北條氏康、越後的上杉謙信比比皆知。

第五章　蜻蛉切與青竹切

永祿七年（一五六四年）晚秋，甲斐武田信玄使者信濃伊宗的下條信氏拜訪吉田城主酒井忠次，示以信玄希望與松平家友好之書狀。

當時，武田、今川、北條三家以姻親結盟，但此盟約因義元之死而產生破綻。下條趁提出友好之請，順勢一探松平家大臣酒井忠次之器量。

忠次從簡單的書簡便即刻看出信玄意圖。也就是說，信玄與松平家談和，與今川一刀兩斷，是欲奪駿府、遠江領土。趁這段時間一併吞掉松平與遠江，終有一天武田與松平勢必敵對，但在此之前表面上交好，先安心地奪下今川領土吧！

忠次始終和顏悅色接待下條。忠次勇猛而處事圓滑，在眾人面前獻上一段惠比須舞，下條也表演一段舞蹈回應。

與武田交好對松平軍來說並無損失。忠次應道：「感激不盡。」松平家與信長結盟，正是為了防範信玄與今川氏真。

忠次直接前往岡崎城，向家康轉達信玄欲締結友好之約。

「力量弱，則如同今川家四面楚歌。主公需變得更加強大。」

忠次像是自言自語般地說完，家康眼神晶亮頷首同意。

回到甲斐的下條向信玄報告：

「忠次大人乃披著羊皮的狼，氏真大人則是披著狐皮的兔子。」下條也與今川氏真見過面。對氏真奉承道：「吾主信玄請您今後務必多多協助。」其實背地裡是想一探氏真器量，摸索攻略。

與今川同盟的信玄，比誰都想奪下氏真的駿河、遠江領地。正在觀察時機，背棄盟約。北條氏康則未背棄盟約，反而對氏真略施恩惠，欲以謀略奪下該領地。

家康再度命忠次攻下遠江。忠次一邊與信玄締結戰略友好關係，以吉田城為根據地穩固東三河領地，一邊準備從氏真手上奪走遠江國。

翌年，信長將養女嫁給信玄之子勝賴，締結甲尾同盟。因而，信玄與家康也成為間接同盟者。

忠次遣使者交付誓詞。沒過多久，信玄的重臣穴山信君（梅雪）便遞來書狀。信君娶信玄之女為妻，乃武田家要臣之一。

「此次承蒙松平大人惠予誓詞，我方會再將信玄血印、誓詞送過來。終於能與松平家締結親睦盟約，真是感激不盡。」

親睦盟約乍聽之下和睦，但不過是短暫的友好關係。忠次代理家康處理盟約，忠次卻未探訪過信玄。信玄請穴山代理，穴山也並未刻意求見家康和忠次。現在為侵略今川領地，暫時利害一致而已。松平與武田之間的密約是以大井川為界，信玄取駿河而家康取遠江。

永祿九年（一五六六年）十二月末，家康改姓德川，朝廷賜從五位下三河守，名實相符成為三河國之主。

家康旋即令忠次強化德川軍隊、重新整編。

忠次除訂定領國內各村落駐軍人數以外，編列弓箭隊、長槍隊、鐵砲隊、軍糧隊。修改全軍指揮命令系統、戰事規則，使德川軍能迅速動員、出兵、戰鬥。老臣酒井正親、鳥居忠吉等人改任守城將領，德川軍團則注入新血。另外，編整旗本武士與負責政務的體制。十九歲的本多平八郎忠勝成為旗本武士隊長，是統領五十位騎兵的隊長；榊原小平太康政與忠勝相同，任旗本武士隊長統領五十位騎兵。

旗本武士乃直屬家康將士，在戰國時期基本上是每逢戰事便臨時編制的親衛隊。旗本武士隊長正是直屬家康的將校頭領，隊長需指揮常設獨立軍團，在第一線臨機應變參與戰事。能任此重擔，表示家康認同忠勝、康政等人少年武勇十分優秀足以為將。

其他的旗本武士隊長尚有大須賀康高、大久保忠世、柴田康忠、鳥居元忠、植村家存，日後松平家忠等人也名列其中。這些成員移居於岡崎城下，以便家康隨時差遣。德川四天王之一的井伊直政日後也將任旗本武士隊長，但此時他才六歲，正在遠江國的井伊谷躲避今川氏真追捕，身世淒涼。

整個軍團大約有二千五百名士兵。

家康為慶祝旗本武士隊長就任，賜予每人刀刃或槍頭。忠勝、康政二人便是獲賜槍頭。賜予忠勝的槍頭乃三河刀匠藤元正真之作，槍頭呈竹葉形，槍刃的部分長約四十公分，槍莖（插入槍柄的部分）約五十五公分，正中央刻著梵文與三鈷劍。

忠勝將槍頭以布匹捲起背在身上，策馬往岡崎城外瀰漫初秋氣息的草原。空無一人的曠野中，忠勝下馬解開布匹，將槍莖牢牢以白布包裹。槍刃磨得晶亮，連忠勝的面容都映照得一清二楚。槍刃與槍莖總長將近一公尺，忠勝單手握槍莖由上而下空劈，槍尖因劈開空氣而隱隱作響。忠勝操槍快速、敏捷，其功夫在德川軍團中無人能出其右，即便是康政也頂多只能打成平手。

忠勝調整呼吸刺向前方，翻身劈開身後的藍天。

接著劈向白菊花叢與芒草，頓時花瓣草屑散落於忠勝強壯的肩膀與向後高高束起的髮髻。忠勝深褐色的瞳孔，讓他顯得更加豪邁粗獷。

細小的枝條宛如炸裂似地被切開。忠勝感嘆於此槍劃開枝條的手感，目前還未有其他槍能與之匹敵。

一隻紅蜻蛉①飛過忠勝眼前。

忠勝突然有個念頭閃過，不知是否能用這把槍頭斬到蜻蛉。要斬飛翔中的蜻蛉可是難如摘星，忠勝從未聽聞有誰嘗試過。

①蜻蜓。

他緊盯飛行中的蜻蛉，試圖看出蜻蛉飛翔的規律性。蜻蛉有時宛如停滯於空中，卻又立刻大幅度迴旋。

一隻紅蜻蛉進入攻擊範圍內，但下一秒卻又飛向上空。

忠勝執槍頭，擺起八雙架式，等待蜻蛉再度飛來。所謂八雙，就是持刀、槍由正面向右舉起的備戰姿勢。忠勝維持備戰姿勢等待蜻蛉飛入攻擊範圍內。

一隻紅蜻蛉靠近，宛如停在空中的一點，翅膀快速擺動。紅蜻蛉背後是一大片藍天。

忠勝揮下長槍，紅蜻蛉一分為二，被風吹散於一大片白菊叢中。

在白菊叢中細細尋找，卻不見紅蜻蛉殘骸。忠勝再度確認槍頭，卻未留下任何蜻蛉的痕跡。

此時，其他紅蜻蛉像是什麼都沒發生過一般，不斷在忠勝身邊來回飛舞。

忠勝雖然目睹蜻蛉落下的瞬間，但卻疑心這莫非是錯覺？

於是，忠勝再度擺起八雙架式，劈開進入攻擊範圍內的蜻蛉，不料卻撲了個空。忠勝雖數度嘗試，但蜻蛉總是時而上下時而左右，自由自在地避開了攻擊。忠勝萬分失落，但卻轉念一想：

「方才一擊，我確實劈開了飛翔中的蜻蛉。可能是揮動槍頭的瞬間，棲息於藍天中的武神偶然降臨，才讓我劈開蜻蛉。這把槍曾蒙武神暫宿，能劈開蜻蛉也是托武神之福。想必武神已經回到藍天之中了吧！」

忠勝跪於草原之中，慎重地雙手捧起槍頭，凝望太陽逐漸西下的藍天。面對或許有蜻蛉長眠於此的花叢，闔眼祈禱：

「願我能成為配得上這把曾有武神眷顧的槍……。為了主公，我定要成為日本第一的武士。」

忠勝將斬蜻蛉一事告訴康政，康政答道：

「這樣啊！真羨慕你。一定是武神降臨至你的槍上。」

忠勝驚訝於康政那一句「武神降臨」，應道：「胡說！」立刻又問：「你相信我斬蜻蛉一事嗎？」

「當然相信。你的槍乾脆取名為『蜻蛉切』吧！也只有忠勝你能斬蜻蛉啊！」

忠勝略顯羞澀，輕輕點頭，卻絕口不提曾經想像過武神降臨一事。

忠勝與康政兩人時常閒談，從未鬧過不愉快。康政一向認同忠勝所言，從十三歲那年開始便一直如此。忠勝笑著問康政：

「你試過槍了嗎？」

「嗯，其實我也試過了。不過我是拿青竹來試，劈開青竹的手感好得令我驚訝。青竹不會動所以比你簡單多了。又劈又刺，證據要多少有多少！」

康政大笑，忠勝也笑著說：

「如此一來，康政的槍就取名『青竹切』。」

「『青竹切』聽起來是個清新的名字，那就這麼定了。『青竹切』與『蜻蛉切』啊！」

二人終身為好友。想說什麼就說什麼，從不曾與對方積怨。康政眼神清靈鼻樑高挺，相貌知性而有些女性化。

「你許了願吧？」

忠勝毫無顧忌地直接問康政。康政在回答之前，反而像是在催促忠勝先回答似地說道：「你這麼說就表示你許願了吧！」

忠勝誠實地說：「我希望能為主公立下汗馬功勞。如果可以，也希望能成為日本第一的武士！」

「真不愧是忠勝，你的願望一定會實現。……我的願望啊！嗯，我的願望是希望我終生不悔能為主公奉獻這一身用槍的功夫。」

忠勝看著康政的側臉，鼓勵道：「你的願望一定會實現！」

留著月代頭②的康政，細聲點頭道：「嗯。」

二人各自將槍頭帶回兵器房，插入樫木柄組成長槍。

忠勝的槍為黑柄，長約四公尺余，康政的槍為紅柄，比忠勝的槍略長一些。通常賜長槍都是包含槍頭和槍柄的，但有時也像二人只賜槍頭，再依照個人喜好、臂力、體型搭配適合的槍柄。此後，槍柄依照便於使用、提升使用機能之基準，數度更換槍柄，忠勝、康政使

②戰國時代流行於武士間的造型。剃光前額至頭頂的毛髮，使頭皮露出成半月形。

用過最長的槍柄甚至有六公尺左右。待二人年老時，便依年齡更換成較短的槍柄。

信玄一直計畫要攻下駿河，藉著與信長同盟而接近家康。信長也不想與信玄正面交鋒，才同意結盟讓信玄先攻駿河與越後。

忠次使用武力掃蕩與謀略驅逐遠江國內的今川勢力。

永祿十一年（一五六八年）二月，穴山信君的使者再度帶著信玄的秘密書信來拜訪忠次。書信當中表示依照當年約定，大井川以東歸信玄、以西歸家康治理，故忠次也同意依約執行。

不久後信玄背棄盟約攻打今川氏真。氏真抵擋不了信玄猛烈攻擊便離開駿府，逃往遠江的掛川城。

氏真於掛川城避難，這次則由忠次、忠勝、康政與其他松平武士、地方領主集結攻打掛川城，掛川城孤立無援。忠次視時機向氏真提出議和，同時請小田原的北條氏康擔任中間人調停。

此時，信玄已違背與忠次之間的約定，正與遠江的今川將領串通，一邊攻打駿河一邊襲擊遠江國北方，開始侵略三河。

忠次向氏真提議，將遠江交給家康，與北條氏康一同攻打信玄，便讓氏真回駿府。

氏真認為與其和信玄交好不如信賴家康，畢竟中間人是岳父北條氏康，家康的正室瀨名姬（築山殿）又是今川家血脈比較令人安心，於是便接受議和。

忠次為接收城池而赴掛山城，並與氏真會面。

氏真對久未謀面的忠次怒言相向。罵完信玄之後，把矛頭指向德川家。氏真指責德川家從廣忠時代開始就蒙受今川家恩惠，家康更是父親義元一手栽培，卻與殺父仇人信長同盟簡直恩將仇報。忠次雖然很想回嘴，會走到今天這步田地，也是因為家康屢次要求出戰替義元復仇，而氏真卻毫無回應。然而，忠次卻未說出口，只是沉默。

一旁有掛川城主朝比奈泰朝在場，他是撐過德川家猛烈攻勢的今川家重臣。順帶一提，遠江的井伊谷城主井伊直親乃井伊直政之父，在直政兩歲時因為與德川交好，被朝比奈攻打而戰死。此時，八歲的直政被今川家追緝，只能隱姓埋名地過日子。

氏真乃一名白面貴公子，根本沒有心思同情家康、忠次等三河武士因為今川家過了十四年逆來順受的日子。只記得自己給予的恩惠，卻不記得從別人身上奪走的事物。

氏真更怨自己生於亂世簡直是倒了大霉。這個男人是個風雅文人，其實只想自由自在地生活，。

忠次只是低頭聽著氏真抱怨。忠次本來就知道，以氏真的立場實在有太多事可以埋怨了。忠次雖然非常成熟地應對此事，卻也暗想生於刀光劍影的門第之中，卻不思磨練兵法，一昧地怒罵他人卻不為義元公雪恥，說穿了氏真只是個軟弱的凡夫俗子。

忠次聽完氏真滔滔不絕的怨懟後，畢恭畢敬地說道：

「在下惶恐，請讓在下陪同您至大井川。」

氏真似乎有些意外：

「好。忠次，就拜託你了！」氏真露出高興的神情。

他還以為是因為方才的抱怨讓忠次產生同情心，其實不然，忠次打從一開始就決定要親自擔任護衛。家康與眾臣能有今天，某方面的確是拜義元公所賜。忠次為報答這份恩情，才想親自送氏真到北條家臣相迎之地。

一行人從掛川城撤退，其中有氏真直屬臣子十人、掛川城主泰朝與其臣子三人，再加上忠次與護衛部隊共約一百五十人。

北條家派人在大井川邊迎接。氏真前往伊豆的戶倉城投靠妻子娘家的北條氏康，而掛川城改由石川家成守城。

幾年後，氏真為投靠家康前往濱松後又赴京都，最後輾轉至江戶。家康賜予位於品川的房舍，氏真在此生活到七十七歲過世為止，晚年可以說生活地自由自在。

## 第六章　金崎之戰撤退殿後

永祿十二年（一五六九年）六月，本多廣孝、鳥居元忠等人以及二十二歲的忠勝、康政攻打遠江的天方城，一掃今川勢力，遠江國大致平定。

翌年，永祿十三年正月，家康築引馬城且常駐城中。此外，為使遠江確實受壓制並向東、北方擴張勢力，同時防範信玄南下侵襲，家康擴建引馬城改名為濱松城，而岡崎城則由十二歲的長男信康繼承。

家康竭力平定三河、遠江時，信長平定尾張且得美濃（岐阜），以破竹之勢席捲近江、伊勢、大和、和泉、若狹，急速竄升為勢力龐大的戰國大名。

同年四月，家康參與討伐越前朝倉家，助信長征討拒絕進攻京都的朝倉義景。信長開心地在近江坂本迎接家康，隨後便朝越前出發。織田軍加上近畿的兵力，總數多達十萬人。

這是第一次與織田軍並肩作戰。忠次告訴忠勝、康政等人：「諸位，我等要在信長公面前一展德川軍的勇猛！」

織田、德川兩軍開始攻打險峻的手筒山城，城中有朝倉景健率三千名士兵死守。家康由正門攻擊，後方由織田軍的柴田勝家、池田恒興等人呼應。

朝倉景健於山坡上設置拒馬當作防衛線。第一天，由忠次任先鋒出擊，但在防衛線上被打退。第二天仍由忠次率先進攻，織田軍同時從後門夾擊。

忠次一直攀登到看得見拒馬的位置，讓士兵休息、養精蓄銳，好一會兒才向前鋒全軍喊道：

「昨日在拒馬前被擊退，有損我三河武士威名。今天勢必要比由後門進攻的織田軍更早擊破正門！」

忠次語畢，身著黃綠色鎧甲的武士自稱石原某某，大喊：「要過拒馬先吃我一槍！」開始突襲。

勇猛的武士陸續從拒馬後方竄出，一一向忠次報上名號，自稱杉野、加藤、佐橋、坂部、加藤、山田、青山、近藤、池野、鳥居云云。拒馬後方飛來如雨般的弓箭、子彈、岩塊、石塊、碎石。

忠次朝後方部隊喊道：「莫殺率先突擊的勇者。瞄準弓箭隊、槍彈隊，打下弓箭與子彈！」

第二隊的水野忠重、松平家忠、松平家澄、內藤家長等人持續攻上來，以弓箭、子彈掩護第一隊，但攻城軍中不斷有人被擊中，從岩石上掉落於山谷中。

各隊長大喊：「不能退縮！衝啊！」

忠次所率領的本隊也沿著岩石向上攀登。援軍終於越過拒馬，正要攻破大門時，壯碩的守城隊長增子信賢率百名兵力殺出城門，忠次隊因為這突如其來的襲擊大亂陣腳。

「敵軍人單勢孤，莫慌！」忠次不斷激勵將士，但在增子隊激烈猛攻之下，被逼退至拒馬附近。忠次雖拔出太刀攻防，卻難挽劣勢。正當此時，忠次背後傳來一陣喊聲：「別怕，有我來援！」

是本多忠勝的聲音。後援的本多忠勝、榊原康政、小笠原信興、奧平貞能、大須賀康高隊率千名士兵攀登至拒馬處，這幾隊都是這回尚未參戰的新血。忠次大喜喊道：「忠勝、康政！」

忠勝說完：「交給在下。」便向前奔馳，以蜻蛉切刺倒敵軍。忠勝隊收容忠次隊，康政隊、小笠原隊等隊則趁機襲擊增子隊。

增子隊兵力單薄，一被德川軍包圍便逃回城門，忠勝、康政、小笠原等人追擊至城門前，以木材與長槍插進半掩的城門才得以將城門撬開。

忠次等人也重整陣勢，再次突擊。進入城廓後持續激鬥，康政的鎧甲上滿是敵軍濺血，忠勝的黑柄長槍也被血染紅，二人皆數度擦拭沿著長槍而淌的鮮血浴血奮戰。

織田軍同時從後門突擊，守城將景健棄手筒山城沿山脊逃至金崎城。這場激戰中，雙方死亡人數達千人以上。

翌日，忠次等人告知家康要進攻金崎城，然而此城已在信長的部下木下藤吉郎秀吉謀畫下取得，守城將領朝倉景恒與景健也已逃往主公朝倉義景所在之一乘谷城。

今川時代，三河武士惦記著為人質的主公家康而犧牲自己的父母子女、兄弟手足、叔父外甥，甚至自己也傷痕累累。三河武士這份超越常人的勇猛精悍在朝倉一戰發揮得淋漓盡致，獲得信長與織田將士一致認同。

織田、德川十萬聯軍由德川軍擔任先鋒，而先鋒中打頭陣的一直都是忠次。

四月二十六日，為征討朝倉前往一乘谷城，忠次行軍至城前五十公尺左右的木芽峠時接獲戰情有異之消息。

信長盟軍近江的淺井長政叛變，與近江南方領主六角承禎一同舉兵襲擊信長。織田、德川軍只顧攻打前方敵軍，後方為叛軍截斷，陷入腹背受敵的險境。西近江有淺井長政，南方為六角氏領地，側邊則為琵琶湖，一旦斷去後路，織田、德川聯軍便成甕中之鱉，十萬兵馬成為敵軍獵物，信長、家康兩軍皆可能被擊潰。

信長未通知德川軍、近畿的上方軍①便丟下數萬盟軍，率親信十數名騎兵逃往京都。自願殿後的秀吉派使者通知，前方德川軍才得知信長撤退的消息。

「請德川大人盡快撤退。」

德川陣營維持站姿直接開始商議對策。本來計畫殲滅朝倉的忠次、忠勝、康政，瞬間變成被殲滅的對象，而且，總將領信長早已逃之夭夭。在攻守對調的情況下，家康與諸將令皆一時語塞，視線集中在忠次身上。忠次清了清喉嚨後，皺著眉頭故意滑稽地扁了扁嘴道：

---

①上方指京坂地區，皇居所在的行政中心。

「這下，只能逃啊！」

忠次對一旁的忠勝、康政笑了笑徵求同意。忠次此話一出，康政也苦笑著乾脆地應道：

「當然。」家康也點頭同意。在此危急之際，忠次仍然自然地表現出獨樹一格的器量。

德川軍於木芽峠讓三千士兵掉頭，開始撤退。

一抵達金崎城門，殿後的木下藤吉郎秀吉便前來迎接家康、忠次。秀吉領死士八百名滯留金崎城，準備迎擊朝倉軍，而其他的織田軍已經各自奔上歸途。家康、忠次等人認為秀吉已經抱著捨身成仁的覺悟。他們對送行的秀吉道：「您辛苦了！」便離開金崎城門。

所有人都十分不滿信長的行徑。撤退時，忠勝與康政一路上並肩乘馬互吐滿腔鬱悶。

「竟然一句話都沒說就丟下吾等前鋒盟軍逃之夭夭，簡直無理至極。信長公未免太狡猾！」

忠勝語畢，康政點頭應道：

「沒錯。越是掛在嘴上說就越令人氣憤，別再說了！」

忠勝銅眼圓睜點點頭，二人都閉上嘴各自回到行軍隊伍之中。德川全軍皆忿忿不平。

在金崎城門外約一公里左右的空曠之地，號令全軍暫時休息。家康召見忠次等人，忠次與松平康忠策馬至家康所在之處。康忠乃戰死於桶狹間之戰的松平政忠與碓井姬所生之子，也就是忠次的繼子，今年二十五歲。除二人之外，本多忠勝、榊原康政、大須賀康高、大久保忠世、柴田康忠、鳥居元忠等旗本武士隊長與平岩親吉、大久保忠佐、石川家成、石川數正、內藤信成等德川軍團的要角紛紛聚集於家康身邊。

「接下來，要由誰殿後呢？」家康問道。

忠次充滿燃燒鬥志的眼神，

「由犬子松平康忠擔任！」

忠次一言，石川家成、石川數正、榊原康政也紛紛表示：

「請讓在下任此重擔！」

忠勝立刻附和道：

「由康政大人與在下行雙隊迂迴戰！」

雙隊迂迴戰是指甲乙兩軍殿後時，趁甲隊防禦期間，乙隊準備下次出擊先逃至較佳地點，甲隊再視時機逃至乙隊埋伏處或者前進至下一個地點，如此反覆替補上陣迎敵。

家康面露難色，在場所有將士皆齊聲道：

「請務必由在下殿後！」

在場將士各個自願殿後。這次殿後幾乎沒有生還的可能，但卻是十分重要且光榮的任務。先是忠次、家成、數正，接著康政、忠勝也紛紛自願殿後，眾臣見家康猶豫不決，立刻依身分地位先後開口，表明自願殿後。越是沒有生還機會越要由自己擔負殿後的重責大任，這是亂世中三河武士的風骨、熱血。生命誠可貴，但若在戰場上進退有誤，則主公、上司、同僚都會認為你是怯懦之人，每個人都打從心底認為這是有辱家門的行徑。至少，在金崎這一戰大家都是這麼想的。

家康認為無論是哪位將士都不值得因為信長私自撤退而死，所以遲遲無法下決定。忠次敬佩離別時秀吉從容的態度，同時也猜想留在金崎城的秀吉可能是胸有成竹勝券在握。就在這想法一閃而過時，家康開口了。

「秀吉大人曾勸降景恒、景健。這回景恒、景健仍會拚死攻擊嗎？」

雖然了解家康言下之意但為促使家康下決定，忠次凝視家康眼神說道：

「雖不知勸降時秀吉大人與景恒等人立下何等約定，但事已至此想必會拚死一搏吧！」

忠勝略顯煩躁。

「究竟為何猶豫不決？請盡早命在下與康政大人殿後由大家守護主公離開。請快上路吧！」

康政也表示：「請盡早離開！」催促家康下決定。

家康痛苦地說：「不能只留下忠次與康忠、家成與數正或是忠勝與康政。」

一聽家康這麼說，其他人紛紛再度自願殿後。「請交給在下！」所有人都拚命說服家康，但家康小聲說：「我不會留下任何人。」之後，家康所言令在場所有人不禁懷疑自己的耳朵。

「既然織田軍已逃之夭夭，我等就在這裡一展德川軍殿後的功夫吧！」

家康的意思是，不讓二、三名將士白白犧牲性命殿後，而是德川全軍一起殿後。忠次等諸將領都明白家康的意圖，但也認為如此一來將有大批將士毫無意義地死去，不如由二、三名將士斷尾，至少能救主公與其他士兵，這才有殿後的價值。

忠次正要反駁，不可思議地，忠勝、康政等年輕將領都看著家康重重點頭。所有人都熱血沸騰渾身顫抖。

「兵荒馬亂也不是辦法。就由大家齊力殺出一條血路來吧！」

康政語畢，忠勝等人便齊聲附和。

家康明顯地對信長捨棄我軍揚長而去深感憤怒，所以更想讓信長見識德川軍堅忍不拔的風骨。雖然沒有人說出口，但若能度過這險峻的一關，德川軍將威名遠播，信長也會欠德川軍一筆人情。二十九歲的家康認為，逃離戰場一點好處也沒有，便提出此案凝聚忠勝、康政等人的向心力。

忠次雖然認為這不是一個統領兩國六十萬石領地的太守該做的決定，心裡愕然地認為家康簡直就是仗著年輕氣盛才會做出愚蠢的決定。只是，忠次又轉念想：「主公如此大器，我等更應該要君臣同心，才能一展德川軍強處。」

忠次應道：「遵命。」家康的提議就此拍板定案。

忠次傳令告知秀吉軍八百將士「三河守願與大人輪流上陣殿後。」秀吉軍聞訊大喜。

秀吉軍迅速在城內四處插旗，偽裝軍隊設置完成後便趕忙與德川軍會合。

德川軍以大久保隊、小笠原隊、松平一族與秀吉隊輪替殿後，忠次、忠勝、康政、平岩等人牢牢守護家康撤退。

此時，約有千名朝倉軍被秀吉隊、大久保隊擊退，朝倉軍竟出乎意料地未繼續追擊。雖然有時被本願寺暴動擋住去路，但德川軍仍然順利擊退朝倉。之後，朝倉軍便未再追擊，而淺井軍並未阻攔而是眼睜睜看著德川軍逃走。

越過琵琶湖西岸的近江路，德川軍與秀吉隊於四月底平安抵達京都。

這場戰役令人匪夷所思。朝倉、淺井為何平白放棄這大好機會？原因有兩種可能：一是朝倉景恒與秀吉之間早有秘密協定，這只是一齣演給眾人看的好戲。二是懼怕與德川全軍激鬥，而且先行至京都的信長，有可能整軍再度反攻。依照上述推論，信長獨自提早前往京都在此戰中也發揮很大的嚇阻效果，加上淺井未下定決心包圍並殲滅信長，只想著趕走信長軍救出朝倉而已。

信長接見家康一行人。等待信長期間，家康在最前排左列，接著是忠次、石川家成、數正以及活躍於本次撤退戰的大須賀康高、鳥居元忠、大久保忠世、本多忠勝、榊原康政等人，室內空間座位不足有部分將士列坐於走廊。織田家的柴田勝家、瀧川一益、丹羽長秀、秀吉、明智光秀等人與德川家康、忠次等人相對而坐。

僕從喊道：「主公到！」只有家康微微低頭，其他人則叩首迎接。

信長心情大好。

「德川大人，辛苦您了。您為我軍殿後一事，秀吉已向我報告。若無德川大人鼎力相助，恐怕秀吉早已不在人世。這回織田軍幾乎全身而退，全都是德川大人的功勞啊！」

家康應道：「在下惶恐，大人過獎了。」

信長轉移視線說道：「忠次、數正以及德川家諸將領都來了啊！」

忠次應道：「大人，恭賀您一統江山、平安凱旋歸來。」

忠次故意用凱旋二字。仔細想想信長雖然撤退，但這一仗卻沒有輸，手筒山城也已經到手。雖說忠次話中有話，信長卻也只是笑著點頭，對忠勝等人說道：

「德川大人身邊的勇者都到了！請抬起頭來。」

「是！」鳥居元忠、忠勝、康政等人雖如此回應，但仍有所顧慮繼續低頭。對鄉下的三河武士來說，幾乎是第一次見到像信長這樣威震天下的名人。之前在桶狹間會戰後的清洲同盟時，也只是遠遠一窺信長而已。

如今，信長奉足利義朝為將軍進京都，地位媲美副將軍、管領大臣②，成為足利幕府之幕臣可面見天皇，其勢力連皇室公卿都不可小覷，領土有二百四十萬石以上。

家康催促道：「大人都說了，抬起頭來吧！」忠勝等人這才抬起頭，眼簾低垂好不容易才終於抬起頭來。信長笑容滿面催促道：

「諸位輪流報上名號吧！」

忠勝、康政、大須賀康高等人一一報上名號，隨後是元忠、忠世也報上姓名。信長隨即說：

「都是我聽過的名字。德川大人真是擁有許多好家臣啊！」

②輔佐將軍總攬政務的大臣。

信長褒獎著德川家臣。「聽過」是指從家康與忠次那裡聽聞，信長目的是要抓住家康與家臣的心。除此之外，信長決定賜予忠次等所有人金幣，盼望能以此獲得德川軍原諒，而德川軍雖表面上高興，心裡卻暗想此人不可信任。

金崎城撤退一事尚有下文。日後，家康臣屬成為關白③的秀吉，赴京都時秀吉對家康、忠次等人致上深深謝意。

「金崎城撤退有您援助真是感激不盡，此恩終生不忘。」

③攝政大臣，位高權重。

信長從京都回到根據地歧阜城，家康則回到岡崎城。

信長對淺井、朝倉怨恨甚深，為討伐二人於元龜元年（永祿十三年，一五七〇年）六月十九日率三萬大軍前進近江，在虎御前山擺陣逼近淺井長政所在的居城小谷城。

小谷城乃固若金湯之山城，要一口氣攻下著實不易。於是，信長變更作戰計畫，先攻下小谷城東南方約九公里左右的橫山城。信長軍下虎御前山，甩開淺井軍追兵於龍鼻換陣，包圍橫山城。

信長之所以在小谷城與橫山城之間佈陣，是要以自己為誘餌引出長政。長政原本就已經察覺信長意圖，故出小谷城打算決一死戰。

長政請一乘谷城的朝倉義景支援，義景遂派朝倉景健率一萬五千名援軍前往。

信長則派福富平佐衛門至岡崎向家康求援。

石川數正接待平佐衛門聽取來意後，立刻另於一室與忠次商討如何回覆，但數正、忠次皆不願出兵援助。

信長的確在京都時大力讚揚德川軍於金崎撤退一戰之功，但德川家已經對信長產生強烈戒備心。

二人向家康傳達信長之意，但因為信長先前的行徑有違盟軍信義，建議家康派忠次、數正率兩千軍前往，以防範侵襲遠江的武田為由，婉拒親征。

家康沉默了一會兒。

「我能理解二位的不滿，但我若不出征，信長公必定認為我家康身為盟軍卻不可倚靠。信長公一定希望安排二位抵禦信玄，由我親自討伐可憎的淺井。二位不這麼覺得嗎？」家康反問。

忠次、數正都無話可說。

忠次、數正讓福富平佐衛門面見家康。家康回覆道：「請告知信長公，在下立刻出兵。」福富喜出望外，不禁笑了出來。

家康率兵五千趕赴近江的龍鼻。敵軍淺井、朝倉兩軍在大依山佈陣。

正值酷暑。剛下馬的家康與忠次、數正身著甲冑滿身大汗，就這麼直直走進信長的營帳。信長並不喜歡戰時會面還特意擦拭汗水重整儀容，這點家康、忠次、數正都心裡有數。

信長正在姉川前召開軍事會議。身穿麻製小袖①及白色陣羽織②坐於摺凳上，一聽到家康到來便立刻招呼。不僅如此，家康一出現於帷幕前，信長便笑著走過去，握著家康的手道：「你能來真是感激不盡！」還呼喚忠次、數正之名，向二人道：「二位長途跋涉，辛苦了！」

忠次、數正都心想：「還好有來支援，主公的判斷是正確的。」

帷幕外，一面觀察四周一面等待吩咐的本多忠勝、榊原康政，二人不禁鬆了一口氣。

①袖口小的和服。

②較短的和服背心，可防寒或作為禮服。

雖然覺得信長公是不把人當人看的薄情之徒，但確實很懂得待人之法。以家康的角度來說，自己在信長公有難時出手援救，信長公是因為自己有價值才會厚待我等，實在是絕頂聰明之人。

家康對信長道：「請讓在下擔任先鋒！」

先鋒一直都是最困難的任務，甚至可能決定戰役的趨勢。正因為如此，也是榮譽之戰，若戰勝則能在同盟關係上獲得優勢。家康十分有氣魄地提出先鋒之請，但信長也有他自己的算盤。此時，信長已獲探子來報，敵軍第一陣乃朝倉一萬大軍，第二陣淺井軍有八千名士兵。

「您自告奮勇，在下感激不盡。敵方第一陣朝倉軍有一萬兵力，我想還是讓德川軍迎第二陣的八千名淺井軍較適當。諸位雖是三河精銳，但這一路長途跋涉敵軍數量又多，您看看需要我軍哪位將士幫助儘管開口！」

家康直率地接受信長的意見並指名稻葉一鐵為後援。一鐵曾侍奉齋藤道三，人稱西美濃三人眾的武將之一。

然而，六月二十八日清晨得知淺井軍下大依山已經前進至姉川之前準備守東側，同時朝倉軍也在西側備戰。敵軍想利用寬廣的姉川，第一陣便由淺井、朝倉軍齊發分左右兩邊決戰，一次擊垮織田、德川聯軍。

見敵軍佈陣，信長改變想法。無論如何都想親自拿下攻朝倉時讓自己大吃苦頭的淺井軍。淺井軍在信長面前持續佈陣。信長傳令予後方的德川軍：「信長將前進攻打淺井長政軍。

因此德川大人請由西側正面討伐朝倉軍。」

信長因為憎恨淺井，才會強行在戰前臨時改變戰術。織田軍於橫山城留下約五千名士兵駐守，稻葉一鐵率千名左右士兵支援家康，信長自己率兩萬四千兵力。信長因兵力足夠，故打算先瓦解淺井八千軍勢，再前往援助可能陷入苦戰的德川軍，雙方夾擊之下朝倉一萬兵力便瞬間瓦解。

臨時改成第一陣便出動，忠次等人仍然奮勇參戰，但卻不得不對信長的指揮感到懷疑。敵軍數量原本是八千卻突然增至一萬，原本是第二陣卻改為第一陣，如此調兵很難激勵士氣。感覺似乎是正合淺井、朝倉兩軍之意，但眼下只能絕對服從信長的命令。忠次告知家康改成第一陣迎戰朝倉軍，原本在信長軍後方備戰的德川軍全軍移至西側前方迎戰朝倉軍。

四十四歲的忠次乃德川軍先鋒，也是當時德川軍中第一勇士。第二隊、第三隊分別由小笠原信興（長忠）、石川數正領軍，家康率領本隊，旗本武士隊長本多忠勝、榊原康政等人隨侍在側，他們是游擊兵，由家康親自指揮，視需要前往戰場，後衛則由稻葉一鐵擔任。

迎戰淺井的信長軍由第一隊坂井政上、第二隊池田恒興、第三隊木下秀吉、第四隊柴田勝家、第五隊森可成、第六隊佐久間信盛等組成，本隊由總將領織田信長領軍，後衛由丹羽長秀隊擔任，全軍共分十三段。

姉川深淺差約一公尺寬約一百公尺，四處有沙洲。雙方皆選在可以渡河的地方佈陣，自行決定可戰鬥的位置後，兩軍再集結至該處。

德川軍與織田軍之間約隔六百公尺。姉川流向琵琶湖，織田、德川軍在姉川左岸佈陣，淺井、朝倉兩軍在右岸佈陣。

兩軍隔著姉川的距離漸漸縮短，淺井長政率先展開攻擊。

清晨五點左右朝霧散去，淺井軍以火槍、弓箭攻擊織田軍，織田軍也立刻予以反擊。

另一方面，朝倉軍也趁勢縮短雙方距離，對德川軍先鋒酒井忠次隊放出火槍、弓箭攻擊，並且搶先開始渡河。

野戰之鐵則就是要在敵軍本營打近身戰。因為渡河比陸地上行走慢，忠次隊不打算渡河。忠次的作戰計畫是瞄準渡河中的敵軍，以火槍、弓箭擊殺。因為正值夏日敵軍都浸在水裡前進，弓箭、火槍的攻擊面積只剩下不到一半，命中率極低。忠次隊打算等到敵軍在川邊試圖爬到陸地上能夠看到全身時發射，並進行突擊。

然而，忠次隊的火槍、弓箭數量不足。忠次判斷能在川邊射殺的敵軍不多，很容易敗給渡河後為數眾多的朝倉軍，而且德川軍佈陣於姉川附近，朝倉軍上岸後一定會直搗家康本營。

忠次決定在敵軍渡江半途中一齊以火槍、弓箭拖慢前進速度，等敵軍前進三分之二開始疲勞時進行突擊。接著，忠次將手下千名士兵編成三隊。

敵軍前鋒快到河中央時忠次下令以火槍、弓箭攻擊。拚死逃過這一關的敵軍爬上岸前，第一隊約三百人便前往擊殺。一時水花四濺，血色瞬間染紅姉川。

忠次隊在川中與朝倉景紀率領的第一陣一千五百名士兵正面對決。忠次隊戶田康長所率領的第一隊士兵驍勇善戰，多數朝倉兵負傷撤退，而忠次隊西鄉清員率第二隊三百名新加入的士兵追擊。

新加入的士兵追擊向姉川後方逃去的朝倉軍。朝倉軍不會往川邊逃，因此十分有利於從後方追擊的忠次隊。最後形成敵我難分的混戰，雙方皆無法從岸上狙擊。忠次率領第三隊加入戰局，命令已經開始疲勞的第一隊先撤退。然而，忠次隊在撤退時失算了。

其實朝倉、德川兩軍的戰場局限於姉川淺灘寬約六、七十公尺處，如果將士兵橫向展開便會陷入川中進退兩難。朝倉軍事前從本地淺井軍得知河川地勢，初到姉川的德川軍情報不足，當天早晨又率先出擊，故無從得知淺灘中的情形。

朝倉軍第一陣的朝倉景紀有一千五百名兵力，分成兩段突擊，猛追撤退的第一隊戶田隊。戶田隊士兵為躲避朝倉軍攻擊有數十人都陷入川中難以前進，無法橫向逃亡的情況下，只能直接後退。方才朝倉軍筆直退向後方就是在等這一刻。知曉河川地勢的忠次在心中暗叫不妙，戶田隊直接後退已經阻礙了第二隊西鄉隊、忠次率領的第三隊進攻。

德川軍第二隊小笠原信興見狀欲救援忠次隊，從忠次隊後方向左右展開成包圍朝倉軍的隊型，卻因過度往姉川兩側擴展，許多士兵陷入川中，忠次隊、小笠原隊頓時兵荒馬亂。

小笠原隊慌慌張張地上岸準備應戰。忠次也退至岸邊，改成在陸地上迎戰朝倉軍。忠次的繼子松平康忠奮勇殺敵阻止敵軍攻勢。

朝倉軍第二陣的前波新八率一千軍攻擊，忠次隊、小笠原隊形勢更加危急，德川軍陷入苦戰。

眼見第一隊、第二隊攻防失利，第三隊石川數正下令千名士兵突擊，從正面分成兩隊各五百人前往救援。數正收容忠次隊、小笠原隊，拼命將朝倉軍擋在左方岸邊。此時忠次隊、小笠原隊趁機確認未受傷的士兵，重整軍容才終於得以逆轉情勢。然而，目前只能抵禦敵軍攻擊，並未能反守為攻。攻防戰持續不斷，若這道防線被攻破，家康本隊就必須與敵軍對戰。

另一方面，織田軍也意外地被淺井軍打得落花流水。

淺井第一隊磯野員昌、第二隊淺井政澄攻破織田諸將，猛烈突擊。織田第一隊將領坂井政尚被譽為一騎當千、戰功無人能出其右之猛將，卻令人大失所望地敗下陣來。第二隊池田恒興也被攻破，第三隊木下秀吉分崩離析，第四隊柴田也被敵軍瓦解。淺井的攻勢十分猛烈，但信長仍安坐於摺凳上不為所動。終於，第五隊的森可成擋下這陣猛攻。

家康遠望我軍苦戰而信長軍陣形大亂，信長軍引以為傲的將領又被打得七零八落，探子也頻頻來報戰況不佳。

家康令旗本武士隊長本多忠勝、松平家忠挽回頹勢。忠勝、家忠率五百名士兵，前往姉川川邊，衝入敵軍之中混戰。忠勝下馬揮槍立刻擊倒敵軍五、六人，家忠也勇猛殺敵，但仍然無法挽回劣勢。忠勝手中的蜻蛉切旋轉、突刺、叩擊，為了不讓敵軍攻進家康本營而拚死防禦。

忠勝的槍被敵軍打飛，眼看就要被敵軍攻破時，有武士從旁以槍突刺救忠勝脫離險境。出手相救的武士乃是山家三方眾的奧平貞能、貞昌父子。

二人在姉川戰前，接受忠勝之邀成為內應，才剛成為德川家臣子。忠勝為表示對奧平父子之信任，命令二人為此次出擊的後衛，二人也回報了忠勝的信任。忠勝解決眼前的敵人後，以眼神對奧平父子與其手下表示感激，奧平等人也以笑容回應。

忠次稍稍遠離姉川上纏鬥的戰場，為下次出擊調整呼吸並觀察敵我雙方的戰況。奮戰中的忠勝隊、家忠隊仍無法完全擊退敵軍。敵軍為數眾多，不斷有新兵加入。

頭盔上有三鈷劍裝飾的榊原康政單膝跪於家康身邊的砂石地上等待號令。康政跟隨家康征戰沙場已有十年，如今已不見書生的瘦弱面貌。威風凜凜的雙頰牢牢繫著固定頭盔的繩子，身著黑色鎧甲，青竹切橫倒於左側，康政已經準備好隨時出陣，就等家康一聲令下。

不遠的戰場上，忠次、數正、信興、忠勝、家忠、康忠等人與敵軍打得敵我難分，營帳中聽得見激烈交鋒的聲響與嘶吼。康政早已派兵尋找小徑，一邊等待家康下令攻擊，一邊引頸盼望士兵回報。

終於，家康凝視前方戰況頭也不回地向康政大喊。

「康政，你也看到了。快想想辦法！」

德川軍有危。家康完全沒有指示康政如何作戰，也未過問康政如何迎敵。為防備眼前敵軍，家康全神貫注。前方持續激戰敵軍步步逼近，就快要接近本營了。要直接救援還是走小徑另闢戰場，家康毫無頭緒於是交給康政判斷。

康政立刻回應：「在下定擊潰敵軍！」

康政抄起青竹切奔向馬匹策馬出征，持長槍攬轡繩，大聲激勵五百名士兵前進。朝倉軍因為川原高低起伏與茂盛的蘆葦，並未發現康政隊。

「眾將士，從這裡悄悄渡過姉川！這一戰功名就在吾等手上，好好打一仗吧！」

語畢，康政隊往姉川下游前進。家康察覺康政將由側面攻擊，目送消失在繁茂蘆葦之中的康政，暗暗祈禱他能凱旋歸來。家康手裡只剩下大須賀康高、柴田康忠、大久保忠佐等千名士兵與稻葉一鐵隊的千名後衛。

康政前往下游途中遇見回程的兩位探子。

「找到了嗎？」康政急急追問。

小徑在前方約一公里處，兩位探子帶頭領康政前往。正在此時朝陽照向康政與士兵後方。路上有一處淺灘，只要抵達姉川對岸，便有高二公尺左右綿延的河階。一行人踄著馬匹在河階上上下下，這些高低起伏成了天然屏障。沿著綿延的河階再走一公里左右就能回到上游。河階盡頭有敵軍數十人戒備，這是為防範德川軍若繞小道留下的兵力，但這群士兵並未注意小徑，得意地遠望朝倉軍在兩軍激戰中佔上風的樣子。

康政下令殺光所有的朝倉兵，捲起旗幟，令士兵上馬。

「突襲！進攻朝倉軍本營側腹。」

康政指示後，滿身黏膩汗水的將士們默默點頭。

一接近敵陣便見忠次的白色唐頭以及忠勝頭盔上的鹿角，德川的兩員大將在休息後再度參戰。從家忠頭盔上的半月形裝飾與信興的黑角頭盔可以看得出來正打得難分難解。

「忠勝，再撐一會兒！」康政在心中喊著，腳踢馬腹前進。朝陽從正面照射，十分刺眼。康政拉低頭盔策馬前進。

終於來到能襲擊敵方主軍之地，主軍由總將領朝倉景健率領，因朝倉軍一心與前方敵軍作戰，目前尚未發現康政隊。康政隊瞄準中軍發動突襲。

朝倉景健意外遭受攻擊，方寸大亂。敵軍竟然在渡河前，衝進三千軍的正中央突襲。原本認定此仗勝券在握的景健，無法理解現況，而士兵則大驚失色，誤以為遭到背叛。趁勝追擊持續激戰的朝倉軍一時手足無措，過了一陣子才意會是敵軍來襲。

「敵軍來襲！」士兵吶喊準備迎敵康政隊，但在康政隊的猛攻之下很快地朝倉隊便開始分崩離析。得知康政隊突襲，忠次隊、忠勝隊、家忠隊、信興隊頓時勇氣百倍，齊力反擊。家康聽聞探子報告康政率軍突襲，不由得從摺凳上起身。

朝倉軍首屈一指的勇將前波新八、魚住景固等人戰死，德川軍趁勝反擊。家康見朝倉軍已被康政隊一分為二，下令於隊伍最後方備戰的德川全軍出擊，家康手邊只留下約百人，除稻葉隊仍保留未出戰外，其餘都往朝倉軍攻去。家康其實想單憑德川軍之力擊退朝倉軍。

信長軍雖是淺井軍的三倍，但作戰不光看士兵數量。士兵熟練的程度、一兵一卒的士氣強弱、將領的調度、所佔地勢好壞都有影響。淺井長政的指揮統御能力絲毫不遜於信長，又佔有地利之便、士兵熟練程度遠高於拼湊而來的尾張軍隊。

長政以決一死戰的氣勢大破信長軍。信長布下的十三段陣式，長政已經攻破十一段。

信長望著前方，對我軍的窩囊感到憤怒。聽聞探子來報：「德川大人情勢不利。」信長仍繼續坐在摺凳上，兵荒馬亂之際更是一展總將領沉穩之時。終於探子接連來報：「德川軍發動奇襲」、「德川軍逆轉劣勢」，聽聞捷報信長維持坐姿大聲吼道：「撐住！堅持住！勇者無敵，德川軍反敗為勝了啊！」

朝倉軍逃往戰況較佳，淺井軍所在的左側，眼看聯軍就快要瓦解。

「朝倉軍、淺井軍開始分崩離析。」信長獲報，看好時機派第六隊佐久間信盛加入戰局。

接著在橫山城防禦的氏家直元、安藤範俊兩隊為救信長軍脫險，急遽將隊伍轉向朝姉川前進，進攻淺井軍左翼。家康已經確信德川軍勝利，故下令稻葉一鐵前往援助信長軍，而稻葉隊也不負所望，驍勇奮戰攻擊淺井軍右翼。

淺井軍未能順利從右側收容敗退的朝倉軍，軍勢陣型已然崩毀，又受康政隊攻擊。康政隊與忠次隊、稻葉隊會合，攻打朝倉軍之餘也緊追淺井隊後方。

本多忠勝觀察信興隊、家忠隊、數正隊追擊前方撤退的朝倉軍。回首一望，見旗本武士守護的家康本營悠然飄起「厭離穢土欣求淨土」旗幟時，忠勝眼角瞥見沿著岸邊徒步行走約二十名的朝倉軍。

距離約有一百公尺左右。忠勝拉來馬匹追擊敵兵，忠勝的手下也隨後跟上，但步行追不上馬匹。忠勝一馬當先，陽光映照著忠勝全身，他取來馬鞍下的長槍，垂直立起以便追殺敵軍。

持續前進的朝倉軍欲以太刀斬殺宿敵信長，渡姉川沿著起伏的天然屏障朝信長本營前進。忠勝察覺敵軍意圖，策馬奔馳由後方追趕，以長槍往敵軍背部刺去，刺中一人又一人。敵軍慘叫滾跌在河灘上，得知忠勝追擊而來，一行人停下腳步衝向馬上的忠勝。忠勝放下韁繩，揮槍一個個擊敗敵兵。

忠勝的手下此時也追上腳步，與朝倉兵互相廝殺。

終於敵兵只剩下一人。最後這名武士，放棄突擊信長本營，架起長槍向忠勝報上名號。忠勝在馬上聽完對方姓名，策馬奔向武士，以蜻蛉切刺穿武士胸口。

忠勝十幾名手下，沿途收拾敵方殘兵，並追上忠勝。

忠勝見同伴前來感到安心，身坐馬上將長槍立於河灘上，脫下頭盔深深吸氣吐氣調整呼吸。

此戰已經接近尾聲。德川軍、織田軍無疑是大獲全勝。

忠勝下令暫時休息。除了輪值看守的人以外，其他人得以暫時休養生息。全軍精疲力盡，各個或蹲或坐甚至累癱在河灘上。忠勝在馬上，暫時闔眼休息。微風徐徐吹來。

姉川對岸戰場的喧囂聲離忠勝遠去。

忠勝在馬上稍睡片刻，睜開眼睛時驚見信長本營。不知不覺，竟然已經追擊敵軍至信長本營附近了。

信長十幾名護衛在帷幕外凝視忠勝。從其他人身上背著的「丸本」③旗幟便可知馬上的武士乃德川的本多忠勝。

忠勝已經恢復精力，戴上頭盔、右手接隨從遞來血跡已經擦拭乾淨的蜻蛉切，左手攬著轡繩。突然一陣強風吹來，帷幕隨風捲起，能看見坐在摺凳上身穿白色陣羽織的信長。忠勝雖不知道信長望向姉川戰場的哪個部分，但仍在馬上默默向信長本營低頭行禮。帷幕馬上就被士兵們封起，帷幕外的四、五位護衛將領，向前二、三步對忠勝深深鞠躬答禮。

忠勝在砂塵瀰漫之中，掉頭回家康本營。

淺井軍受三方夾擊陣形大亂，多數士兵戰死，內部亂成一團。長政深怕被康政隊、忠次隊等隊斷去後路，故開始從小谷城撤退，而朝倉軍也朝一乘谷城退去。

淺井軍、朝倉軍在追擊戰下，一千七百餘人戰死，信長軍、家康軍也有八百人戰死沙場。

---

③本多家的旗幟，圓圈中有一個「本」字，故稱丸本。

# 第八章　信玄來襲

武田信玄與將軍足利義昭、加賀的一向宗勢力、淺井、朝倉、石山本願寺、松永久秀等人合作連結成信長包圍網，打算親自從東方進攻。信長則與上杉謙信連成一氣欲牽制信玄，但信玄煽動一向宗暴動，反而抑制謙信的行動。

元龜二年（一五七一年）三月，信玄率二萬五千精兵開始西進，經信州的高遠城由伊那谷口往三河、遠江前進，攻打德川的高天神城。

城主小笠原信興果敢地領少數士兵於險峻的山城決一死戰，成功擊退信玄。信玄暫時退兵至高遠城。

四月，信玄改變作戰方式，把矛頭對準三河北部，開始攻擊德川諸城。人稱山家三方眾的作手奧平家、長篠菅沼家、田峰菅沼家都應信玄之邀，加入信玄陣營。

接著，信玄為攻下東三河酒井忠次的居城吉田城，開始慢慢南下。忠次乃是眾所周知的德川家第一棟樑。信玄認為，若打倒忠次德川家也會隨之瓦解。

忠次接獲探子來報：「信玄前往吉田城。」當天傍晚忠次支開旁人，獨處於吉田城中一室，思考如何對付強敵武田信玄。

「信玄必定猛攻我軍，取我人頭之後下一步便是滅了德川家。然而，信玄畢竟不是鬼神，定有打贏他的辦法。」忠次分析給自己聽。

作戰策略只能守城，等待家康、信長出兵相救，再視時機出擊翻弄敵軍讓遠征的信玄軍疲憊不堪。

閉上雙眼大大小小的艱辛戰事歷歷在目，前所未有的負面思考席捲而來，忠次心中充滿恐懼。

這是對信玄來襲的恐懼。忠次不禁想，或許就敗在此戰了。在戰場上，敗北就等同死亡。曾經死在自己手上的武者、士兵不甘心的呻吟、悽慘的沙場光景一一浮現。這次，或許輪到自己了。害怕戰敗而亡的忠次心跳加速、呼吸困難，張開眼天花板彷彿就要垮下來壓碎自己一般。

臉上滲出汗水，忠次不堪承受種種思緒紛沓而至，索性拿來軸枕充作枕頭橫臥歇息。忠次再度闔上眼，夢境虛實難分。截至今日征戰沙場數回，能存活至今無非是有神佛加持，還有眾多家臣、手下為自己壯烈犧牲，他們死去的樣子在夢中忽隱忽現。

莫名地，忠次想起碓井姬。碓井姬在戰爭中失去前夫松平政忠，之後才成為我妻。我對她全心全意關愛，若連我也撒手人寰，她該有多麼悲傷？忠次也想起與碓井姬生下的長男——八歲的小五郎。原本就計畫等他滿十二歲，就要安排他成為主公的隨從，但我是否能活著看到這一天呢？若是戰敗，我也將死，屆時碓井姬與小五郎、甚至主公都有性命危險，累累戰功與犧牲都將化為夢幻泡影。即便是撐過這場棘手的戰役，今後敵人仍會不停出現。究竟，這亂世有沒有結束的一天？

甜膩腥臭的氣味從隔壁飄來，原本躺臥在地的忠次起身一看，眼前有個淡紅色的洞穴。忠次被這詭譎的美感吸引，不禁往洞穴裡瞧。幾盞青白色的光向這裡靠近，忠次定睛一看，發現這些光宛如燈籠連成一線，盡頭是尊人像。人像面色慘白，靠近才發現祂表情痛苦而扭曲，皮膚與肉剝落化成骷髏。本以為是人像卻成骷髏，而且一個又一個地不斷出現。因為太過恐懼，忠次縮著脖子想逃出洞穴，但洞穴卻幻化成甕套住忠次頭部、頸部。什麼也看不見的忠次，掙扎著想用雙手撥離，才發現原來甕其實是鬼怪紅黑色的手爪，又白又長的指甲捏碎忠次的頭蓋骨，鬼怪伸出長長的舌頭啃蝕著腦漿。忠次驚恐地停止了呼吸。

後方依稀傳來清脆透亮的人聲。忠次回頭一望，發現原來是碓井姬正對著自己微笑。

忠次這才恢復呼吸，睜開雙眼。

全身毛孔爆出大量汗水。

「是夢？……那鬼怪難道是信玄化身？」

忠次維持橫臥，甩甩頭呆呆地望著天花板好一陣子，待意識清醒，才拖著沉重的身體起來。

拭去汗水，幾乎是用爬的爬到水桶邊飲水。忠次像是在確認自己活著一樣，深深呼吸。

回神之後的忠次，無論如何都想脫離這驚恐的苦海。

自己的命運是好是壞，任憑自己想像。生死有命，人類無從得知。天命只能交由天安排，自己只能盡人事聽天命，如此而已。這場戰役不只為自己而戰，更是為心愛的人而戰。

想到這裡，忠次心裡感到撥雲見日。

忠次呼喚僕人點燃蠟燭。盯著搖曳的燭火，忠次感到生氣盎然。

忠次靜下心時，把碓井姬叫來。

兩人單獨用晚膳。比忠次小十歲的碓井姬察覺丈夫因為煩惱將與信玄交戰而鬱鬱寡歡。碓井姬的父親清康被家臣斬殺，前夫戰死沙場，現在的丈夫也是日日在戰場上生活，這讓她覺得活著就是一種苦難，只要結束這令人厭惡的現世，所有人都能榮登極樂。碓井姬展露笑容，鼓勵忠次：

「小五郎跟你一樣聰明伶俐，將來一定能成為家康大人與你的助力。」

忠次笑著滿足地點點頭。海風環繞著二人，忠次舉起酒杯。

忠次臉頰泛紅，碓井姬凝視著忠次，不禁微微一笑。

「忠次能恢復平常的樣子真是太好了。」碓井姬心想。

忠次後方的高腳托盤上放著唐頭采配。碓井姬當然知道是父親清康的遺物，由兄長廣忠交給丈夫。碓井姬看著采配，對亡故的父兄道：

「父親大人、兄長，信玄即將來襲。夫君定能拿下信玄，請護持夫君。」

語畢，碓井姬看著忠次，而忠次默默地抱緊碓井姬。

家康為人質時，在看不見未來、漫長的困苦環境中鍛鍊出的強韌精神，如今再度回到忠次身上。

元龜二年到天正十年（一五八二年）武田勝賴被滅為止，武田與德川的攻防戰長達十二年之久。

吉田城只有一千五百名士兵守城，而武田信玄的山縣昌景隊則有五千兵力。忠次為搶先制敵，率九百名士兵從吉田城出擊。

吉田城外四公里的豐川邊，共配置三隊伏兵，第三隊由忠次親自指揮。

伏兵攻擊目標是渡豐川而來的山縣隊數十名先鋒。山縣隊士兵因為連日攻城獲勝而情緒高漲，但卻早已疲憊不堪。忠次計畫以弓箭、火槍攻擊這些先鋒士兵，然後朝吉田城撤退。山縣隊追兵則交給第二隊、第三隊突襲，盡量減少敵軍數量，然後堅守吉田城。玩弄敵軍使之疲勞，等待濱松的家康、清洲的信長派援軍相救。此計若順利進行，非常有可能獲勝。

酒井恒城率領第一隊三百名士兵，分別有火槍隊百人、弓箭隊二百人，隊伍當中還有忠次家臣宮藤燒內、甚太夫兩兄弟，皆是首屈一指的弓箭名手。第二隊三百人由酒井康俊領軍，有火槍兵、弓箭隊各五十人。第三隊三百人由忠次親自率領，全隊都是弓箭隊與火槍隊。這些伏兵平日由忠次親自訓練，深諳山野地形、樹林、草木、河川流向、丘陵的高低曲折。

宮藤燒內、甚太夫兩兄弟在山縣隊先鋒渡豐川時，以精準的弓箭射傷數人。接著百名弓箭手同時颼颼齊飛攻擊山縣隊，山縣隊以盾防禦。山縣隊趁攻擊暫停時，渡豐川追擊恒城隊。後方雖有人喊：「窮寇莫追！」但聲音卻被掩蓋於一陣混亂中。

敵軍追擊一百公尺左右時，川邊草叢中的火槍兵開始射擊。火槍只射擊一次，對面百名弓箭手也同時射箭攻擊，放一、二箭便逃走。山縣隊在伏兵的攻擊之下，已經損傷數十人。

接到攻擊報告的景昌停止全軍前進，派出許多探子。為防止再度遭受攻擊，下令一邊用遠弓射擊可能有伏兵的地方一邊前進。

忠次接獲探子來報敵軍的情形後，決定放棄第二波、第三波攻擊，立刻退兵回吉田城。忠次原本計畫，若山縣隊怒氣沖沖追擊第一隊，便假裝逃回城內誘敵，待敵軍追擊時再轉向與事先安排在城內的兩百名士兵一起出擊。此時，距離此地東方兩公里，由酒井正親守護的二連木城也會相互呼應，攪亂敵軍陣腳。

山縣昌景讓士兵在吉田城外休息約一小時後，開始進軍吉田城。於吉田城大門、後門配置二千名士兵，設一千名游擊兵，並以二千名士兵包圍二連木城。二連木城守城兵不到三百人，山縣打算先攻容易攻下的城。山縣隊的兵力眾多把吉田城包圍得滴水不漏，導致忠次無法後救二連木城。況且以目前的兵力來說忠次也無餘力派出援軍，唯一的希望就是等待家康軍到來。忠次想著，在德川援軍抵達之前，二連木城只要再撐個三、四天即可。

破曉時昌景發動猛烈攻擊。全城拚死應戰，昌景令全軍暫時停止攻擊，對守城兵喊「在這裡戰死不過是枉死，諸位不妨先移駕到能夠發揮實力的地方，才能對主公盡忠。

諸位離開城池時，在下發誓絕不出手。」

昌景讓出通往吉田城、岡崎城、濱松城的道路。即便酒井正親拼命阻攔，部分的城兵仍充耳不聞，認為死在這裡的確是枉死，便出城去了。正親實在不忍殺死逃兵，故並未追擊，只是目送他們離開。山縣昌景依約沒有對離開的士兵出手，其他二連木城的士兵見狀也安心地紛紛出城，不得已正親也只好退至吉田城。只一天，昌景便拿下二連木城。

忠次得知已失二連木城，悔恨莫及。家康率三千軍來援時已經事隔一天。

山縣一心想避開同時與吉田城內的忠次、城外的家康兩方對戰，因此完全沒注意到家康進入吉田城，吉田城全軍見家康入城，士氣為之一振。

德川的城池有吉田城、濱松城、掛川城、高天神城、二俣城、岡崎城等。若能堅守這些城池，即便是信玄也無法輕易拿下家康。當然，德川軍也期待信長的援軍能及時出現。

終於，信玄四男武田四郎勝賴領八千五百軍靠近吉田城，以此人數要攻下吉田城綽綽有餘。信玄本隊大部分都留在後方備戰德川其他城池，並未直接參與吉田城攻城。

吉田城位於豐川與朝倉川交會點上的丘陵，南方是一片大海。背對寬一百五十公尺的豐川，略高的丘陵上有主城本丸與主城外側的城廓二之丸，本丸與二之丸中間有壕溝，可以引進二之丸外的河水。壕溝以石壁組成，上方還設有拒馬。這是忠次入城後，耗費七年時日，親手打造的城池。

家康問忠次：

「如何退敵？」

城外的壕溝上有吊橋，戰時都會將吊橋拉起，出擊時才把橋放下。忠次提議不拉起吊橋，將敵軍引誘至吊橋兩側的瞭望台，攻城軍無法拿下瞭望台，便會持續遭受火槍與弓箭攻擊無法前進。忠次不拉起吊橋，攻城軍一定會想給德川軍一點顏色瞧瞧而執意攻擊瞭望台。

壕溝正中央有一處容易進攻的地方，那裡石牆較低但拒馬較高。

山縣計畫夜襲。除了從正面攻擊瞭望台以外，同時製作五十艘小船，讓兩百人越過壕溝，以木梯或繩梯攀爬至壕溝中間較低的位置。石牆上的拒馬則套上粗繩扳倒，再令火槍、弓箭隊不間斷地射擊掩護山縣隊殺進城內。總之，山縣打算先壓制其中一個外城。城廓的數量以及構造，從曾任軍使的下條信氏口中可略知一二，但之後如何改造無從得知，只能一個一個慢慢打下來。攻城本來就困難重重，尤其是設計精巧的城池，更為難攻而且必須犧牲更多士兵。

攻城陣的後方，山縣隊一天就做出五十艘小船與大量的木梯、繩梯。

為測量深度，探子在繩子上綁著鐵環丟進壕溝內。因為受到城內守城兵狙擊，只測到壕溝邊緣深一公尺半，寬約五公尺。

完成攻城準備當晚，攻城軍其中一隊以千名士兵夜襲瞭望台，欲引忠次主軍應戰。雖說有千名士兵，但吊橋狹窄一次僅容二十人通過。雖然不停替補新人進攻，但瞭望台上仍不停飛來弓箭、子彈、石塊。儘管攻城軍有掩護射擊，但城牆與瞭望台巧妙設置槍眼、弓箭眼，使得攻城軍無法抵禦難以前進，死傷不斷。

在正面攻防時，山縣隊的內田半助領數十艘小艇入壕溝，一齊朝城牆前進。在壕溝中行進至半途時，船槳似乎碰觸到什麼物體。小艇中十名內田軍判斷可能是地勢較淺，扶著船身往壕溝裡踩。腳底似乎碰到什麼，將重心移到腳底時，穿著草鞋的士兵感到一陣劇痛。「好痛！這是什麼？」士兵重心不穩，差點溺水。

「別下船！」士兵警告同伴。本來打算下船的人慌慌張張地又回到小艇中。

「有陷阱！小心！」

暗夜中，不知敵方設下什麼陷阱。未知的恐懼襲來，小艇上的內田隊惴惴不安。

壕溝裡設下的陷阱是銳利的竹槍、木槍，以一塊塌塌米大小的木板與厚重木頭組成，上下左右間隔數十公分用繩子連結，掛上巨石使之沉入壕溝。竹槍、木槍的長短不一，以適當的間隔分布。若一腳踏進陷阱，無法游水也無法步行只能漂浮。建造壕溝時，忠次便預想敵人的攻擊位置並做足準備。在水中立起數千支竹槍、木槍，壕溝一年一次堵起豐川入水口，打開下游水門放水，捕撈漁獲時一併檢查竹槍、木槍的狀況汰舊換新。這些平日累積的苦功，今日終於派上用場。

忠次從拒馬後觀察敵軍已經到壕溝中央，便堵住取水口打開水門，將壕溝裡的水放流至豐川。水量減少，到達可見槍的尖刺時停止放水。銳利的槍使得小艇動彈不得，在壕溝中央絲毫無法前進或後退。忠次以弓箭、火槍從拒馬內側狙擊，有些士兵被狙擊而亡，有些士兵則為了躲避弓箭子彈逃入壕溝，被槍刺傷反而溺死。

內田大喊，但進入壕溝中央的小艇前後左右都是銳利的槍根本無法動彈，內田軍大多

「撤退！撤退！」

都成了弓箭子彈的肉靶。至此，山縣隊慘敗。

忠次指揮大久保忠世、鳥居元忠等八百名士兵逼退夜襲吊橋、瞭望台的敵軍，同時也擊退從壕溝進攻的攻城兵。

翌日一早，壕溝上浮著作戰失敗的小艇約三十艘，大量的木梯、繩梯與溺死、被射死的幾十具士兵屍體漂浮在壕溝上。現在已不見竹槍、木槍銳利的鋒芒。忠次早已堵住放水口，打開入水口注滿壕溝。忠次欣喜於長年苦心計畫的策略一舉奏效，城中歡呼慶祝勝利。

同時，忠次對浮在水面上的士兵也心生憐憫。

「請好好祭拜武士的遺體，我軍絕不趁機出手。」

忠次從瞭望台上對山縣隊喊話。山縣隊也表達謝意，開始收拾浮在水面上的遺體。

翌日，山縣昌景猛攻瞭望台。忠次隊出兵應戰攻防四小時，山縣隊死傷約百人，但兩座瞭望台都沒有拿下，忠次隊則有十人左右負傷。

當晚深夜，忠次、忠勝、康政突然從城內出擊。山縣隊以為當天已經激戰一天，判斷今晚應當不會有夜襲，敵軍雖只有百名左右的兵力，但山縣隊仍因鬆懈導致陣形大亂。

遠遠地就能看見篝火映照著忠次的雪白采配與唐頭頭盔。山縣隊的火槍兵急著發射，

沒時間好好瞄準，赤色的彈道往錯誤的方向飛去。忠次用太刀斬死急奔而來的長槍兵，給予山縣隊重重一擊之後，便吹響法螺貝迅速撤退回城內。這次夜襲並未有太大的成果，但卻大挫攻城軍銳氣。忠次的目的是要讓敵軍覺得自己是難纏的對手，使敵軍產生心理疲勞。

之後忠次把吊橋升起，視時機打開城門、放下吊橋，至城外出擊又撤退。忠次令本多忠勝、榊原康政、鳥居元忠、松平家忠、酒井恒城、酒井正親、戶田一西、大津時隆、林十右衛門等人領軍至城外突襲，把山縣隊玩弄於股掌之間。除此之外，忠次、忠勝、康政巧妙地進退兵，令山縣隊感到無比恐懼。

山縣隊為避開忠次突襲，在城外兩公里處野營。

山縣隊連攻吉田城五日卻毫無戰果。

終於，信玄本軍抵達吉田城附近，武田軍名將也一起參與攻城戰。

忠次在信玄抵達之後只出擊過一次，之後便一直堅守於城內。在山縣隊、馬場信秀隊、勝賴隊的猛攻之下，忠次仍然頑強守城。

「那就是唐頭酒井忠次啊！」信玄遠望忠次的英姿不禁低語。

信玄得知岡崎城、濱松城已經增派援軍，連上杉謙信也有所動作。

「我已經知道忠次的能耐，下次一定手到擒來！」

信玄於五月上旬開始撤退，中旬時甚至棄二連木城回到甲州。不過，這只是因為信玄認為下回出擊穩操勝算才會撤兵。

信玄親自征討遠江、三河時摸清地理形勢，攻下大小十數個堡壘，拉攏山家三方眾等有力的地方領主，藉此戰已知德川諸將的行動、人數、武器、防禦、戰鬥能力、士兵展開陣形的速度、戰略等等，攻打高天神城、吉田城時也領教了德川軍的難纏。

同年十月，北條氏康去世。依照其遺言，長子氏政恢復與信玄之間的盟約。信玄除本國甲斐全部領土以外，上野國半數領土、飛驒國，駿河、信濃幾乎都在掌控之下。此時，信玄開始準備上京。

翌年，元龜三年（一五七二年）十月，信玄再度西進。加上北條的兩千援軍，共有三萬兵力。信玄將士兵分成三軍。

七月派出第一軍秋山信友隊率五千軍攻打東美濃，目標是岩村城。九月出發的第二軍山縣昌景隊率五千軍攻陷伊平小屋城後，經井伊谷前往二俣城。第三軍信玄本隊兩萬軍於十月三日經伊那谷進入秋葉街道，翻越青崩峠入侵遠江。

信玄發兵時，信長派來的使者福富平左衛門在酒井忠次的帶領下，面見濱松城的家康。福富轉達信長的意見，提議德川大人暫時離開濱松城，在吉田城迎戰信玄。

忠次等人聞言大驚失色。家康沉默一會兒後，慎重地回絕信長的提案。

「織田大人的關心，在下感激不盡。若信玄來犯我軍必定決一死戰！」

在場的忠次、忠勝、康政等德川諸將如釋重負地抬頭仰望家康，隨後望向福富。福富展露笑顏回應道：「不虧是德川大人，真是令人安心，想必我家主公也會很高興。主公將派二萬援軍前來，在下預祝三河守大人旗開得勝！」

聽聞有二萬援軍，家康與重臣都鬆了一口氣。

忠勝目送福富離開。忠勝一回到接見使者的地方時，家康已經不在了。忠勝問：「主公有恙？」鳥居元忠答道：「主公略顯疲憊，先回房休息了。」

忠勝就座向諸將言道：

「主公答得真好，織田大人想必會更信賴主公吧！」

元忠、大久保忠世等人也頷首表示同意。

忠勝接著說：「有援軍二萬真是天降甘霖。」

然而，康政撫鬚貌似在思索什麼。

「且慢，方才提議主公退出濱松城，至吉田城迎戰。織田大人此言當真？」

「應該是。若非誠心建議，何出此言？」忠勝環視其他重臣問道。

接著康政之後，忠次繼續說：

「若非誠心建議，那麼就是為了試探主公的戰意。主公的回答不只取悅織田大人，也更顯德川家的份量。然問題在於若織田大人是真心勸主公撤出濱松城，就表示織田大人與上方敵軍淺井、朝倉、本願寺等苦戰，實在無法派出二萬大軍。若一開始就保證會派二萬援軍，主公斷不可能棄守濱松城，故福富大人是在確定主公意志後才說要派二萬援軍。」

「所以，織田大人可能就是這麼想的。」

康政試著解析信長的想法：

若捨棄濱松城與堡壘、支城，退至吉田城以德川軍八千兵力堅守，絕不可能輸給遠征而來的信玄軍，況且之前也有過退敵實績。在信玄停下腳步時，信長公擊退上方敵軍便可夾擊信玄，信玄可能會懼於被切斷退路而選擇退兵。信玄若退兵，我軍便有可能挽回頹勢。信長公是希望我軍能拖延一些時日，但若是堅守濱松城，以德川八千軍勢恐難守三河、遠江大片領地。信玄一定會把吉田城、岡崎城等樞紐各個擊破，孤立濱松城。為阻止這一切，無論如何都需要織田二萬援軍，之所以說要提供我軍二萬援軍，目的只是要讓我軍安心而已。

「所以二萬援軍只是空口白話？主公就是因為明白信長本意，所以才早早離開？」忠勝問。

「當然，主公一定早就知道。在織田大人面前誇下海口，但若援軍不來，又或者只來少數，要如何在濱松城對抗信玄呢？現在主公已經沒有心思與大家討論作戰計畫才會提早離開。」康政答道。

忠次看著鳥居元忠等人嘆息道：

「我等只能做好心理準備，援軍可能不來或是人數稀少。」

康政與其他重臣皆顯得非常沮喪。

忠勝十分欽佩忠次、康政能精準分析信長可疑的提議與家康的答覆，相較之下，自己的見識實在太淺薄。

這一年，忠勝、康政兩人二十五歲、家康三十一歲、忠次四十六歲。

第九章　「唐頭與本多平八」

信玄本隊一一攻陷犬居城、只來城、飯田城、天方城、各和城，往袋井方向前進攻打久野城。信玄的戰略是，先攻下支城再進攻濱松城。

當時，家康動員總兵力是三河、遠江兩地共一萬五千名。兵力配置於各城後，濱松城的家康手邊只剩下八千名。

濱松的家康遣先發隊一千，由內藤信成、本多忠勝、大久保忠世帶領，並親自率領後發隊三千軍前往偵察武田軍情。

信成、忠勝、忠世三人渡天龍川，至三野草原時碰上敵軍斥候隊數十名。內藤信成隊領頭立刻前進迎戰。雙方都有數人負傷，但敵軍立刻撤退。信成雖繼續追擊，但敵軍逃得太快並未追擊成功。信玄軍比信成等人預料還早接近天龍川。

信成派人告知後頭的忠勝、忠世隊：「與敵軍斥候數十人一戰，其人數與裝束看來是隸屬信玄麾下。情況不利於戰，請主公盡快撤退。」收到消息，忠勝、忠世隊開始準備撤退。位於隊伍最後段的忠世，派人聯絡後發的家康本隊。此時，家康本隊已經開始渡天龍川，收到消息只好準備撤退。

另一方面，武田軍斥候向率三千先鋒軍的馬場信房報告：「遇家康先發隊約三百人」。

信房粗聲號令：「不許留活口！」

馬場隊開始猛力追擊。

馬場隊先鋒在一言坂追上內藤信成隊。信成以三百名寡兵，在坡下迎戰馬場隊。信成對全軍三百名士兵喊道：「吾等為主公殿後。讓敵軍領教三河武士的武道！」

信成立刻將全軍分成三段，每段各百人。

馬場隊紛紛在坡上集結，家康、忠世、忠勝趁這段時間逃亡。馬場隊等人到齊後，視時機攻擊等在下坡處的信成隊。

信成隊等待抵達下坡的馬場隊進入弓箭射擊範圍。

馬場隊開始突襲。信成隊一齊放箭，馬場隊士兵匍匐於地、左右四散，或以盾牌抵擋。放完箭後第一隊退至後方，敵軍追兵由第二隊瞄準，放箭攻擊。馬場隊無動於衷，以盾牌阻擋攻勢並持續前進。

下坡後往右拐，有數十戶人家，再過幾個彎就能到天龍川的淺灘，這中間距離約六公里。依照現況，若信成隊留在原地阻止馬場隊前進，那麼信成與三百名士兵都將戰死。為了同伴能順利撤兵，信成隊抱著必死的決心戰鬥。

突然信成隊背後飄來陣陣白煙。

內藤信成轉念一想：「應該是同伴為救我軍，才焚燒村落。諸位，順著煙霧逃至天龍川！」

信成隊隱身於煙霧之中開始撤退。馬場隊不想讓信成隊得逞繼續追擊，但煙霧卻越來越濃，很難看清楚前方。雖然已經追至坡下，信成隊卻已不見蹤影。拐彎之後隱約可見敵軍背影，馬場隊準備放箭時，信成隊卻又消失無蹤。

馬場隊雖欲追擊，但此時又有房屋起火，濃煙遮蔽去路。

信成隊佔了地利之便，得以比馬場隊更快前進。

「莫慌！煙霧很快就散！」馬場隊第一小隊長朽木春馬喊著。

朽木決定暫時躲避煙霧，故放慢追蹤敵軍的速度。

終於朽木隊等到濃煙散去，正覺得安心時，附近又竄出火苗白煙四起，朽木隊只能以步行速度前進。如果在煙霧中勉強前進會引起喉嚨痛、呼吸困難等症狀，為抵禦濃煙，朽木隊很快地取出手巾遮住口鼻。

在前鋒追擊的朽木隊總共有十數人。眼看快要散去的濃霧之中出現身穿黑色甲冑的乘馬武士，獨獨一人佇立於前方。

「有、有敵人！」

士兵一喊，馬上的黑衣武士迅速靠近，以長槍敲擊前頭雜兵頭頂，雜兵當場昏厥。

誰都沒料到，會有人單騎迎擊為數眾多的朽木隊，朽木隊既驚又懼。敵方武士頭戴鹿角頭盔，是忠勝！三名腿軟的雜兵，立刻被擊潰。

忠勝為防煙，以沾水的濕布掩住口鼻。忠勝有著濃眉，宛如雕嘴般的鷹勾鼻，眼光十分銳利。

朽木隊一百五十人停止前進，後方浦野隊一百五十人趕上隊伍時，忠勝旋即策馬消失在煙霧之中。

「弓箭隊、火槍隊，準備！」朽木發號施令。

弓箭、火槍隊向前排成一排，拉弓、火繩以火鉗夾住，正在準備攻擊時，煙霧中飛來一箭射穿朽木的肩膀。射箭之人是單騎前來的忠勝！弓箭事先藏在途中的樹林裡，忠勝善於用槍、騎馬、射箭，只用雙腳與腰身就能控制馬匹，能在馬上自由操槍、操弓。

被煙霧影響，弓箭隊、火槍隊都看不見忠勝。

「不要緊，就這樣發射！」朽木隊副隊長鵜川喊道。

弓箭與子彈射入煙霧之中，但卻未射中隱身於樹木後方的忠勝。

忠勝壓低頭盔以濕布掩面，在煙霧中靜靜觀察敵軍狀況。夾雜在煙霧與燃燒聲中，忠勝擊倒從側面靠近的敵方弓箭、火槍兵。剩下的人慌亂地朝忠勝發射，但因為沒有瞄準弓彈四處亂飛，反而導致同伴受傷自亂陣腳。「停手！」鵜川叫道。

區區一人便殺死多數同伴，還引起我軍自相殘殺，無以名狀的恐懼感朝朽木隊襲來。為擺脫這份不安，鵜川大喊：

「敵軍只有一人，殺！」

數名武士嘶吼著殺進煙霧之中。一剎那，武士個個身染鮮血痛苦呻吟。鵜川大怒衝進煙霧之中，卻立刻吃了一槍。

又再度濃煙四起，朽木隊因為難以言喻的恐懼感而雙腿發軟。馬場的追擊隊超過一千人，但空間小又濃煙密布樹木林立，一次只能前進十人左右。一轉眼朽木隊長以及十幾名士兵受傷，全軍嚇得呆若木雞。

所有人都認為，濃煙裡有魔物。就連勇猛剛強的隊長、副隊長都受傷，正在接受治療。宛如魔人的乘馬武士，在煙霧中只聞馬蹄聲。

濃煙稍稍散去時，滿懷恐懼的朽木隊眼前，忠勝的身影悠然出現。

忠勝把濕布拉低至下頷。

「在下本多平八郎忠勝。」

忠盛大膽報上名號，睥睨群兵之後消失在煙霧之中。朽木隊嚇得目瞪口呆，只能啞口無言地看著忠勝離開。

追上朽木隊的浦野小隊長也因為眼前詭譎的事態臉色大變。

「煙霧散去之前不要輕舉妄動，莫慌！」

朽木隊停止攻擊，靜待煙霧減弱。

時間經過了幾十秒，煙霧開始消散。朽木隊、浦野隊看到煙幕中似乎有敵軍來襲，宛如魔王率領著大軍從地面湧出一般，兩隊將士臉色慘白，嚇得四處逃竄。

領軍進攻的是荒川甚太郎、河合又五郎等二十名左右忠勝的家臣、隨從。

忠勝早已在煙霧中策馬退去。確認忠勝平安之後，荒川、河合等人折返，在煙幕中撤退離開。

忠勝單槍匹馬對抗武田軍時，忠勝的手下奉命火燒附近的民宅。結束後荒川、河合等人追上忠勝抵達戰場，讓戰鬥中的忠勝先行離開，威嚇敵軍之後才揚長而去。

忠勝朝天龍川疾驅而行。原本打算殿後的忠勝軍，依序走在隊伍最後面。

為追擊荒川、河合等人，朽木隊、浦野隊轉向穿過煙幕緊追在後。往前走一段時間後出現幾名貌似敵軍的人，走近時卻被樹木、高大的雜草遮住視線跟丟敵軍，不知不覺走進河灘濕地。

「糟了，上當了。」

大山隊等馬場的士兵雖然追上朽木隊、浦野隊，只好沿原路退回，在煙霧飄渺中再次追蹤敵軍。終於抵達能夠遠望天龍川的地方，沿著河川上游前進卻瞥見遙遠的上游，忠勝、荒川、河合、內藤信成等人在黃昏濃霧中濺起水花渡河。

朽木隊等隊伍立刻前往追擊，但稍稍前進就受到火槍牽制。家康派來的旗本武士榊原康政、鳥居元忠、大須賀康高等人率領火槍隊，從對岸淺灘以火槍攻擊。雖因距離遙遠無法命中目標，但追擊的朽木隊、浦野隊、大山隊都因再度受阻礙而精疲力盡，只好等待後方的馬場信房指示。此時，就快要日落了。

「可惡的三河小賊！」戴著頭盔的馬場信房不禁碎嘴，接著下令撤退。馬場全軍雖開始轉向撤退，而信房自己留在原地，遠遠看著渡川而去的忠勝等人，向旁人問道：

「戴著鹿角頭盔的武士是何許人也？」

「是本多平八郎忠勝。」

應答的人是信玄親信小杉左近，這次被派來擔任馬場隊的軍師。

撤退回來的大久保忠世隊三百人，已經準備好在天龍川的對岸迎敵，信成、忠勝等人也順利和忠世隊會合。

收容忠勝、信成隊後，忠世持續警戒對岸追擊，確認過馬場隊已銷聲匿跡後才策馬歸隊。康政隊、元忠隊、康高隊也一樣決定撤退。

忠勝、信成、忠世前往家康本隊。家康等待已久，得知忠勝等先遣部隊平安歸來，不禁鬆了一口氣。

回到本隊的小杉左近，在餘燼四散的見付坂下馬，死傷的士兵紛紛由同伴運往後方。左近命隨從取來筆墨，馬場信房在一旁看著。左近在一塊大板子上作詩，將板子立在路旁。

「世間唯二物勝家康，唐頭盔甲本多平八。」

此時此刻，左近竟讚頌著敵人的英勇。信房與諸將在心中默讀，卻無人責難左近。雖為敵軍，但眾將士也不得不佩服這位戴著鹿角頭盔的武士。

因為小杉左近這首詩，使得平八郎忠勝在一言坂的奮戰事蹟，在戰國史上留下光榮的一頁。

唐頭指酒井忠次。忠次在武田家中無人不知無人不曉，前一年吉田城攻防戰讓山縣隊吞下敗仗，加上善待敵軍遺體，讓忠次在武田家中更加聲名大噪。

當時，德川家的旗本武士間流行用唐頭裝飾頭盔與甲冑。以前德川家曾經幫助擱淺在遠洲灘上的唐人船隻。船上的物品之一便是髦牛毛，也就是所謂的「唐頭」。受德川家幫助的唐人，贈予德川家大量名貴的唐頭聊表謝意。家康將之分送給旗本武士，武士受酒井忠次影響，也把唐頭拿來裝飾鎧甲、頭盔、馬具等。所以這首詩裡說「唐頭」勝過家康，不是物品本身而是指涉酒井忠次的代名詞。

戰國史中敵我皆讚揚的武將，也只有這兩人了。

第十章　「討伐信玄」

此後信玄並未前往濱松城，而是沿著天龍川北上包圍二俣城。二俣城位於濱松城、掛川城、高天神城中間，對家康而言是支配遠江的重要據點。信玄打算在進攻濱松城前，清除後衛據點。

家康雖趕往救援二俣城，無奈因為敵軍壓倒性的兵力而無法靠近只能撤退。家康向信長要求援軍，但信長正在與包圍網①苦戰，分身乏術無法調派援軍。

二俣城主中根正照頑強抵抗二個多月，最後因水路被斷只好打開城門。攻下二俣城所耗費的時間超乎信玄預料。

中根強忍開城之恥辱逃往濱松城，家康、忠次對奮戰至此的中根予以慰勞。

探子向家康回報武田軍南下的情形。攻陷二俣城的信玄休兵二日，集結三萬大軍並分成本隊與支隊，目前已經開始朝家康居城濱松城前進。

在信玄抵達之前，家康聯絡信長情勢危急，信長這才派援將佐久間信盛、平手汎秀等人入濱松城。然而，援將所擁兵馬僅有三千。

雖說已經有心理準備，但德川重臣皆忿忿不平，大嘆援兵二萬軍果真是空口白話。眾臣批評德川家在信長征討朝倉時舉全軍支援，金崎撤退、姉川大獲全勝無一不是德川家浴血

①反織田信長聯軍。

奮戰的結果，換來的卻是面對信玄三萬大軍時，信長只派三千援軍。如今多說無益，已經束手無策了。

元龜三年（一五七二年）十二月二十二日早晨，德川軍舉行軍事會議。以信玄行軍的速度，應該下午就會抵達濱松城附近。佐久間、平手都在場，忠次率先提議：

「先出擊吧！有織田大人的援軍，在下認為先打一戰再守城為佳。我軍有望獲勝！」

忠次進一步說明，先迎擊一戰，至少擊潰敵軍的一支隊伍再死守濱松城。武田軍若暫時撤退還可以拖延一段時間，或許之後尾張會增派援軍。忠次緊張地口乾舌燥。

出擊之後再守城與一開始就決定守城意義完全不同。一旦出擊，信長必定更加信賴身為三河、遠江地方領主的家康。反之，若因面對強敵，一開始就畏首畏尾死守濱松城，一定無法獲得強而有力的支持。如此一來，地方領主的地位也可能不保。

總將領若是一名強者，家臣與地方諸將必定士氣高昂。以家康的情況來說，支配遠江時，雖然有前今川家臣相挺但忠誠度低。遠江有多數城池被武田攻陷，正是因為忠誠度太低。此時與信玄對戰一局，即便只是打成平手，撤退守城時也能提高士氣。在吉田城與武田激鬥過的忠次說出這番話更顯鏗鏘有力。

忠勝、康政等人也贊成忠次之見。阻止信玄進攻，對信長有益，最後對德川家也有好處。為此，必定會有所犧牲。家康一言不發，靜靜聆聽。

然而，信長的援將佐久間卻意外地主張：

「應當先守城。若在濱松城對戰，還可以應付。萬一出擊失敗，敵軍便有機可乘！」

佐久間、平手的提議確實較為安全。守城不可能輕易戰敗，而且顯然這是信長的意思。只是如此一來，身為武士的家康將顏面盡失。

信長希望家康絆住信玄，爭取時日。若出擊又很快戰敗，對信長而言則是個麻煩。再說，家康要是戰死情況就更為險峻，演變成這樣局面的可能性很大，出城一戰招致的損害與危險，遠比守城來得多，就連出席這場軍事會議的將領，也可能會有數人犧牲。

若幸運戰勝信玄，家康不但能一舉成名還能優先擁有武田家的領土。如此，家康勢力便接近信長。同盟國更強大固然是好事，但對意圖一統天下的信長來說，確保家康人身安全，不戰敗且使信玄停止進攻，最後由自己出馬才是上上策。

會議中，探子來報：「信玄貌似進軍濱松城。」

家康感到迷惘。同盟者家中將領建議守城，家康、忠次都察覺信長意圖。

家康中斷會議，回房獨自苦思。

忠次、忠勝、康政等人在這段期間仍繼續談論出城攻打信玄軍的方法。無論如何都要「獲勝」再回濱松城守城，拉長信玄攻城的時間。譬如支撐三個月左右，遠征軍有兵糧的問題，屆時信玄要進京也會有困難。如果順利，不僅能幫助信長，家康也能展現身為武將的堅韌並保住尊嚴。接著，只能等信長擊潰北面、西面的敵軍前來支援。

然而，此時卻傳來德川軍意料之外的消息。探子來報：「武田軍登上三方原台地」。

信玄軍在離濱松城五公里處停止南下轉而西進。

信玄往西走。

家康再度召開軍事會議。忠次激昂地說：

「若武田軍持續西進，最後必定會從三方原台地下祝田坡。」

家康、忠勝、康政等人立刻就明白忠次語中含意。織田家的兩名將領則一臉不解的表情，忠勝無視二人提高音量道：「趁下坡時襲擊，我軍必勝！」

康政接著說：「但沒有法子能讓武田軍保持西進啊！」

不久，探子來報：「武田軍在三方原交岔點上暫停。」接著又報：「暫停後，第一批出發的武田軍穿過三方原貌似往三河方向前進。」

家康暗自思忖信玄究竟是要攻吉田城還是岡崎城？信玄若不攻濱松城，就不應考慮守城。

織田家的佐久間信盛、平手汎盛仍然建議守城。

「下坡說不定只是信玄的誘敵術！」

家康聽聞此言立刻回應：

「您所言甚是，但信長公應該是預料信玄會攻濱松城，才提議守城。」

織田家的二名將領都無法回答。家康進一步追問：

「信長公若在此，會如何決定？」

家康一說，在座的將領腦海中無不浮現桶狹間之戰時信長的英姿。桶狹間之戰，佐久間死守善照寺砦，平手則與信長在田樂狹間突襲義元。

想到當時的情形，佐久間、平手二人頓時語塞，德川諸將眼中殺氣高漲，彷彿正與信玄激烈交鋒，但這也加深戰死的恐懼。一片靜默，德川諸將與主君意見一致。

「桶狹間之戰時信長公二十七歲，我已經晚了四年。」家康說。

此時家康三十一歲。德川諸將無語深深頷首。家康把桶狹間之戰時的信長與自己相比，豪氣下令：

「在祝田坡拿下信玄吧！」

加上織田的三千援軍，家康共率領一萬一千軍。目標是武田軍下祝田坡時，從後方奇襲。

剛過中午，先鋒忠次出城。陣陣寒風迎面而來，雨雪交加。

因為忠次選擇由濱松城向西行，從三方原中間前進，要追上信玄軍時間綽綽有餘。

另一方面，信玄行軍時一直注意德川軍動向，時常派探子到後方觀察德川軍的行動。

空中烏雲密布不時飄起雪花，無法看到遠方。

忠次運用地利，在武田軍登三方原台地時，馬上派數名探子到祝田坡。

「為掌握攻擊時機，敵軍先鋒開始下坡時立刻來報。然後，敵軍先鋒隊（約二千名）抵達下坡時以狼煙通知。」忠次命令。

忠次計畫在半數敵軍還在下坡途中或者已經在坡下時從後方突擊，獲得一勝後就撤退。不過，忠次擔心可能會因為雨雪交加而看不清楚狼煙。

武田軍約三萬人陸續前進。一萬一千名德川軍平日的訓練基地就在三方原台地，此戰應當能確實追蹤敵軍。

在台地的交岔口前忠次收到第一個回報：武田軍先鋒已經開始下坡。忠次得知消息立刻通知後方的家康。忠次十分興奮，因為這表示我軍正朝著敵軍後方前進。

忠次下令提醒全軍不得漏看下一個暗號。德川全軍一面前進一面緊盯陣陣雪花中狼煙的蹤影。

狼煙未在預料的時間內升起，忠次開始不安時，祝田方向鼠灰色的雲層間終於看見白色狼煙裊裊升起。雖然狼煙出現太晚，隱約覺得不對勁，但這表示敵軍先鋒兩千已經抵達坡下，而且尚有二千餘名的士兵正在下坡。忠次心想機會終於到來，研判一小時後，就能從這裡追上祝田坡上的武田軍，從敵軍背後開始攻擊。

忠次通知家康：「敵軍二千已經下祝田坡，總計應有約四千名在下坡途中。敵軍一萬餘人達下坡尚需二刻鐘。屆時台地上三萬敵軍將背對我軍下坡，請主公調整攻擊隊形前進！」

經歷大小戰役的強者忠次、家康都認為，只要從背後進攻，要拿下武田軍並非難事。忠勝、家康乃至德川全軍都想著：一定要打場勝戰再回城！

出擊後，所有事情都在掌握之中，城內悲觀的意見也隨之煙消雲散。現在，忠次、忠勝、康政等人都確信一定能拿下勝戰。

陰暗的雲層下開始飄起小雪，寬廣的台地鋪上薄薄一層白紗。家康令全軍擺鶴翼陣，隊形如鶴展翅橫向展開，並且保持著陣形前進。此陣適合在敵軍人數比我軍少時，覆蓋並殲滅敵軍。當然，這次敵軍總數不少。但依照目前情況前進，敵軍有半數以上在坡下，況且在台地上背對我軍又分散數公里成縱列前進。在敵軍調整成橫式陣形前，我軍三面包圍便可殲滅相當數量的敵軍，殘兵也會因陣形支離破碎被追趕至坡下，屆時再視時機收隊回濱松。

德川軍在寬廣的台地上，陣形幾乎未受破壞。先發軍左翼有石川數正、柴田康忠；中央有小笠原信興、松平家忠、大久保忠世、青木吉繼；右翼有酒井忠次、中根正照；第二層兵力在中央後方，隊伍中有松平左近、本多忠勝；最後則是家康，旗本武士榊原康政與鳥居原忠伴隨家康左右。織田援軍佐久間信盛與平手汎秀三千軍則跟在右翼酒井隊後方。

三方原台地上，不斷飄著小雪。

## 第十一章　三方原上的死鬥

德川軍以為信玄軍並未察覺我方動靜，仍持續前進。行軍大約三十分鐘後，探子的回報令忠次大吃一驚。

「武田軍已經轉向，正在調整陣形，祝田坡上的敵軍也折返回台地。」

「什麼？」

忠次驚愕得無法言語，下令全軍停止前進，命前方士兵準備攻擊並派人聯絡諸將，自己策馬奔向家康。

「主公，忠次計謀失敗。方才狼煙較晚升起恐怕是武田為了爭取時間所施之奸計。祝田坡上的兵已返回台地，準備迎擊我軍。在下負責殿後，請主公立刻退回城中。」

家康頓失血色。忠次對於自己的計策失敗感到慚愧。聽聞忠次傳令，第二陣的本多忠勝、石川數正、柴田康忠等人也集結至家康本隊。

眾將領奔馳而來，馬兒口吐白煙氣喘吁吁。忠勝吆喝眾將，顧不得還騎在馬上就開始商討戰略：

「由在下殿後！主公，抓緊時間撤退！」

然而，旗本武士康政持反對意見。

「現在撤退為時已晚，敵軍距離太近，一定會被追上。況且一次也未出擊就撤退，有損武家名聲。就依照原計畫突襲，給信玄一記痛擊吧！信玄應該也尚未做好萬全的準備，再半個時辰就日落，我軍只要纏鬥一段時間便可乘夜色撤退。」

康政認為我軍應能與信玄纏鬥一小時讓敵軍提心吊膽，只要獲得一勝後便能乘夜色撤退。忠次、忠勝以及所有將領血色全失，全軍惶惶不安。我軍舉棋不定之時，轉向調整陣形的信田軍正步步逼近，沒時間再議論下去。想到這裡，忠次再度進言：「請撤退！」鳥居元忠也催促家康下令。接下來，輪到家康決斷。

家康彷彿回過神來一般：

「都已經走到這一步，只能取下信玄這賊人的首級。先迎戰再撤退！」

家康堅定地喊著，下令攻擊。

作戰計畫失敗，有性命危險的人其實是家康。雖然已經在備戰中，但面對的敵軍為數眾多又是強敵，只能孤注一擲。身置險境情緒高漲的家康，不如平時穩重、冷靜，也未能理性判斷。

家康巴望著如康政所言，信玄可能會準備不足。纏鬥一個小時，只要這段期間能贏就好。德川只會碰上武田的其中一支部隊，並非全軍對戰。家康告訴自己，還有機會贏。

即便如此，德川軍與敵軍之間的距離實在太近，忠次、忠勝、康政、元忠等人都做好必死的覺悟。

回自己所屬隊伍之前，忠次向忠勝與康政喊道：

「主公就拜託你們了！」

三人互相以眼神行禮，策馬一鞭迅速歸隊。

時間回到開戰前，武田軍開始下祝田坡時，忠次放出的第一組探子準確回報。第二組探子有三名，必須在武田軍先鋒約二千人抵達坡下時施放狼煙通知忠次。後來狼煙雖升起，但忠次所見狼煙卻是武田軍所為，而德川諸將卻無人看穿此計。忠次的計謀此時已經為敵軍所知。

第二組探子在武田軍的先鋒部隊開始下坡時，派其中二人先到施放狼煙的位置，也就是移動到稍稍遠離祝田坡的地方待命。安排一人確認先鋒部隊二千人抵達坡下，再速至準備處會合。為升起狼煙，那裡已經準備好乾草與圍石等材料，以枯木等雜物隱藏。

二人作好準備靜待同伴消息，不料卻被山縣昌景的探子發現。雙方旋即陷入混戰，但寡不敵眾，二名探子被斬殺，狼煙位置也被敵軍發現。剩下一名探子在確認武田先鋒隊抵達後折返欲與同伴會合，卻在半途遭敵軍包圍斬殺。

聽聞事情始末的山縣昌景馬上意會狼煙是德川軍奇襲的信號。昨天的軍事會議中，山縣也進言道：「家康若還有武士的自尊，應該會追趕我軍，趁我軍下祝田坡出現空隙時攻擊。」

重臣穴杉信軍卻逗笑諸臣：「您所言甚是，但家康應該像隻縮頭烏龜般躲在城裡發抖吧！」

故山縣未能再繼續討論下去。

不料，山縣預言成真。山縣建議信玄立刻下令停止行軍，全軍轉向迎戰後方，並調回下坡的士兵。山縣考量如果狼煙未升起，德川軍反而可知前方有異狀，故刻意較慢升起狼煙以爭取準備時間。

聽聞山縣傳來的消息，信玄喃喃笑道：

「小賊，果真出戰啊！」

信玄在軍事會議時表面上聽取信君的意見，但實際上認同山縣的判斷，秘密命令山縣充分戒備。

信玄立刻號令全軍轉向，擺魚鱗陣。作戰準備充足，前線距離信玄本營很遠。陣形分左翼六段、右翼八段，信玄本營位於最後方。此陣形的好處是敵軍無法輕易接近總將領信玄且能迅速擺陣。武田軍後方的探子傳來德川軍前進的消息，已經過了好一段時間了。

轉向擺陣期間，武田軍將士個個警戒後方是否有敵軍來襲。為不讓德川軍發現我軍開始備戰，幾乎在無聲的狀態下聽從各指揮官號令，調整好陣形，沒有一絲延遲或混亂，這都要歸功於武田軍豐富的訓練與實戰經驗。

德川軍中，傳令人策馬聯絡各小隊：

「進攻！主公下令討伐信玄！」

德川軍眾將士士氣高昂地答令，全然不知作戰計畫已經失敗。

家康聽探子回報武田備戰情形。敵軍擺魚鱗陣，家康判斷以現在的鶴翼陣不利對決，命兩翼集結至中央，改為弓箭陣。弓箭陣比起魚鱗陣雖較為薄弱，但可以迅速加入新兵，突襲能力強。

不久，德川軍隔著濛濛細雪看見武田軍群聚於遠方。德川軍群情激昂步步縮短兩軍之間的距離。

西北風漸趨強烈，雨雪交加。這天，兩軍皆未出動火槍隊，火槍手背負著以油紙包覆的槍枝退向後方。兩軍直到後方陣形調整完畢之前，前線都保持對峙。對兩軍將士而言，這段時間充滿恐懼。德川軍雖驚愕武田軍竟於敵軍眼前調整隊形，但無人對此多做議論。現在只能拿下敵軍，多說無益。

約莫下午三時半許，武田軍開始挑釁地投擲石塊。石川數正隊以盾牌抵擋掉落的石塊後，一齊放箭突襲。

接著忠次隊與中根正照隊也開始突擊。忠次一心想要挽回作戰的失敗，即便只有微幅戰勝也好。中根是德川譜代家臣之一，也是二俣城主。去年十月，在信玄的猛攻之下，堅持到水路被斷之後才開城投降撤退至濱松城。這個男人也為了一雪前恥，抱著必死的決心出征。

德川軍出擊時，家康與所有將士都抱著必死的決心，兵力雖懸殊但德川軍的士氣比武田軍高出許多。然而，武田軍卻是除了信玄與部將以外，多數的士兵都在放棄攻擊濱松城轉往三方原台地時就開始戰意低落。戰勝雖能得到賞賜，但誰都不想受傷更不想命喪黃泉，能不戰自然更好，就連武田軍精銳也都是抱持同樣的想法。

戰略、武器相當的情況下，即使兵力少，士氣較高的一方短時間內仍有機會打勝仗。

事實上，開始交戰三十分鐘時，數正隊、柴田康忠隊初戰便大破小山田隊。忠次隊、中根隊與馬場信房支隊一退一進數度攻防，短暫撤退又再度進擊。三方原之戰的初戰中，德川軍曾成功壓制武田軍。

就算戰場上人數再多，能直接參與戰事的人數仍然受前線戰場的空間侷限。德川軍士氣高昂之下，擁有優勢。

忠次、忠勝、康政等人都知曉此道理。所以，只要是短時間內我軍必勝。趁勢讓敵軍陷入混亂，先取一勝再撤退即可，而撤退的時機，就交給家康判斷。

家康本隊前方是忠勝隊，康政、家忠隊於左右加強防護。追擊而來的武田軍有馬場信房隊、武田勝賴隊、山縣昌景隊，各個都是武田家代表性的勇將。然而，忠勝隊卻絲毫不在意，將士團結一心如錐刺一般洶洶突襲敵軍。大久保忠世隊、小笠原信興隊、青木吉繼隊也緊跟在後。

武田各隊受德川軍猛攻，各隊長雖怒吼號令反擊，但信玄軍出乎意料地宛如一盤散沙。

忠次、忠勝等人認為，作戰有一部分取決於「士氣」，我軍士氣高漲必能掌握致勝先機。數正、康忠也都浴血奮戰，康政則守護家康並觀察戰鬥情形。

家康認為時機成熟，便親自率一千軍、康政、鳥居元忠、家忠各三百軍、織田家的三千援軍朝信玄本營開始攻擊。

然而，隨時間經過戰線拉長，敵軍加入新兵，不利於人數少的德川軍。家康下攻擊命令時，其實是撤退的最後時機。若能抓到這短暫的時間點便能得勝回城，但家康錯過了。忠勝隊、松平左近隊在武田軍防守厚實、堅固之下，被武田勝賴擋住去路並遭擊潰。

忍耐已久的信玄開始揮動采配，開始反攻。

信玄對內藤昌豐、穴山信君、武田信豐、真田昌幸、小幡信貞下令：「拿下家康軍後方隊伍！」光是這一隊就有六千人，分成二隊各三千人周旋於德川軍左右。

接著信玄開始大反擊。

信玄下令：「取家康項上人頭！」武田軍法螺貝、太鼓激鳴，武田家連隨從背上的旗幟都宛如活物般翻騰不已。

夕陽西下，就要天黑了。

家康與忠勝、康政在信玄本營外二百公尺止步，無法再前進，若前進定會被敵軍團團包圍。信玄前方有跡部隊、高坂隊、小幡隊、山家三方眾以及信玄的親衛隊，兵力約有三千，防守穩固。

因為突襲過度延展的德川軍，右方遭穴山隊、真田隊襲擊。

忠勝隊與康政隊為守護家康而奮戰，但現在只能維持攻守交替勉強支撐，右後方的佐久間隊開始潰敗，千名士兵四散。接著連平手隊也開始撤退。因為不熟悉地理位置，而迷失回城的方向，入夜之後平手汎秀在濱松城附近的松木林中戰死。此戰只能到此為止了。

忠勝聯絡康政：

「忠勝殿後。康政、家忠大人、元忠大人請守護主公回城。」

已經沒有商議的餘地，康政回覆忠勝指令：

「吾等定全力守護主公，請凱旋歸來！」康政策馬前往家康身邊。

「請主公暫時回城！」

家康聞言只能默默頷首。黑暗中一支箭擦過康政肩上的鎧甲。

家康萬分失落地從馬上放箭回擊，弓箭消失在一片黑暗之中。

康政引導家康撤退，眼前立刻出現一排追兵約數十人，康政隊約百人應戰擊退敵軍。

然而，敵軍不斷出現。康政讓家康先行逃亡，在途中止步防禦後頭追兵，連愛馬都受傷，只能下馬徒步應戰。康政用隨從遞來的長槍對戰，好不容易才擊退敵方追擊隊。這段期間，家康在鳥居元忠、松平家忠率士兵護衛下逃回濱松城。

路上已是一片黑暗。稍早的戰事中，康政受了輕傷。康政徒步追趕家康與元忠等人，數名隨從緊跟在後，途中因為盔甲太過沉重，只好脫去頭盔捨棄護甲趕路。

一行人疾行欲追上家康，但路途中武田軍追兵又再度出現。沒有馬不可能追上家康。康政架好青竹切，抱著必死的覺悟與敵軍一戰。敵軍進攻，康政雖刺殺一人又一人，但自己的隨從也一一戰死。

此時，隨從佐野甚介不知從哪裡牽來一匹馬。對康政說，請上馬追上主公。康政從甚介手中接過韁繩，乘馬之後康政命令甚介等人：

「阻止敵軍！在下會到主公身邊，我們黃泉相見。再會！」

隨從對康政的命令大聲回應：「遵命！」

甚介一家從祖父輩開始就是榊原家少數的隨從之一，侍奉榊原家已經四十年。比康政大二歲的甚介服侍康政自桶狹間之戰以來已經十二年。

甚介等七、八名隨從目送康政消失於黑暗之中。甚介等人轉向面對敵軍，一齊架好刀槍準備應戰。頭盔、甲冑、護甲的金屬摩擦聲是武裝兵特有的沉重聲響。這些人為了讓康政能再為家康效棉薄之力，撿來馬匹交予康政，只爭取了十分鐘左右的時間便戰死沙場。

康政欲追上家康，但家康一行人似乎已經逃往姬街道。

孤身一人的康政心有不甘。渾身疲勞困頓，死亡彷彿就在眼前。

「莫非要死在這裡？」康政心想不如乾脆在這裡做個了斷，但又轉念一想：

「不能死在這裡。我要是死了就太對不起家臣、主公。活下去，跟少數逃亡的同伴一起回城，確認主公安全集結殘兵再戰信玄！」

武田軍準備剿滅潰散的德川軍。德川兵有些躲在低窪處，有些逃進樹林，部分逃往濱松城。此時才下午五時，德川軍不到二小時就大吞敗仗。

武田軍緊追在家康後頭。

這次由鳥居元忠停下腳步阻擋敵軍，家康邊逃亡邊在心中為元忠合掌祝禱。元忠與武田兵激鬥右腳負傷，幸好在隨從幫助下逃往乾枯草叢中。

與元忠分開之後，家康身邊的隨從只剩下四名騎兵。

城西側三公里處，夏目次郎佐衛門隊約十名士兵推測家康會行經此地，出城相迎。家康幸運地遇上夏目一行人。夏目將準備好的麻糬遞給家康。家康在馬上見到食物目光為之一亮，開始狼吞虎嚥。家康臉頰、額頭附近都是血跡。因為過於飢餓吃得太急，被麻糬噎到。夏目遞上水壺，低聲對家康道：「主公，請冷靜！」家康禮貌地點點頭。接著，夏目道：「主公的馬已經疲累不堪，請乘在下的馬匹。」夏目與家康交換馬匹。

夏目察覺敵軍接近，這次催促家康：「請盡快離開！」並拍打自己愛馬的屁股，馬兒就這麼載著家康奔馳而去。家康主從消失在黑暗之中，夏目跳下家康愛馬，對馬兒說道：「請回到主公身邊」便鬆開韁繩。無人騎乘的馬匹迅速奔馳，很快就追上家康主從五騎，彷彿要帶領家康等人一般，跑在最前頭奔向濱松城。家康默默看著無人騎乘飛快奔馳的愛馬，安慰似地拍拍夏目的愛馬。只能步行的夏目，在敵軍逼近的道路上架好弓箭等待再用火把照明，拉弓射向先行追趕而至的士兵，一擊之後馬上捨棄弓箭改以長槍應戰。夏目次郎佐衛門隊十名士兵一一報上名號，光榮戰死。

姬街道上，忠勝也與敵軍交戰，家臣喊道：

「這裡交給吾等，請您盡快到主公身邊！」

家臣紛紛消失在敵軍之中。忠勝失去從岡崎以來便侍奉自己的家臣，感到痛苦萬分，但受到他們的殺聲激勵，忠勝對家臣喊道：「永別了！」便勒馬轉向急速往家康逃亡方向追趕。

忠勝思忖主公應該已經成功逃亡。撤退的路上，滿是敵軍。武田士兵發現忠勝，為判別是敵是友連喊暗號，忠勝絲毫不回答。道路昏暗，忠勝讓馬靜靜接近敵軍才踢馬腹。黑暗之中，身著黑色甲胄的忠勝與黑毛愛馬融為一體。馬匹奔馳長槍左右交替，忠勝一一擊潰敵軍，同時也有數支弓箭刺穿忠次肩上的鎧甲。

酒井忠次與中根正照接獲忠勝通知，家康已經逃脫。聽聞消息，忠次、中根選擇與家康相反的東側前進濱松城。此時敵兵追來，中根喊道：

「忠次大人，請盡快回城。主公應該在等您，這裡交給在下。快走！」

忠次應道：「這是什麼話！」大聲疾呼：「現在談死，言之過早！」忠次認為在還未確認主公安全之前不能死，但中根不這麼想。

「請大人盡快回到主公身邊，在下願意死在這裡，為保護忠次大人而死！」

中根語畢回轉向後，隨從只有二人。

「永別了！」忠次道。

忠次在中根背後大聲道別，朝濱松城奔馳而去。中根在激烈纏鬥後戰死。

家康主從五騎逃回濱松城時，德川的家臣軍幾乎無人回城，前來迎接的只有城兵十人。

忠次在當夜回到濱松城，但忠勝與康政都在隔天的傍晚才歸城。

此戰中德川、織田聯軍共有一千餘人戰死，其中很多都是為守護家主而死。

忠次歸咎於自己的才智不足，家康則並未責備忠次。

「忠次與我的想法想同，若要追究，我也與你同罪。」

翌日，家康召來畫師。為告誡自己，終生莫忘此戰之辱，要求畫師畫下自己滿心苦澀的樣子。這是一幅描繪家康真實面貌的蹙眉畫像。

武田軍結束德川軍剿滅戰，隨即從濱松城附近撤退，擺陣於刑部。之後，開始進攻野田城。

# 第十二章　松平信康之不滿

德川、武田兩軍激戰時，位於三河的家康長男、岡崎城主十四歲的松平信康引頸等待「捷報」或「出陣」的聯絡。若要準備出擊，那麼信康的初戰敵人就是信玄。

不料，濱松派來的緊急使者無情地告知我軍大敗。

信康愕然無語。服侍信康的榊原清政高聲進言：「已經做好守城的萬全準備，請下令收容我方武士！」信康怒目橫眉地下令：「快傳令！」

清政乃榊原康政親長兄，受家康之命守護信康，最近因時常患病無法出征，故跟在信康身邊。

很快地，第二位使者前來報告：「主公平安！」接著家康也捎來消息要信康好好守城。

信康分別詢問三位使者為何戰敗，使者異口同聲表示：「援軍寡兵，信長公援軍過少。」

聽聞「信長公援軍過少」信康心情更為低落。

數日後，石川數正、大久保忠世、鳥居元忠、平岩親吉以及代表濱松城的榊原康政等人撤退回來。數正與忠世的手臂、親吉的肩膀、康政與元忠則是腿部負傷。從眾人的傷勢與我軍死傷一千餘人來看，信康更加能體會我軍的苦戰與敗逃的艱辛。

老臣口徑一致讚許我軍精彩的戰鬥，卻因寡不敵眾而敗北，隻字不提我軍戰略為敵軍所知，且武田軍作戰精悍的事實。

信康話鋒一轉，詢問：「織田軍援兵如何？」西三河旗本武士首領石川數正空洞地描述：「在下惶恐，織田大人的援兵僅三千，平手汎秀大人戰死，佐久間信盛大人撤退回尾張。」

信康面露怒色，數正慌忙補充：

「幸好德川軍的大將領無人戰死。下回若得信長大人援助，一定能拿下信玄！」

信康直言：「大將領沒死是萬幸？這表示他們的隨從都死了！這些將領也太不中用了！」數正等諸將都垂下眼簾。

接著，信康說出對信長的不滿。

「過去在越前一戰，岳父織田公單槍匹馬逃亡，害盟軍陷入絕境。姉川之戰織田公陷入險境時，又是因為諸位奮戰才得勝。」

在場所有人點頭，信康繼續說下去。

「然而，此戰織田公卻推遲奧援、援軍數量又少，害盟軍大敗。如今與織田公同盟有何益處？」

榊原康政不禁出言制止。

「少主，請謹言慎行！」

十六歲的康政在岡崎城練弓，五歲的竹千代（信康）見狀，上前詢問用弓的秘訣。康政回答，師事名師、偷學技巧、訂定自己達成高手境界的期限。信康十分喜歡康政明快的回答，此後，直到康政隨家康移至濱松為止，也就是信康十二歲之前都向康政習弓。除了弓術以外，康政都毫無顧忌地教授信康、提供意見，有時甚至直接責備。康政總是能適時矯正信康的錯誤，這點對家康也是從未改變過。

康政認為即便信康對岳父信長有再多不滿，都不能在眾臣面前表露。眾臣對信康忠心耿耿，但今後若有機會讚揚信康的將才，將信康與信長相比，難免傳出「將來說不定能成為媲美信長公的武將」之類的流言，以訛傳訛到了信長耳裡不知會被如何解讀。

信康對於康政的諫言毫無回應，但其實明白背後意義。

接著，平岩維持跪姿前進向信康道：「在下惶恐……」平岩親吉從竹千代入岡崎城時就守護竹千代至今。親吉與家康同年，母親是家康的乳母。幼年便成為家康近侍，與家康一起在八歲時成為駿府的人質，支持年幼的家康度過艱困的成長時期。平言與清政二人都是負責守護信康的家臣。

信康略顯意外地看著平岩。

「姉川之戰我軍英勇奮戰、此戰織田大人派出的援軍過少、時機太晚都是事實，但織田大人也有諸多苦衷。少主的想法無論多麼正確可靠，親口批評岳父大人之言輾轉傳到織田家，最後不知道會變成什麼樣子，這點才是在下擔心的。」

信康九歲時便與信長的長女德姬結婚，信長因此成為信康的岳父。

平岩向來謹言慎行。這席話，同時也是提醒其他重臣注意口風。

信康以眼神詢問榊原清政意見，清政則回答：「在下也與平岩大人、康政持相同意見。」

信康瞬間皺了眉頭，但還是直率地回應：

「三人所言甚是。」

平岩、清政、康政這才放下心中大石，向信康叩首。

# 第十三章　奧平家之計謀

三方原之戰慘敗損失慘重，但就結果而言，信長對德川家更加信賴，地方領主也對勇於與信玄對決的家康評價很高。然而，也有人持不同看法，認為德川家已步向衰敗而與武田交好的三河、遠江地方領主、地方武士也不少。他們很可能為了生存倒戈相向，忠次為防範於未然，開始徵兵策動奪回武田佔據的城池、領地以示國力。

翌年正月，忠次為向家康祝賀新年從吉田城前往拜訪濱松城。即使戰敗，新年慶賀的儀式仍然照常舉行。

雖說是過年，畢竟有千名家臣死傷，儀式結束後的酒宴一片寂靜。

此時，正在包圍野田城的信玄意外地捎來一封書信。拆開一看，上頭寫著詩歌一句。

「松木枯竹首舞，明日無憂。」

「松」指松平，「竹」指武田，意思是：松平滅亡武田家得以歡欣過好年。信玄同時也挑釁德川家來對下聯。

在場的忠勝、康政等人皆驚愕於敵人竟如此無禮，好好的宴會硬生生地被潑了一盆冷水。

只有忠次一人笑著說：「諸位，莫發怒。方才是讀錯這首詩而已。」家康與諸將都望著忠次，忠次大聲說：「應該這樣讀才對。」

「『松不枯竹首無，明日無憂。』各位認為如何？松木應改韻母為「不」，竹首舞應該讀為竹首無才是。」

諸將笑顏逐開。

「原來如此、原來如此，不愧是忠次大人啊！」康政佩服地說。

將詩句改好並交代送還武田之後，忠勝提議：

「不如就現在立刻取下武田首級吧！」

尚未理解忠勝此話含意的鳥居元忠等人呆若木雞，忠次笑著起身：

「有趣！那就來取首級吧！」

忠勝催促道：「鳥居大人，一起來吧！」家康領一群人行至城門口，把裝飾在門松[1]裡的竹子斜刀切落，大喊快哉。

之後，宴會變得熱鬧鼓噪。康政將改好的詩句、切下的竹首、酒水一桶交給使者帶回覆命。

從此以後，德川家於正月時，都會將門松裡的青竹斜切當作好兆頭。這個歷經江戶時代傳承至今的習俗，起源於當時忠次的臨機應變。

三月，平岩親吉等人攻擊遠江的天方城，平岩只攻擊一次就退兵。接著，家康、忠次、忠勝、康政等人進攻二俣城，建立社山、合代島、渡島等幾座堡壘以示威嚇。

---

①日本新年的裝飾盆栽，插有松木與青竹。

元龜四年（一五七三年）四月十二日，信玄發病回甲斐的路途中，於信州的駒場氣絕身亡。

聽聞信玄已死的忠次，不顧一旁有親信在場，宛如走神般開口道：「真的？這是真的嗎？」短暫地浮現微笑後，忍住不再往下說。欣喜於敵方名將之死，身為武士或許有些卑鄙，即便如此忠次仍然滿心喜悅。若信玄之死為真，對德川家來說無疑是一大福音。

對抗武田家的戰略，家康認為需先奪裏三河的要衝——長篠城，城主乃山家三方眾之一的菅沼正貞。

山家三方眾是指祖居於裏三河山區三家地方小豪族：田峰、長篠的菅沼家與作手的奧平家。三家相互競爭卻也締結姻親關係，如同一家人般共抵外侮，然後臣屬今川家等有力的大名。雖曾經與德川同一陣線，但如今與武田結盟。

信玄之死對家康來說是絕佳機會。家康與忠次商量，命令本多忠勝與榊原康政以奪取長篠城為目標，謀議如何與奧平協商。

作手的奧平家在奧平貞勝當家時曾臣屬松平清康，清康死後轉而臣屬今川家。桶狹間之戰義元戰死後，家主奧平貞能與其長子貞昌父子二人投靠家康，當時擔任說客的是酒井忠次與本多忠勝。姉川一戰奧平成為忠勝隊後援，拚死奮戰。

姉川之戰後，信玄往三河、遠江進軍，壓迫山家三方眾。奧平貞能原本打算繼續與德川聯手，但隱居的貞勝強烈主張應投靠信玄，最後貞能、貞昌父子選擇信玄，結合其他山家眾，在三方原之戰與家康為敵。

奧平家為生存而以生於亂世的智慧、武家謀略，迅速替換主君。奧平家乍看之下頻頻變節，但忠次、忠勝、康政皆認可奧平貞能、貞昌父子的器量，希望他們能與德川家聯手。三人將拉攏奧平家的計畫呈予家康。

忠次催促忠勝：「快告訴主公。」

負責這次謀略的忠勝點頭行禮後開口道：「保證奧平原本領地作手、日近、遠州維持原狀，若攻下長篠城便令其支配長篠，位於遠江的奧平領土也一併奉送。」

家康默默無語，之所以沉默是因為光是這樣的條件，應該不足以說服奧平家。

忠勝繼續說明：「接著，待我軍擊退武田，投靠武田的田峰菅沼領地、其他的菅沼領地再加上野田領地都賜予奧平家。」

德川家毫不吝惜這些賞賜。如果條件都實現，山家三方眾所有領地幾乎都歸奧平所有，是十分豐厚的賞賜。家康這才微微頷首。

忠勝見狀再提議：「再賜予新領地三千貫如何？」

家康同意，應道：「無妨。」家康接受自己的提案，忠勝雖答禮，但沒說交涉條件到此為止。

家康以眼神詢問忠勝是否還有不足？忠勝未答覆，催促似地看著忠次。忠勝認為接下來應該由忠次開口。說服主君時，家臣不會一人獨語，而是家臣之間彼此先商量好，依照內容分配角色。

家康疑惑地看著忠次，忠次恭敬地說：

「貞昌大人今年十九歲，是一名有氣概的武將，目前還單身。在下認為應是值得長久結盟的對象。」

家康清楚記得姉川一戰時，貞能、貞昌協助忠勝英勇奮戰。姉川戰役是貞昌初戰，當時已經是一位非常爽颯的男子。

家康已經察覺忠次欲建議策略聯姻，但忠勝、康政都膝下無子，實在不知要送出誰家的女兒才好。

忠次畢恭畢敬地建言：「在下惶恐，請主公考慮十四歲的龜姬大人。」

忠次以眼神示意忠勝接著說。雖然說是結婚，其實說穿了就是當人質。要主公交出自己的長女，即便是譜代大臣又深受信賴的忠勝也不敢隨便說出口，本策略的負責人忠勝不時觀察家康神色道：

「在下多有僭越，但若以聯姻為底牌，奧平父子一併會加入我方。」

萬一提出龜姬這個條件仍然遭到拒絕害主君顏面盡失，忠勝只能與奧平父子刀劍相向了。忠勝認為龜姬下嫁奧平一定能圓滿結盟，但還是必須設想周全以免萬一，畢竟武田家必定也提出十分豐厚的條件。家康、忠次、康政也都明白忠勝這次是抱著必死的覺悟前往會談。

家康認為送走龜姬並不可惜，但若遭拒則會失去忠勝。家康深知即便命令忠勝被拒絕也要活著回來，忠勝也不可能生還。儘管希望用贈與領土解決，但要攏絡奧平只有家康退一步交出掌上明珠才可能成功。思考一會兒後，家康同意讓龜姬下嫁奧平。

「無論事成與否，忠勝必須親回覆命！」家康下令。

忠勝銘感於家康對自己的用心，忠勝平伏於地叩首答覆：「遵命！」

康政自認論武勇、忠義與忠勝平分秋色，若論智謀與誠心自己應當高於忠勝。然而，忠勝賭上性命提案讓龜姬下嫁奧平獲得主公認同，還承蒙家康交代「忠勝必須親回覆命」讓康政羨慕不已。

這二人都為家康盡忠，平時便互相切磋。忠次與家康都十分清楚，忠次也對二人都抱有好感。

忠勝與貞能、貞昌三人單獨約在作手城附近的奧平隨從家中密談。

忠勝為姉川一戰的相助再次道謝，也表示三方原之戰就付諸流水不再計較，凝視二人誠懇勸說希望奧平能與德川家為伍。貞能、貞昌則紛紛回應：「承蒙您貴言，在下感激不盡。」

忠勝判斷應該要將條件一口氣毫不保留開門見山地告訴奧平，才能牢牢抓住奧平的心。

忠勝告知若能同盟，除了保有原本領地、山家三方眾領地再加上新賞賜的領土以外，主君家康還特別為了顯示對奧平家的優厚，同意讓龜姬大人下嫁奧平家。

貞能、貞昌父子原本就對忠勝、忠次抱有好感。姉川一戰的賞賜與禮遇武士都做得面面俱到，因此聽到新領土為止，二人都頻頻答謝，談到龜姬下嫁時，貞能神色一變，恭敬地從摺凳起身端坐於忠勝摺凳前的木地板上，貞昌也起身在貞能身邊坐下。

貞能感動萬分，雙手指尖著地恭敬地回覆：

「承蒙主公對奧平家如此信任，在下感激不盡。希望今後能長長久久託付奧平家與小犬貞昌。」貞能深深叩首行禮。

貞昌則回應：「在下將拚死守護龜姬大人。」

忠勝也起身握著二人的手道：「太好了！盟約就麼定了！」

龜姬在長篠城之戰一年後的天正四年才成為貞昌的妻子，終生伴隨貞昌（信昌）直到六十六歲逝世。

奧平家在姉川一戰中與朝倉軍對戰、三方原之戰中與家康對戰，在即將到來的長篠之戰則再度改變立場，與家康結盟對抗武田勝頼。奧平一族因獨到的處事方法才能在嚴苛的戰國時代存活下來，甚至走向明治維新。

第十四章　長篠城攻略

忠次、忠勝、康政等人開始進攻長篠城。長篠城主菅沼正貞與信濃地方首領室賀信俊、小笠原信嶺等人負責守城。

長篠城地勢險要，東南方有大野川（宇連川）、西南臨寒狹川（豐川），建於兩川交會點的斷崖上五十公尺處。

以主城為中心，東南方有野牛曲輪①，曲輪外便是大野川。東有副城二之丸、三之丸，其外側有瓢曲輪包圍。西北方有彈正曲輪，其外側有大手曲輪，面對美濃、信濃方向的內陸。

忠次隊二千名士兵開始夜襲長篠城正門。忠勝、康政隊同時集結於西面寒狹川對岸，率兵三百人從後門入侵。

先派五名士兵趁著夜色游至對岸長篠城的岩場。五人用細繩揹著太刀，其中一人放出繫繩流向對岸，不久便抵達野牛曲輪下的懸崖。

野牛曲輪雖在懸崖上，但至大野川之間還有二段小型的曲輪。二個曲輪各有小型木門，最下方的曲輪建有瞭望台，設滑輪懸掛水桶從大野川中取水。為防禦敵軍，並沒有建造能走到川邊的道路，只能視需要放下繩梯或木梯。

五人其中一人沿著懸崖下的瞭望台向上攀爬，攀爬至頂端時有一個木門，本來應該在

①曲輪是以土壘、石垣等區隔的區域。

此受到狙擊，但沒有任何弓箭或子彈飛來。說出暗號後，奧平貞能安排的內應從內側開門，降下繩梯讓其餘四人依序攀登至最下方的曲輪。

一人將背在身上的細繩捲起，繫繩連著對岸盟軍的粗繩，粗繩的盡頭是載著五十名士兵的木筏，其他木筏跟在後頭串在一起總共有七艘，其中一艘乘載武器與糧食。五人通力合作，快速將繩索回捲。

三百名本多、榊原的士兵乘木筏而來，從最下方的曲輪木門魚貫進入，殺死第二段曲輪的守門兵，待上方野牛曲輪的守門兵發現異狀便射出火箭，一面攀爬城門、拒馬、城牆一面故意大喊：「叛變！」意外受到攻擊的城兵聽聞叛變大驚失色，立刻棄守崗位逃向主城曲輪。這的確是叛變，若沒有內應不可能這麼輕易入侵。

忠勝與康政陸續放出火箭，野牛曲輪的瞭望台也陷入火海之中。

忠勝、康政隊靠近主城繼續放火箭攻擊，忠次見野牛曲輪火勢猛烈，開始從大手曲輪進攻。

守城兵據報有叛變幾乎都狼狽逃至主城與二之丸曲輪，雖努力重整軍容英勇奮戰，但在初戰時便已陷入絕境。

聽聞戰情告急的武田軍，派武田信豐、武田信廉為大將率五千軍，前往長篠城後援。

家康命石川數正、大久保忠世、鳥居元忠、大須賀康高率三千軍迎擊，為抑制武田軍出擊，德川軍率先壓制樞紐街道，導致信豐、信廉等後援軍沒能在原本預定的場地佈陣。

德川軍拿下二之丸、三之丸，守城軍仍堅守主城與彈正曲輪、大手曲輪，但因勝賴並未親自出馬，士兵開始厭戰，紛紛傳出叛變。

忠次遣使者表示不殺將士，請城兵交出長篠城。

九月十日，城兵率先脫逃，接著菅沼、室賀、小笠原等城將也離城而去，後援的武田軍不得已只好撤回甲斐。

勝賴確定長篠城淪陷的關鍵野牛曲輪叛變是肇因於作手城（龜山城）的奧平貞能，遂遣使者前往質問並且派軍前往討伐。

原本接待使者的貞能、貞昌父子假借如廁之名逃出城，父子與家臣面對追兵，只能邊戰邊逃，途中遇到前來迎接的本多忠勝隊，便受忠勝隊保護。

勝賴勃然大怒，處死奧平家的人質。

對德川家而言，長篠城戰果豐碩。元龜三年，自信玄入侵以來，家康唯一收復的失土就是長篠城。

忠次向家康報告，功勞最大的是奧平貞能、貞昌，於是家康賜予奧平家起誓文，此文之後成為奧平家代代相傳的寶物。

奧平家為了開創自己的命運而選擇陣前倒戈與德川結盟。雖然已經有所覺悟，但人質慘遭殺害，奧平父子仍然心痛不已。此外，勝賴對奧平與德川家的憤恨與日俱增，貞能、貞昌父子除了拿下武田勝賴以外儼然沒有其他選擇。

# 第十五章　信長、信康埋下禍根

信玄亡故後武田勝賴仍積極的進攻東美濃、遠江等國。

天正二年（一五七四年）二月，勝賴以東美濃的岩村城為據點，開始攻擊織田勢力的明智城。信長從歧阜出兵救援卻為時已晚，明智城已經被攻陷。

同年五月，勝賴率二萬五千軍侵襲遠江，十二日開始猛攻當初信玄未能拿下的要衝高天神城。此城是家康統治遠江重要的根據地。勝賴想詔告天下自己的武略不遜於父親，暗自盤算若家康來援，一定要剿滅德川家。

城將是在姉川之戰中活躍的勇將小笠原信興。家康認為德川軍無法單獨抵禦勝賴攻擊，故緊急派使者向信長要求援軍。五月十五日，使者十萬火急通知人在京都的信長，但信長正為各地的一向宗暴動事件焦頭爛額，無法馬上回應。

待信長回到歧阜，召集二萬軍時已經六月十二日，由長男信忠與佐久間信盛先發，自己則是十四日才從歧阜出發。

這段期間，信興為避免勝賴猛攻，佯裝與勝賴議和，拖延時間等待援軍，採戰和並用的策略。勝賴仍猛烈攻擊，最後信興以為等不到家康、信長援軍，遂同意議和條件於六月十七日開城投降。

這天，忠次在吉田城迎接信長，十九日忠次帶領信長至濱名湖的今切湖口對岸時，家康傳來緊急消息。

「高天神城開城投降。」

在濱松城得知高天神城開城的消息，家康立刻緊急派人聯絡，自己與忠勝、康政幾名旗本武士前往與信長會合，就怕去遲了引起信長不悅。

忠次十萬火急地策馬直奔位於中軍的信長身邊，下馬單膝跪於乾燥的土壤上，神色緊張地一口氣向信長報告：

「使者緊急來報，高天神城已開城投降。織田大人親自出征，卻不等援軍直接投降，有損您顏面。三河守目前已經自濱松城趕來，請您隨在下回吉田城，等候三河守到來。」

信長在馬上聆聽報告。忠次單膝跪地，右手拿著頭盔左手握在刀鍔上。為遮避夏日艷陽信長拉低覆著白布的斗笠，使得忠次無法看到信長的表情。

繼明智城之後，信長又再度救援失敗，忠次瞭解信長不甘心的心情。即便是城池被攻陷，向馬上的信長報告時，忠次身為德川家的重臣，其實可以站著報告即可，更何況還是在戰時。然而，忠次卻謙卑地單膝跪地報告，無非是想盡力緩和信長的情緒。

能完美傳達主君家康的心思的家臣非忠次莫屬。「請容在下服侍您回城。」忠次用最謙卑的口吻說著。

自兩軍同盟以來，家臣中就屬忠次家世最適合接待信長，其氣量、品格也能配合信長的脾氣。信長從過去幾次往來中也能發現素來不卑不亢的忠次有所顧忌。

信長頓時稍顯吃驚，回答道：

「什麼？」

因為信長高聲一喊，忠次一時滿頭大汗，全身僵硬靜候信長說完。

其實，信長在抵達之前已經預料可能會被攻陷，基於對家康的道義還是出兵。雖然集結二萬大軍，但沒有必勝之策，信長心中反而鬆了一口氣。織田家目前毫髮無傷，還能把士兵調回都城附近。

信長面露沮喪，但沉穩地回應：

「那就聽你的，回吉田城。」

語畢，信長攬住馬頭轉向。

趕到吉田城的家康召見忠次，詢問信長的狀況與織田諸將的應對。回應家康的提問，忠次描述信長與諸將的現狀，簡短敘述今後慰勞將士之準備情形。家康這才放下懸在心中的一顆大石。

家康吃過好幾次敗仗。譬如有織田家援軍，卻自亂陣腳慘敗的三方原之戰，還有因為部將投降、城池被攻下的更是不勝枚舉。

然而，這次戰敗意義不同。信長親自出馬而且還有德川軍猛將，城池也是出了名的易守難攻，卻未等援軍就擅自開城投降，對德川軍而言簡直是奇恥大辱，甚至有損信長對德川經年累月建立起的信賴。

另一方面，家康、忠次、德川諸將都不由得認為，雖說織田家另有要事，城池被攻陷也是因為信長出兵太慢所致。若提早二日派遣先發部隊，高天神城還不至於落入敵軍之手。

德川諸將深知德川軍對信長還有利用價值，信長才會持續援助。若哪天失去利用價值，冷酷薄情的信長定會捨棄德川家。因此，家康、忠次、忠勝、康政等德川諸將都十分害怕觸怒信長。

然而，這次不同於以往，信長自己也對援軍來遲以及三方原之戰援軍過少而感到尷尬。

家康立刻召來忠次與石川數正面見信長，恭敬地答謝信長派遣援軍並針對城池被攻陷一事致歉。宛如信長臣子般地畢恭畢敬，信長見狀十分滿足，應道：「當時無計可施，不必自責。」三人才鬆了一口氣。

信長親自到戰場卻敗北，這情形雖令人懊惱但信長實際上並無損失。

忠次認為集結二萬兵力雖然需要時間，但信長特意延後出發時間十分可疑。德川諸將與信長之間瀰漫著複雜的氣氛

當夜，德川家舉辦酒宴慰勞將士織田、德川諸將就座，接著家康進場，最後信長坐上主位。首先由家康再次對織田遠道前來支援表示感謝，對城池被攻陷一事致上歉意。信長再度回覆：「當時無計可施，不必自責。」

擺設酒宴時，岡崎城主松平信康起身在信長面前坐下，彬彬有禮地問候信長。

「許久未見，在下信康。岳父大人遠道來援真是感激不盡。高天神城落入敵軍之手十分抱歉。」

信康的信字是從信長偏諱而來，今年已經十六歲，距離上次與信長會面時隔已久。信康表現得體大方，信長笑著說：

「真是儀表堂堂啊！攻城的事就別再提了。」

比起同席的長男信忠，信長其實對女婿信康更懷抱好感。

「德姬別來無恙吧？」

「托您的福，德姬在岡崎過得很好。」

信康簡潔地回答，二人相見氣氛和睦。信康接下酒杯回到自己的座位，接著忠次、數正、大久保忠世、忠佐、鳥居元忠、忠勝、康正、大須賀康高等人依序維持坐姿向信長報上姓名並問候。之後才由織田信忠，織田家重臣依序答禮。

這場酒席表面上看似和平，但其實存在某種緊張感。

信長隻字不提自己遲來，城池被攻陷一事只說：「當時無計可施」，甚至對信康說：「攻城的事就別再提」顯然是顧慮德川軍的情緒。家康、忠次、忠勝、康正等德川重臣只好隱忍不滿，對攻城之事一再道歉。織田家的重臣在德川重臣提起攻城之事時，無不同情地點點頭。問候到此結束，認為應該轉變氣氛的信長像是突然想起什麼似的說道：

「我有東西要給德川大人。」

信長帶來二個皮袋，裏頭裝著買軍糧用的黃金。

在座最年長的忠次，看著為數可觀的黃金搬進屋裡驚嘆道：

「這實在是……」

忠次忍不住銅眼圓睜環視屋內。

忠次非常了解自己扮演什麼角色。三河、遠江這二年因為農作欠收，有信長的金援對德川家幫助很大。

家康也向信長答禮：「感激不盡，在下一定銘記在心。」

忠勝、康政也笑容滿面紛紛致謝，驚嘆於從未見過如此大量的黃金。

信長看著德川家的表現，舉杯就口心滿意足地點點頭，坐在身旁的長男信忠、柴田勝家、佐久間信盛等織田家臣都感到安心。

然而，只有一位年輕武士脹紅臉頰看著這一切——他是松平信康。信康此時想起不該想的高天神城守將小笠原信興。

看著父親家康過分謙卑且唯唯諾諾的樣子、岳父信長妄自尊大的態度、輕浮的德川重臣因為滿屋黃金而飄飄然的舉動，信康感到憤憤不平。織田家重臣仗著信長的威風，不要說信賴連一點親近感都沒有。這對歷經苦戰的小笠原等人來說未免太不公平。年輕的信康被正義感沖昏頭，無法理解大人的智慧與苦心。

信康從懂事的時候開始，就偶而聽聞母親築山殿批評信長，待家康移至濱松城之後母親就更常說信長的不是。築山殿在岡崎城對信康說過：「你的伯父今川義元就是被信長殺害」以及「信長是不值得信任的殘酷之人」等語。因此信康從小就對身形削瘦、鼻梁高挺而鬍鬚稀薄的岳父沒有任何好感，只對信長的強大感到憧憬而已。

信長對品行端正的家康、耿直勇猛的德川家臣和氣地應對感到十分安心、滿足。

「因為三河大人鎮壓了東邊的勝賴，我才能安心在西邊征討敵人。」信長說著，另外賜給家康黃金四十貫，接著為答謝之前在吉田城受忠次酒席款待，贈予忠次名刀匠貞宗製的短刀。

家康、忠次滿懷感激收下信長的饋贈。

信長在這場酒宴上顯得心情大好。

然而，信康卻不能原諒信長來遲，看著大人們因為黃金而將浴血奮戰、將士之死、城池被攻陷、戰敗等拋諸腦後，信康亦覺怒不可遏。

諸將領都盡力以熱鬧掩蓋低迷的氣氛，然而信康因為不夠成熟所以不能理解。信康對鄰座的忠次說了一句話，瞬間讓場面結凍。

「忠次，今日豈是祝賀之宴？」

信康竟然出言諷刺老臣。忠次壓低聲音喊了聲：「少主！」意圖制止信康，卻為時已晚。信康音量不大，但家康、信長都確實聽到了。

信長細長的臉上，眉間出現一道縱溝。家康低聲怒斥：「信康！」座位較遠的人不明就理，但看到忠次、家康、信長、信康尷尬的樣子，數正、親吉、忠勝、康正等德川重臣甚至連織田重臣都渾身戰慄不已。霎那間整個宴會就像是被潑了一盆冷水般寂靜無聲。

忠次突然笑著起身，打開摺扇說道：

「織田大人，請欣賞在下的一指舞。康政，打鼓！」語畢，忠次開始跳起擅長的惠比須舞。康政拿來小鼓，喊聲示意開始後打起鼓來。這就是忠次待人處事的方法，忠次此時只想挽回隨時可能崩壞的場面。信長忍住怒氣面無表情靜靜地舉杯飲酒。家康與德川重臣、織田重臣也都默默無語看著前方忠次的舞蹈。

忠次跳完舞之後，信長臉上也毫無笑意。忠勝馬上接著說：「獻醜了！」向信長打聲招呼後也開始跳舞。忠勝的舞蹈十分有力，但缺少了忠次那樣的柔軟性，信長認為這反差太大極不協調，暗想忠勝還真是一介草莽武夫啊！此時，康政的鼓音越打越高了。

信長的心情稍稍好轉，三人努力打圓場讓信長也顯得較為和氣。信長其實也怕雙方的盟約產生嫌隙，才強忍自己的脾氣。

剛剛對信康還抱有好感，現在已經煙消雲散，只覺得信康面目可憎。對現在的信長來說，信康的無禮只是微不足道的小事，但對信康而言，這件事則為日後埋下不幸的禍根。

武田勝賴是信長最大的威脅。明智城、高天神城被攻陷都是栽在勝賴手上，比起信玄是有過之而無不及。對織田、德川二家來說，勝賴就是新的強敵。

# 第十六章　井伊萬千代出仕

天政三年（一五七五年）二月十五日，在鷹狩場中的休息處，有位名為松下源太郎的武士帶來一名少年，欲拜見家康。

「此行為追隨主公左右而來，這位是松下虎松，本名為井伊虎松。」武士向家康介紹眼前的少年。

虎松是位體格精實的少年。

「抬起頭來。」忠次催促道。少年依然扶地叩首，似乎有所顧忌只敢微微抬頭。同行的松下催促虎松：

「酒井大人已經允許你抬頭了，請勿多慮抬起頭來吧！」

虎松的瀏海輕輕隨風擺動。以一個尚未元服的少年來說，體格很結實。

一旁有酒井忠次、石川數正、本多忠勝、榊原康政等人隨侍在側。

石川數正欲再次催促少年抬頭，家康反而制止數正。

家康從前就知道井伊家有虎松這個孩子。

井伊家是祖先可追溯至藤原家的名門世家，家族歷史比德川家悠久。井伊家長期居住於遠江國引佐郡井伊谷，衍生許多分家，是以井伊谷為根據地的地方領主。

虎松的曾祖父井伊直平是第一位井伊家族中官任兵部少輔的人物。臣屬曾與其對抗的今川家，曾經在井伊谷、濱松分別擁有六萬石共計十二萬石的領地，與大名不相上下。

然而，今川、井伊二家之間的信賴關係淡薄，直平已經可以預料後續發展。在這樣的情形下，井伊家的當家直盛（直親的養父）與之後成為虎松父親的直親出入今川家時，結識獲得今川家援助的忠次、家康。直盛、直親因為與家康境遇相似，所以彼此都感覺較為親近。然而，在虎松出生之前，虎松的祖父、大叔父等人就因讒言被義元趕走或者殺害。

虎松生於永祿四年（一五六一年），是桶狹間之戰的翌年。當家的井伊直盛在此戰中為今川家戰死。戰後，家康脫離今川家獨立並與信長結盟。今川氏真害怕遠江諸將叛離，故嚴密監視。虎松之父直親欲斬斷與今川家的關係與德川結盟，不料卻被氏真發現。父親直親、曾祖父直平慘遭殺害，濱松領地也被奪走。

頓失曾祖父、祖父、大叔父、父親，此時虎松還是襁褓中的嬰孩。虎松失去井伊谷的領地，還遭今川家追殺。在母親與少數親戚的守護下數度搬遷住所，躲在三河國鳳來寺生活，之後母親與家臣松下源太郎再婚，為躲避今川家耳目，虎松成為源太郎的養子。虎松年屆十五，親戚們密商之下決定把虎松託付給家康，今日才會前來拜訪。

家康聽忠次說過，眼前的少年有這樣坎坷的際遇。

家康和藹地看著恪守禮節叩首於地的虎松。

「我乃家康，抬起頭來吧！」

在虎松報上名字前，主君先介紹自己是前所未聞的事。

虎松雙手仍伏於地，報完姓名後才慢慢抬起頭來。五官精緻又威風凜凜，與長男信康有些相似。

家康對虎松說：「你父直親大人為與我結盟才會遭罪，著實令人憐憫。我也知道你為躲避今川家耳目一定備受艱辛。對照我幼年時的處境，我倆境遇相似。我與你的大叔父、祖父、父親在今川家時就已經是知己，個個都是出色的武將。如今你為了完成祖父、父親的志願來我麾下，我很欣慰。從今天開始你就改回姓名為井伊虎松，好好光耀門楣吧！」

虎松雙眼濕潤，開口道：「感激不盡。在下願終生追隨主公！」這位少年，擁有滿腔熱血。

等在一旁的養父松下源太郎眼眶泛紅：

「在下不勝感激。虎松得您庇護，在下已經了無遺憾。」

家康以幸福萬代之意賜名萬千代，並直接賜領地三百石。這是對萬千代的家世、器量有所期許才破例給予如此待遇，而虎松就是日後的井伊直政。

# 第十七章　大賀彌四郎謀反

同年二月二十八日，家康指派奧平貞昌為長篠城將。

接著，四月五日在岡崎發現有人意圖謀反信康與家康，首謀者為德川譜代家臣大賀彌四郎。

大賀有經營財務方面的才能被家康拔擢，負責三河渥美郡等二十幾個郡的稅收，在地方財政上握有實權。平時在濱松工作，偶而會至岡崎出差。家康是十分節儉的人，因為作戰需要金錢，故家康將錢財都存起來備戰。大賀對此感到不以為然，覺得自己的收入不符付出的心血，漸漸在心中累積不滿，最後動歪腦筋與小谷甚左衛門、藏地平左衛門、山田八藏共謀叛變。

大賀計畫做武田勝賴內應，殺死岡崎城的信康後，與武田軍一起包圍濱松城殺死或流放家康。

大賀將密函送給勝賴。

作戰計畫是先請勝賴從作手出兵，然後偽裝成濱松派來的德川軍。偽裝用的軍旗、背旗由大賀提供。武田的部將率數千名士兵前往岡崎城，在途中與大賀會合，由大賀領軍前往進岡崎城，屆時大賀會向城兵喊：「主公家康大人到！」武田軍再趁亂進入城中，殺死信康與其妻小。接著勝賴入城，抓走重臣充作人質，逼岡崎眾臣就範。另一方面，以武田軍勢包圍濱松城殺死家康或者流放至尾張、伊勢、小田原一帶。事成之後，三河、遠江任由武田家擺布，而大賀則能獲得賞賜。

勝賴欣喜若狂地簽訂誓詞。

然而，共謀的其中一人山田八藏因為心生恐懼，對信康告密。信康沒收偽裝用的證據，逮捕大賀彌四郎與妻小五人，命大久保忠世對大賀處以極刑。

大賀妻子當眾刺死，大賀本人則是加之鐵銬腳鐐逆向乘馬，背上綁著偽裝用的旗幟與書寫著罪狀的木牌，鑼鼓喧天地在岡崎城領地內遊街示眾，接著押送至濱松城後也在領地內繞行。

大賀與勝賴的陰謀，由人在濱松的本多忠勝與榊原康政善後，二人率八百騎趕往岡崎城。

大賀從濱松回到岡崎是忠勝、康政抵達的二日之後。

忠勝、康政二人與信康、大久保忠世、鳥居元忠、平岩親吉、榊原清政等人商議，加強防範大賀餘孽與勝賴。

準備完成後，忠勝、康政、清政從岡崎城前往清政家。康政已經很久未到訪清政宅邸了。康政將與忠勝在此停泊一宿，隔日一早就回濱松。

三人乘馬與數名徒步行走的隨從往清政宅邸前進時，瞥見在道路上低聲交談的百姓，康政差隨從前去詢問發生何事。因為百姓不會對有身分地位的武士吐露實情，故三人為了不讓百姓發現隱身於街道中。

隨從告訴三人，領民正在討論大賀處刑的情形。

從濱松押送回來的大賀，今日早晨被切下十根手指挑斷腳筋，頭部以枷項固定，於町內的十字路口行刑示眾。大賀被埋在土裡只露出頭部，十根手指排在枷項前，一旁放著竹鋸。行刑官員吆喝來來往往的百姓來鋸大賀頸項，據說這樣下去大賀要痛苦好幾天才會死，刑場悽慘、驚悚的樣子使百姓心生恐懼。

三人將馬交給隨從，往大賀刑場走去。忠勝、康政、清政遠遠就能看見百姓形容的光景。看守刑場的有十人左右，行刑官員叫住經過的百姓，硬逼百姓鋸大賀頸項。三人似乎依稀可以聽見大賀不成聲的呻吟。

三人與隨從一路上默默無語。

抵達清政家後，房間裡只剩二人獨處時，康政低聲對忠勝道：

「少主的憎恨、憤怒是理所當然的，我等對大賀的所作所為也深惡痛絕。」

忠勝臉色凝重嘴角下垂點了點頭。

「然而，強迫百姓參與殘忍的處刑實在太過頭了。雖然少主可以因此消氣，卻難保威儀。」

忠勝點頭稱是，接著便凝視康政。

康政目光溫和地望著一片虛無。二人都是在十三歲成為家康的侍者，從那時開始便是生死與共的盟友。康政表面上沉穩順從，但其實內心剛強武勇，體格也與忠勝一樣強壯。二人都在數年前開始蓄鬍，忠勝因為濃密的鬍鬚看起來更強悍，而康政的鬍鬚較細，更顯得深謀遠慮。

忠勝十五歲左右時，教導康政的師僧說過：「小平太在學問方面十分優秀，性格剛正不阿。你們要互相學習、一起成長。」這幾年忠勝也知道康政曾屢次向信康諫言，阻止信康斬殺不合己意之人。

忠勝也察覺康政心思。

「康政，說吧！」忠勝催促道。

康政望著忠勝，黑色的瞳孔映著燭光，感覺得出康政耿直的脾氣。

「軍事上的準備已經告一段落，我等的任務已經結束。明早出發之前，在下想給大賀一個痛快，畢竟再這樣虐待他已經沒有意義了。」康政道。

忠勝無語輕輕點頭，其後回應道：

「那就由我來把風吧！」

忠勝、康政都確認過看守的護衛人數。康政微笑看著忠勝。

當夜，有十人左右持槍站在大賀身旁，看守篝火下悽慘的刑場。大賀被竹鋸鋸過幾回已經氣若游絲。突然，刑場裡一名臉上蒙著深藍色面罩貌似百姓的男子，發出怪聲從黑暗中現身。護衛大驚，三人大喊：「閉嘴！」紛紛急追向前欲制伏男子。戴著面罩的男子撞向其中一名護衛的胸口，搶走長槍往後丟。男子撿起長槍隱身於黑暗之中。護衛留下二人看守大賀，其餘的人喊：「有刺客！」往前追去。

衛兵追了一陣子不見男子蹤影停下腳步時，卻聽見下一個路口拐彎處傳來怪聲。待衛兵靠近，男子便出現在眼前，衛兵欲包圍男子，但男子一溜煙地逃跑。追在前頭的衛兵使勁以長槍突刺，應該要擊中男子的長槍反被男子捲走消失於草叢中。

男子再度奔跑數十公尺後折返，倒著走一段路才逃跑。貌似護衛首領的人制止同伴追擊，一股不祥的預感襲來。

留守大賀身旁的二名衛兵小心翼翼地架好長槍備戰。

一名戴著黑色面罩的男子悄悄從後方靠近，是扮成百姓的康政。康政用手刀敲擊後頸，衛兵昏倒在地。另一名士兵回首架起長槍，突然黑暗中又出現一個蒙面男，一拳朝衛兵要害打去並踢倒篝火。這名蒙面人是榊原清政。

康政並未向清政透漏任何計畫，但清政卻察覺二人意圖，便尾隨二人。康政立刻就知曉這一名蒙面人是清政。

蒙面的康政在大賀頭顱前單膝下跪取出懷刀，切斷大賀的頸動脈。

翌日早晨，大久保忠世誠惶誠恐地向信康報告此案。

「真是顏面無光。共有二、三人犯案，每個人都蒙面，推測是大賀親戚下的手。」

信康面露怒色大喊：「怎麼會發生這種事！盡快派人抓出兇手處以極刑。如果讓大賀奸計得逞，你們也統統問斬！」信康痛罵在場的清政等重臣。雖然遭信康痛罵，但信康並沒有當場追究責任，清政鬆了一口氣。

忠勝與康政令六百名士兵駐守岡崎城，自己率二百名士兵在二小時前出發離開岡崎城。

# 第十八章　長篠城之秘密策略

同月，也就是天政三年四月，武田勝賴辦完信玄的法事，旋即率一萬五千軍從甲府出發，包圍叛變的奧平貞昌領城長篠城。守城兵只有五百人，勝賴原本就打算不論大賀彌四郎謀反是否成功都要攻城。

勝賴來襲對德川家來說是關乎生死存亡的危機。

家康為救援長篠城從濱松城出發，先在吉田城口布下五千兵力。聽聞家康出征的勝賴，為拿下家康只保留壓制長篠城的兵力，便迅速出兵至吉田城口。

忠次向信長請求支援，親自率三百兵力奔向城外的家康身邊。

「大軍壓境應先避鋒芒，回城內應戰。」忠次自告奮勇殿後，想辦法讓德川本隊先行入城。

武田軍先鋒是早年攻過吉田城的山縣昌景。為阻止家康進城，山縣精銳盡出開始猛攻。忠次隊出馬迎敵，在吉田宿激戰至黃昏，家康才平安入城。

翌日，忠次欲與山縣隊一決雌雄，再度來到吉田城外。昌景也願與忠次決戰，二人在馬上激烈交鋒，二劍互抵與鎧甲接觸時擦出零星火花。雙方士兵、隨從都陸續死傷。

信康從岡崎城率三千兵至本宿的寶藏寺[1]，打算從勝賴背後襲擊。

①位於現在的愛知縣岡崎市本宿町境內。

勝賴此時劍鋒一轉，北上前往長篠城。勝賴判斷在吉田口迎戰信康與信長援軍不利我軍，應先下手為強拿下長篠城。

勝賴對長篠城發動總攻擊。抱著必死覺悟的貞昌在勝賴的猛攻下苦撐，但瓢曲輪被攻陷，兵糧也只剩五日左右的份量。況且信長、家康的援軍等外部情形一概不得而知，這跟去年六月被攻陷的高天神城是一樣的情形。信長究竟會不會伸出援手？抑或援軍遲來？以目前情形而言，若只有家康軍單獨前來斷不可能抵擋敵軍攻勢。

五月十四日夜，貞昌命鳥居強右衛門逃出城外。強右衛門成功逃脫，面見抵達岡崎城的信長與家康，迅速求援。信長當場允諾並欲派軍偕同強右衛門回營，但強右衛門告知希望能盡快通知城兵援軍馬上就到，故予以婉拒。信長也同意強右衛門之請，畢竟信長與家康都深怕會重蹈高天神城的覆轍。

然而，強右衛門在回到長篠城外時被敵軍所捕，任務也曝光。勝賴聽聞事情經緯，對強右衛門道：

「傳話給城內『家康、信長都不會來，只能開城』若能好好傳話，保你不死獎賞也任你要求。」

強右衛門應道：「承蒙您賞賜，在下感激不盡。在下會勸城兵開城。」

翌日早晨，這名男子用有生以來最宏亮的聲音對長篠城裡的人說：

「信長公已經來到岡崎城，信長公親口說三日之內必與家康公一同來援。請再堅持三天！永別了！」

強右衛門的一席話讓長篠城群情激昂。勝賴勃然大怒猛烈攻擊，但長篠城仍堅持抵禦。強右衛門被綁在刑柱上當眾刺死，刑柱就立於長篠城可瞭望的寒狹川邊。貞昌對刑柱合掌，祈願此戰得勝。忠勇無雙的鳥居強右衛門當時才三十六歲。

信長準備了近三千支火槍與大型拒馬。這是從歧阜出發前就構思的作戰計畫。因此，無論如何都要引武田軍到設好拒馬的戰場。就算有大量拒馬與火槍，勝賴若小心翼翼不來突襲，拒馬與火槍都無用武之地，作戰計畫也化為烏有。勢必要讓勝賴認為這裡是唯一能殲滅織田與德川軍的好地方。

信長告訴家康的戰前作戰計畫就是偽裝叛變。一個月前才發生大賀彌四郎謀反事件，德川軍故意大量放出內部仍傳出叛變的假消息，再由織田部將佐久間信盛，於武田軍進攻時送出反叛的誓詞予勝賴。

接著，廣傳明智城、高天神城被奪，織田、德川兩軍皆懼怕武勇過人的勝賴。信長看準勝賴越是相信自己英勇無雙就越期待我軍叛變。不出所料，勝賴回覆佐久間信盛：「在下當報以豐厚的獎賞。」

勝賴是信玄庶子又是四男，原本只是諏訪家的繼嗣，故勝賴為了穩固自己在家中的地位，無論如何都想打贏這場仗。

在眾多消息與自己強烈的願望促使下，勝賴下定決心這次一定要把織田、德川打得體無完膚、徹底剿滅。信長反而利用勝賴的心理來進行布局。

信長預計在戰場上設拒馬。在戰爭中，拒馬並不稀奇。

德川軍此次擔任先鋒，聽聞信長的拒馬戰略，德川軍的忠勝、康政等人絞盡腦汁商討對策。

信長告知拒馬會分成三段架設。

忠勝建議把前面的幾個拒馬換成脆弱的結構與材質。譬如減少拒馬下方的橫木，縱軸淺淺地埋或者不要插進土裡，讓武田軍簡簡單單就能摧毀、破壞拒馬。其他的拒馬則埋得越深越好，插進土裡的基樁都要縱橫相連。

作戰計畫已定。德川軍在拒馬前挑釁射擊，武田軍為突襲德川軍應該會派掩護反擊。最前線的德川部隊因懼怕敵軍攻擊而退卻，武田軍趁隙破壞、撤除拒馬突襲時，德川軍再故意從第一道拒馬退至第二道拒馬後方。破壞幾個拒馬之後，武田軍就會趁勢追擊，讓武田軍產生「依照這個方法前進！拒馬等障礙物就可以一掃而空！」的錯覺。拒馬遭破壞或撤除的位置，恰好最適合突襲。布置數個像這樣誘敵的拒馬，因為有比較堅固的拒馬，武田軍就會自動聚集在容易破壞的拒馬附近。第二道拒馬內有火槍兵，待武田軍進入射程範圍便一齊發射，將大大提升命中率。

第二道拒馬也會設幾個必較容易破壞的，吸引武田軍前往。在此地配置許多火槍兵，雖然會遭受武田軍攻擊，但只需重複攻擊的順序堅持一陣子即可。前進至第三道拒馬時，所有拒馬都非常牢固，破壞需要時間。此時以火槍猛攻焦躁的武田軍，再視時機從拒馬後方出來掃蕩全軍。作戰計畫大致抵定，第一道拒馬前的誘敵隊需要十足的勇氣，這一段由德川軍精銳負責，信長認為勝賴一定會上鉤，織田軍也同意此計畫。

五月十八日，織田、德川聯合軍開始在設樂原佈陣。正在包圍長篠城的勝賴也接到這個消息。同日，家康將「必殺拒馬」一案以書狀聯絡石川數政、鳥居元忠，確保毫無遺漏。連其他將領也都收到書狀，這是史無前例的作法。

「致石川伯耆大人
鳥居彥右衛門大人
如之前所述，事關重大請務必謹慎確認地點、觀察狀況、巡視拒馬。敵軍可能以騎兵突襲。

五月十八日　家康謹上」

家康、松平信康於高松山（彈正山）佈陣，而德川軍各部將在此陣前擺陣。

德川軍與織田軍採相同策略，在南北流向的連吾川後方，仔細設置全長二公里的三段式拒馬。較脆弱的拒馬位置，只秘密通知各隊隊長。

德川部將有酒井忠次、大久保忠世、大須賀康高、榊原康政、本多忠勝、石川數正、平岩親吉、鳥居元忠、內藤家長等共率八千軍。

信長、織田信忠等援軍，在其後方的極樂寺山紮營，織田各部將於拒馬前佈陣。織田軍有北畠信雄（信長次男）、織田信孝（信長三男）、稻葉一鐵、柴田勝家、瀧川一益、羽柴秀吉、丹羽長秀、池田恒興、佐久間信盛、水野信元等三萬餘大軍。

聯合軍團總軍勢為三萬八千餘人。

五月十九日，在醫王寺本營的勝賴留下二千兵繼續包圍長篠城，越過寒狹川朝信長、家康所在的設樂原前進。

五月二十日夜，信長、家康召開作戰會議。忠次提出德川、織田二軍都沒想到的鳶巢山攻略。

「若奪下此地，可沿著河川送軍糧給長篠城，城兵士氣會一舉提升，勝賴的長篠城包圍作戰也將瓦解。武田全軍想必都已離城，決意來此與我軍決戰或在此撤退。敵軍若決定撤退，我軍從後方追擊，此戰必勝。勝賴一定會選擇與我軍決戰！」

聞言，忠勝、康政二人對看一眼，皆對忠次精準的戰略眼光讚嘆不已。

武田軍主要堡壘鳶巢山砦與久間山砦、中山砦、君伏戶砦、姥懷砦相連。

信長大喜道：「足下真是位智者！」

忠次令奧平貞能、菅沼定盈、近藤秀用帶路，領東三河的松平康忠、本多康重、松平伊忠、松平家忠、松平康定、牧野康成、松平真乘、西鄉清員、渡邊守綱等二千人、信長軍金森長近等援軍二千餘人共計四千餘名士兵於五月二十日夜晚，往設樂原出發並沿路檢查拒馬。

百支火槍以油紙慎重包覆攜帶。抵達河灘時風雨增強，全軍互相提醒、幫助，倚靠繩索橫渡大野川。船着山山腳下的吉川邊有座觀音堂，全軍在此處下馬牽著馬匹徒步前進。所有的將領都跟忠次一樣身無長物，武器、甲冑都交給隨從。要越過暗夜中的松山，必須由輕裝者先行前進，將繩索固定在岩石、樹木、樹根上，後方的人才能沿著繩索攀爬。全隊抵達菅沼山，在此稍作休息後前進高塚山口。隊伍趁雨停時充分休息用餐，所有人利用等待天亮的時間穿上鎧甲。英勇的奇襲隊於二十一日辰時（早上八點）分成三路進攻各砦山頂。

武田軍大驚失色，拚死防守。信玄之弟武田信實、三枝守友、飯尾助友等人於鳶巢砦迎敵。忠次隊的牧野康成等人，以松平伊忠、家忠為作戰中心，反覆使用火槍攻擊，一陣猛攻之下奪得城砦。忠次的白底紅圓旗幟飄揚在城砦頂端，使得附近仍在奮戰的德川軍頓時士氣大振。

然而，信玄三十二歲的弟弟信實，在砦下的拒馬處止步，號令逃下山的武田軍重整軍容反擊。信實從後門進攻，攻擊忠次隊的防守縫隙。松平家忠之父松平伊忠在這場反擊中戰死，不堪攻擊的忠次隊只好放棄城砦，武田軍成功奪回鳶巢砦。

忠次尚未放棄，再次出擊欲奪城砦。武田信實拚死抵禦，雙方不斷激戰、攻防，但武田軍逐漸敗下陣來。忠次減少近身戰，改在被破壞的拒馬處以火槍攻擊，等待武田軍戰力減弱。

第三次突擊時，忠次隊終於拿下敵將信實與三枝、飯尾等將領。

忠次隊成功拿下鳶巢砦。在這場激烈的決鬥中，信實的菱紋旗與忠次的白底紅圓旗數度更迭令人眼花撩亂。眼見鳶巢砦被我軍攻陷，其他城砦中的德川軍無不盡全力拚搏。拿下城砦後，忠次向長篠城聯絡戰勝的消息。

因為這場勝仗，德川軍得以從鳶巢砦沿大野川以木筏運送糧食至長篠城，使守城的奧平軍完全恢復戰力。包圍長篠城的小山田昌行等人無計可施，只好移至設樂原與本隊會合。長篠會戰的初戰中，忠次功勞可說是無人能敵。

設樂原之戰從早晨六點左右就開始。雨勢在昨天深夜停歇，今日火槍可派上用場，看來連老天都對織田、德川軍伸出援手。

偽裝的拒馬前有本多忠勝、大久保忠世、大久保忠佐、石川數正、內藤信成、成瀨正一等經驗豐富的強者率領各部隊執行危險的誘敵戰術。

當然，家康與初上戰場的信康也在第三道拒馬後佈陣。今日，家康、信康也是誘敵戰當中的誘餌之一。第一道偽裝的拒馬十分脆弱，由本多隊負責。武田軍目標是家康、信康，只要破壞第一道拒馬，武田軍就會趁勢集中破壞第二道。此戰對勝賴來說是千載難逢之良機，只要破壞第二道、第三道拒馬，便可拿家康與其子信康的頭顱血祭全軍。家康的「厭離穢土欣求淨土」旗幟成為武田軍的絕佳標靶。

當然，德川軍家臣團也是有備而來，即使偽裝的拒馬被破壞，也會死守第二、三道拒馬。尤其是第二道堅固的拒馬後方有榊原康政率火槍隊待命。康政身後的第三道拒馬左右側分別是家康與信康二人。康政佈陣於二人之間，面對來勢洶洶的武田軍，從側面保護家康與信康是非常重大的任務。

康政這幾年深感火槍的實用性，平日便紮實訓練火槍手，也因此特別獲賜一支三百人的火槍隊。

家康個性極為慎重且耐性非比尋常，人們往往誤以為他是膽小之人。然而，關鍵時刻家康總是能展現出令人瞠目結舌的勇氣，長篠之戰正好能看出這點。

家康、信康父子、德川軍團以破釜沉舟的決心佈陣，信長見狀不禁感佩萬千。

因為前幾日的雨勢，地面仍然泥濘。

雖非織田、德川軍所願，但此戰對手乃堪稱戰國最強軍團的武田軍，全軍無不繃緊神經。

武田軍由第一隊山縣昌景、第二隊武田信廉、第三隊小幡一黨、第四隊武田信豐、第五隊馬場信房組成，後方有武田勝賴隊、穴山信君隊負責指揮全軍。大約有一萬二千名武田軍佈陣於設樂原，並分別於鳶巢山設一千軍、長篠城配兩千軍包圍。這三千軍受忠次攻擊而棄守鳶巢山，長篠城包圍戰術也被破解只好與本隊會合。

第一隊的山縣昌景計畫以火槍襲擊本多隊。山縣心想若能擊垮之前在一言坂之戰威名遠播的本多平八郎忠勝，讓本多隊退至後方，可大大提振武田軍士氣，接著再破壞本多隊的後方拒馬，便可逼近家康本營。

山縣隊靠近守在拒馬前方的本多隊，開始火槍攻擊戰。本多隊反擊後，看準時機退至第一道拒馬後方。以山縣隊的角度來看，本多隊一如預料後退，山縣隊拿下第一道防線。山縣隊把繩索掛在拒馬上，以人力馬力拉扯破壞。

本多隊以火槍攻擊這些破壞拒馬的小隊，山縣隊不以為意繼續努力拆除拒馬。山縣隊的小隊長吶喊道：「堅持！撐下去！」山縣隊數十人負傷之下，終於拆除拒馬。山縣隊歡欣鼓舞，武田軍乃至勝賴都認為只要重複同樣的模式，再多拆幾座拒馬就能擊潰德川、織田軍。

山縣隊群聚於拒馬被清除的區域，本多隊則以火槍集中射擊該區域。山縣隊雖多人負傷，卻毫不在意地繼續進攻。其他小隊見到山縣隊拿下堅固的第一道防線，紛紛放下眼前的破壞工作，一股腦地聚集至毀壞的拒馬處。所有人都知道，敵將家康就在這道拒馬的盡頭。

其他「脆弱的拒馬」也被破壞，連根拔起。光是德川軍守備範圍內的就有三個拒馬遭破壞，武田軍群聚於這些守備區並進行突襲，突破第一道拒馬後，許多士兵都成為德川軍火槍下的亡魂。家康前方的第二道拒馬十分牢固，榊原康政趁著武田軍躊躇之際指揮火槍猛攻，使武田軍不得不撤退。若敵軍撤退，德川諸將、家康、信康趁隙率兵追討武田軍；若武田軍迴轉反擊，則回到第二道拒馬內由康政隊以火槍攻擊。

勝賴對於德川軍一進一退的戰法感到焦躁不已，強勢下令盡快擊退本多隊並攻破家康前方的拒馬防線。武田軍始終未發現偽拒馬之戰術，深信可以突破拒馬而重複發動攻擊。勝賴緊盯佐久間信盛隊是否發動叛變卻遲遲未有消息，然而等待期間已有許多將士死傷。

織田軍的偽拒馬也有幾處被破壞，這裡也重複著與德川軍相同的光景。信長自覺已嗅出勝利的氣息。

在德川軍中聞名遐邇的敵將內藤昌豐，以家康本營為目標從山縣昌景隊旁發動攻擊。本多忠勝在第二道拒馬前拉開防禦線守在家康陣前，內藤擊潰本多隊數十人後與忠勝對決。忠勝親自以蜻蛉切應戰，雙方纏鬥數回合，最後昌豐在家臣的守護下撤退。

勝賴之後也如織田、德川軍預料反覆突襲。勝賴難以接受自己敗北的事實，而且還痛失信玄時代以來的名將與兵士。

馬場信房、內藤昌豐說服勝賴撤退，獲得首肯後便為勝賴開道回甲斐，目送勝賴離開後二人攬回馬首，折返衝進信長軍中戰死。

這天，戰死沙場的武田軍名將有馬場信房、內藤昌豐、土屋昌續、真田信剛、昌輝、山縣昌景、小幡信貞、横田綱松、川窪備後、甘利信康、杉原日向、仁科盛政，高坂昌澄、根津甚平、名和無理之助、原昌胤等人。

武田軍折損將士數千人，其中有七成敗在德川軍手下，可見兩軍交戰有多激烈。另外，設樂原之戰中，德川軍沒有任何一位名將犧牲。

歷經千辛萬苦，終於擊垮宿敵，德川軍在濱松城舉辦慶祝會。所有人都笑容滿面地互相讚許戰時的英勇、或自傲戰時的英勇，個個痛快豪飲。

六月，忠次與奧平貞昌因此戰大勝而前往歧阜向信長致謝。信長心情大好，對二人讚譽有加：

「長篠之戰能大獲全勝的關鍵，在於貞昌堅守長篠城，再來就是忠次鳶巢山的夜襲！」

信長賜貞昌「信」字偏諱，改名為「信昌」並賞賜信昌一文字太刀②、繡有家紋的夏衣、唐錦羽織；贈予忠次法城寺薙刀、皮革褲裙、皮革羽織。信長大讚忠次的鳶巢山奇襲作戰：

「足下不只眼觀前方，連後頭都長了眼睛啊！」

「您過獎了。在下至今還沒看過身後的景色呢！」忠次佯作不知信長言下之意。

信長笑道：「是在說足下瞻前顧後的謀略啊！」

「那恕在下不識趣了。」忠次也笑著回話。

這天，忠次以德川家代表的身分，對信長表示感激並受信長款待。

②在刀身上銘刻一個字的太刀。

# 第十九章　信康切腹

長篠之戰後，家康與松平信康、酒井忠次、本多忠勝、榊原康政、松平康親等人攻擊武田的據點諏訪原城，接著在天正三年八月，包圍遠江的小山城。本來料想勝賴在長篠大敗應該不會來救援，包圍一個月後，勝賴出乎意料地派一萬大軍前來救援小山城。

忠次立刻勸家康撤退，安排自己與忠勝、松平康親殿後，家康、信康分別在康政、平岩親吉的護衛下撤退。守城軍得勝賴後援，開始追擊德川軍。忠次、忠勝、康親止步以弓箭、火槍擊退追兵，城兵雖如願撤退，但勝賴本隊卻追上來，眼看已逼近大井川。

德川軍接下來只能背對敵軍撤退。此時，信康自告奮勇殿後。

家康回應：「你經驗尚淺，不熟練殿後的工作。這次由我跟忠次與敵軍一戰，你先撤退！」

信康不聽，堅持己意：「關鍵時刻留下父親自己逃亡，太沒道理了！」

松平康親、大久保忠世、平岩親吉等人勸說：

「這裡交給吾等殿後，主公、少主請盡快撤退！」

然而，行軍中信康親自參與軍事會議，堅持由自己來殿後，絲毫不肯妥協。

受命殿後的忠次，從後方策馬前來，發現正為殿後一事爭執，忠次爽快道：

「這樣爭執下去不是辦法。忠次就把這榮譽的殿後任務交給各位，在下先走一步。」

忠次令松平康忠帶頭開始撤退。

對忠次突如其來的舉動，家康不禁微微一笑，忠勝、康政與其他重臣也都暫時忘卻軍情危急苦笑一番。這種事也只有忠次才辦得到。

「諸位，隨忠次撤退！」家康對其他人下令並緊追忠次開始撤退，信康滿足地目送父親離開。最後由本多忠勝、大久保忠世、平岩親吉與信康一起殿後，勝賴見狀只好放棄追擊，開始撤軍。

家康回到濱松城，對忠勝、康政透露：「信康也長大了啊！」

天正四年正月，十六歲的井伊萬千代舉辦第一次穿戴盔甲的儀式。負責協助著裝之人，必須是驍勇善戰功績顯赫的武將，故由戰功累累的菅沼藤藏（日後的定政）擔任，而萬千代也立誓絕對不辱其名號。

這年，勝賴出兵遠州表，威脅德川家。家康率忠次等人前往芝原應戰。

此戰為萬千代的初戰，並於此戰中立下大功。近侍萬千代發現家康營帳中混入武田派來的刺客，當下斬死一人，另一人重傷。這次的功績讓萬千代獲得領土三千石。

忠次建議萬千代舉行元服典禮。

「足下已滿十六歲，領地也有三千石，應當可以舉辦元服大典了。」

萬千代直率地回覆：

「元服表示成為獨當一面的武士。在下自幼便亡命天涯，家中長輩告訴我背負著井伊家的命運以後，我便立誓在得到曾祖父於井伊谷的六萬石領地之前絕不元服。」

忠次聽到六萬石領地不由得大吃一驚，向家康報告此事。

「真是一位志向遠大的青年，無法以常人的標準衡量啊！」

「真是可靠啊！真期待他元服之日。」

某次，家康應萬千代要求，賞賜一匹栗毛駿馬。本多作左衛門見狀，在萬千代面前口出惡言：

「竟然將此等寶馬送給小鬼萬千代，主公也真是老眼昏花啊！」

本多作左衛門乃人稱「鬼作左」剛直勇猛的武將。著名的簡潔書簡「書啟：小心火燭，安養千仙代，養肥馬匹。」便是出自這名男子之手①。萬千代當下無法回嘴只能沉默。日後，萬千代獲得萬石領土時，作左衛門還只領三千石。萬千代特意向作左衛門回敬：

「曾幾何時，主公賜我駿馬，你卻道我是小鬼，批評主公老眼昏花。如今我坐擁萬石領土，正是因為我沒辜負主公賜我寶馬，立下顯赫戰功。有眼無珠的人是你！」

這次，就算是作左衛門也只能懊惱咬牙無法回嘴。萬千代內心有著橫掃千軍的剛毅以及不服輸的脾氣。

作左衛門告知忠次這件事，忠次對萬千代評價道：

①這是本多作左衛門在長篠之戰時，寫給妻子的家書。千仙代是本多的兒子。

「這或許是因為他數度徘徊生死關頭，幼年顛沛流離使然吧！」

家康為奪回遠江的高天神城，除馬伏塚城之外，在橫須賀也開始搭建堡壘。天正五年八月，勝賴為阻止家康，率八千軍襲擊橫須賀。

信康與家康、忠次、忠勝、康政等人一同出擊，勝賴因此退兵。十九歲的信康在此戰中，加深自己身為武將的自信。

橫須賀一戰大勝，回岡崎城後信康立刻漲紅著臉向母親築山殿報告。

「兒臣日後一定拿下武田勝賴首級，再討北條氏政，超越信長大人！此乃兒臣之志向。」

信康一心想讓母親高興。築山殿聽聞信康想超越信長便滿懷欣喜，笑著對信康說：

「說得好，為母引頸期盼吾兒成功之日。」

信長此時已是天下第一的武將。

這天，信康也在正室德姬面前說了類似的話。德姬於天正四年三月產下長女登久姬，今年七月次女熊姬也才剛出生不久。

二人原本十分恩愛，以往信康總是輕鬆地對德姬說：「有一天我要超越岳父大人！」每個年輕人心中都會懷抱夢想，因此德姬也總是微笑以對，認為信康這是在展現男子氣概。

然而，隨著時間過去，因為母親築山殿常常掛在嘴邊說：「主公、德川家臣都被信長大人利用了。」使得信康對信長漸生怨恨。

然而，夫婦開始有爭執是在第二個女兒熊姬出生之後。

信康對於「可愛的女兒」誕生十分開心，但婆婆築山殿可不這麼認為。

產後一周左右，築山殿來到德姬的房間。築山殿說自己因病所以遲來祝賀，抱著襁褓中的熊姬說：

「好乖好乖，真可愛啊！」

築山殿用乾啞的嗓音哄著熊姬，之後說了一句：「拜託下次千萬要產下男孩啊！」便把熊姬交給侍女，留下滿室凝重氣氛拂袖而去。

身旁剛滿一歲的登久姬天真地看著母親。德姬不禁潸然淚下，從侍女手上接過熊姬，另一手抱著登久姬，看著兩個女兒不禁怒道：

「多麼冷酷的言辭啊！登久姬、熊姬都太委屈了。」

不久，傳出對德姬不利的流言。築山殿想要信康生男傳宗接代，遂挑選三名側室給信康，甚至傳言側室都是今川家血脈，但事實並非如此。

德姬與築山殿婆媳之間早生嫌隙。築山殿以守護大名今川義元姪女自居，對於義元被信長所殺無限悔恨。另外，因為家康與信長同盟，今川氏真下令築山殿父親關口親永自殺。築山殿並未對氏真動怒，反而是怨恨信長、責難家康。滿腹怨氣無處發洩的築山殿，有時會遷怒日漸長大成人的德姬。德姬心靈受創，長大後德姬也數度向信康投訴。

「義元因戰敗才被父親所殺，此乃武家宿命。然而築山殿卻遲遲不能釋懷，遷怒於我。真是個禍害！」

德姬的憤怒在熊姬事件時一舉爆發，對信康告狀道：

「婆婆這是想離間我與夫君的關係。豈能因我只生女兒，就把有今川家血緣的人立為側室，我絕不允許！」

「這只是因為母親出身高貴才心高氣傲，把氣出在妳身上，妳就別計較了。側室的事情母親與我商量過，跟今川家沒有任何關係，母親只是一心想我生下男孩傳宗接代。為人父母的只是希望早日有男孩繼承德川家血脈，讓我與父親大人、家臣、百姓都能安心。妳可能有所不滿，但請忍耐。別再跟我說母親大人的壞話了！」

德姬任憑怒氣發洩：「就算自詡出身高貴今川家也早已凋零落魄，不知淪落何方。我父親現在可是公認天下第一的武將！」德姬忍不住左罵築山殿右誇自己的父親。

順帶一提，天正六年正月信長右大臣，官階屬正二位，而家康此時還只是從四位下的官階。信長能動員的兵力有十二萬以上，家康只有一萬五千左右。

信康與德姬之間開始對立，這與從前家康、築山殿之間產生嫌隙的情形相似。

家康乍看之下微胖又遲鈍，但內心卻潛藏著非比尋常的勇猛之心、鋼鐵般的忍耐力，不僅知書達禮且智勇雙全。因此，神經質且疑心病重的信長才會如此倚重家康。

然而，築山殿自從家康與仇敵信長同盟後，無視家康的優點，認為他只是受信長使喚的軟弱武將，一見面就抱怨連連，更對自己身為女人在戰國亂世中無能為力感到空虛、怨懟。家康理應是自己一生依靠，不知不覺之中卻成了憎恨的對象。築山殿著迷於易經卜卦，閒暇時甚至自己抽籤問卦，偷偷占卜自己與家康、家康與義元、信康與德姬、信長與家康等人之間合與不合、未來發展等等，然後再依照自己的意思捏造神諭。

家康得知築山殿行徑，震驚地啞然無言。家康等戰國武將幾乎每個人都會向神佛祝禱，祈求自己能旗開得勝，卻深知戰事還是須配合天時地利人和去開創自己的未來。然而在這個時代，只有男人能做到這些，所以家康也不是不能理解築山殿身為女人的無奈。雖然知道築山殿說這些話自有其理，但為了生存只能選擇不去阻止氏真迫使關口切腹並與信長結盟。最後，家康請築山殿忍一時風平浪靜，但築山殿變得越來越煩人，家康遂把築山殿留在信康的居城岡崎城，沒把她帶往濱松城。

築山殿與家康疏遠之後，更是把所有關愛都灌注在岡崎的信康身上。築山殿不斷教導信康：我身為今川義元的姪女，下嫁給人質家康，你的岳父乃殺親仇敵，迫使我父切腹自殺。在家信康也不時聽聞，織德同盟之中，家康與德川家總是做一些吃力不討好的工作。

築山殿甚至說過：「有朝一日，你必定會超越你的父親。你是有武將才能的人。讓你父親抬不起頭來的是信長，你亦有超越信長的器量。好好努力吧！」

信康不覺這些話可能招致危險，反而把它當作激勵自己的動力。當然，信康並沒有把母親之言洩露出去。只是，誰都沒想到，築山殿卻也對德姬說過類似的話語。

天正六年正月十八日，家康招待信長到吉良鷹狩②忠次、忠勝、康政等人也都有參加。歸途中，信長在岡崎城與分隔以久的德姬、登久姬、熊姬見面。當晚的酒宴上，信長對信康說：「好好向你父親學習，成為優秀的武將吧！」信康對信長那句「向父親學習」多少有點疙瘩，但還是禮貌地回覆：

「遵命。希望在下能盡快為您效力。」

敏銳的信長感覺到信康的話裡藏針。

翌日，信長與德姬、兩個孫子度過一個小時無人打擾的親子時光，樂著以爺爺的身分與孫子玩耍。此時，德姬稍稍透露對築山殿及信康的不滿。信長笑著安撫德姬：「想辦法好好相處吧！」

信長於二十二日回安土城。

天正七年（一五七九年）六月，家康聽聞榊原清政報告，信康與德姬關係不佳岡崎家臣都感到不安，便偕同康政趕往岡崎城。

家康分別見過信康與德姬，但兩夫妻的感情貌似很難修復。家康暗想，還是先暫時放任一陣子好了。

康政刻意挑信康心情好的時候前去問安，信康嘆口氣說：「夫妻還真難當，尤其是有一位娘家位高權重的夫人。」

最後，家康與康政只能與石川數正、平岩親吉、榊原清政等岡崎主要的臣子會面，安

②豢養老鷹，讓老鷹抓獵物回來的一種狩獵方式。

撫他們信康與德姬之間沒什麼問題，大家只要繼續各司其職即可。

在這個節骨眼上，康政除此之外也沒有什麼能幫助信康的。

家康與康政帶著不愉快的心情沉重地回濱松城。

大約一個月後，時值七月，家康贈馬與信長，差遣忠次與奧平信昌為使者前往安土。二人路經岡崎城與信康、德姬見面。依照慣例，若有需要傳話或轉交書簡，德川家重臣會代為送至安土城給信長。

信康會面時笑著說：「請代我向岳父大人問好。」交代二人問候之言。德姬則是交給忠次一封書信。因為已是慣例，忠次沒有多心就收下了。

德姬的信件內容大致上是這樣的——**我與二個孩子都平安，期待下次鷹狩時能再與父親見面。另外，婆婆惡言煽動夫君，主公似乎也為此苦惱不已。**——語調輕鬆而簡單。德姬因為去年見面時，信長表現得十分和藹所以忍不住就在信上發發牢騷。德姬自幼與父親分離，壓根不知父親的可怕。

毫不知情的忠次在安土拜謁信長，並轉交德姬的書信。

信長將信康與築山殿的傳聞與德姬的信件相對照，心生一計。

信長假裝若無其事謝過贈馬之禮並款待忠次、信昌二人。

翌日，單獨約忠次一人到偏殿的茶室相會。身為主人的信長沏茶，忠次也依照禮節喝下。信長靜靜地從懷裡取出信紙。

「這是昨天你帶來的德姬親筆書信。上頭寫著『婆婆惡言煽動夫君，主公似乎也為此苦惱不已。』這句『婆婆惡言』是何意？快說！」

忠次一時詞窮，心跳加速。

「在下乃一介家臣，不知其含意。」忠次想以此逃避信長質詢。

「你是德川家首屈一指的老臣，豈有不知之理？」

「恕在下不知情。」

「我倒是很能理解德姬想說什麼。築山仗著自己是今川家血脈心高氣傲，認為我是殺父仇敵，而德川家竟然與仇人結盟。想必時常說我壞話吧？」

「仇敵」是信長誘導忠次的詞語。就連德姬也沒有對信長說過這樣的話，然而信長的猜疑卻也完全命中築山殿的言行。

忠次自覺表情僵硬便低頭向下看。

「絕對沒有這回事。」

「你以為這樣就能矇混過去？」信長冷笑道：「『煽動夫君』是何意？『主公也為此苦惱』又是怎麼回事？」信長連接連提問。

茶室上下的通風窗都開著，涼風徐徐吹進來，但忠次卻感覺全身汗流浹背。小小的茶室裡充斥著信長的怒意。

忠次很想回應什麼事都沒有，但又馬上想到，說不定信長已經從德姬那裏聽來許多消息，抑或書信裏頭寫得很詳盡也說不定。信長不是能夠輕易蒙騙之人，忠次只好盡量避免話題延燒到信康身上。

「信康大人平時總說要為您效犬馬之勞。」

忠次開口說了一句不成回答的話。

「你難道癡呆不成？我不想聽場面話。信康平常應該是嚷嚷著要超越我、打敗我才對。如何？他身邊跟著築山殿，那女人的口頭禪應該是『信長乃殺父仇人、義元的仇敵』對吧！我的判斷不會有錯。」

「絕無此事！」忠次只能堅決否定。

「煽動就是指信康也受到不好的影響。信康對同盟一事多有批判對吧？」

「絕對沒有這種事！」

「德川大人莫非與信康想法一致？」

忠次更加慌亂了。信長竟然說中了信康的心聲，再這樣下去連家康都會被拖下水。信長頭腦聰敏，把推測信康與築山殿說過的話拿來測試忠次，而內容幾乎跟信康、築山殿說過的話一模一樣。忠次只能認為是德姬透露給信長知道的。

「沒有這回事。主公對您無限感激，時常把『我能有今日都是與信長大人結盟所致』掛在嘴上。」

「忠次，你這不是說溜嘴了。這應該是德川大人聽到築山時常說我是殺父仇人，才常對築山說『我今日淪落至此都是與信長大人同盟所致』我說得沒錯吧！」

信長聰穎過人，能洞悉人心。

「主公一心尊崇大人您啊！」

信長並未停止追究家康督導不周之責。

「即便如此，德川大人沒能好好管教動搖同盟的犬子與夫人，讓德姬受罪。這是德川大人的過失。」

「主公一心尊崇、信賴大人，為同盟粉身碎骨在所不惜。信康大人、築山殿之言行與主公沒有關係。請大人網開一面。」

忠次害怕禍及家康。就算承認信康、築山殿出言不遜，也絕對要切割清楚以保家康平安無事。

「看來信康、築山並未像德川大人一般敬重我。你說呢？」

忠次吞吞吐吐，希望信長能滿意就此圓滿收場，只能在此稍做妥協。忠次默默點頭。不料，信長卻說出超乎忠次預料之言。無論忠次如何抗議、辯解信長早就已經準備好要這麼說。

「德姬的信中說，信康與武田私通，築山應該是雙方的溝通管道。大賀彌四郎謀反，難道不是跟這件事有關係嗎？」

信長讀著德姬的信，突然想起淺井長政、水野信元等人的謀反，串聯在一起之後，擅自想像接著就是家康的兒子叛變。德姬書信裡面完全沒有提到與武田私通一事，信長卻擅自捏造了謊言。平岩親吉與榊原兄弟曾擔心的事，在信長心中編織成形。同盟的確對德川家造成負擔，犧牲也非常慘重，但德川家卻也因織田家開創出自己的生存之道。

信長當然記得在高天神城被奪之後，信康脫口而出「今日豈是祝賀之宴？」那露骨的不滿。從那之後，彬彬有禮的信康在信長眼裡只是個不知奪天下之艱辛且乳臭未乾的小鬼。

信長對信康本來毫無憎意，甚至把女兒嫁給他，也正因如此，現在更為光火。

除此之外，還有一件小事。信康在長篠之戰時，在前線誘敵。戰後，信長的長男信忠稱讚信康。信康則回覆：「您過獎了，在下感激不盡。在下只是想在前鋒作戰而已。」信長負面地解釋這句話。反過來說，就是質問信忠為何不來打前鋒。

信康的確有武將的器量。若今後實權交給信康，那麼事情將會變得很棘手。信長想，若要摘除禍害就要趁現在，滅了信康，待同盟關係消失後，三河、遠江都是囊中之物。另外，信長也是想藉此機會，試試家康對自己的忠誠度。

信長說出「私通武田」與大賀等案，忠次驚慌失措之餘極力反駁。

「這絕對是德姬大人的誤解，不對，應該是大人您的誤解啊！大賀謀反絕對與主公、少主無關。」

信長低頭默默看著忠次。沉默的這段時間，忠次琢磨著對抗信長有多麼困難。目前根本無法確定有哪些是信中有寫的，哪些是信長捏造的。此時，信長開口道：

「你這個只顧眼前的忠義之士，一味否定我說的話。只顧眼前而不知思考德川家的未來，最後定會因思慮不周而滅亡。德姬察覺到丈夫、婆婆謀反、德川大人不知如何下手的困境，這才是事實吧！」

信長的話宛如毒液注入心臟，忠次臉上的汗如瀑布直流。信長此時告知忠次自己的決定：

「忠次，傳我命令，除掉信康與築山。好好轉達給德川大人。」

忠次不禁大叫。

「請您稍等。大人，無論如何請給在下一點時間。主公的長男、正室與武田私通一定是誤會！」

謀反一定是信長捏造的，但忠次卻不能說出口，只能說是誤會。

忠次從頭上傳來的聲音就知道，信長憤怒到連聲音都顫抖。

「你還想忤逆我意？我現在可以馬上殺了你，你死後還會有下一個人前來斡旋。我讀過德姬的信，也跟你確認信康、築山是否未像德川大人一般敬重我，你也點頭了，此乃我親眼所見。如果我的解釋有誤，那就帶證人來證明信康、築山等人清白。只要我不能接受，二人都得斬首。」

忠次十分明白信長的可怕之處。

信長的妹妹阿市的丈夫淺井長政被滅，家康生母於大的兄長水野信元雖是織德聯盟中戰功顯赫的部將，卻因讒言被懷疑與勝賴內通而慘遭殺害。去年秋天，荒木村重背叛信長，至今仍與信長對戰中。信長決不寬貸背叛或可疑之人，許多人因此而死，這次也不例外。對方可是「冷面閻王」，不可能聽得進任何人的辯解。

「請恕忠次無法接受大人的命令。」

「那你是要做代罪羔羊領死嗎？」

「在下切腹能救信康大人嗎？若您能允諾，在下立刻切腹。」

信長的聲音響徹整個茶室。

「愚蠢！忠次，你是連結我與德川大人重要的人。你戰功赫赫，守護德川家至今，我會讓你切腹，去救信康與築山嗎？聽好了，好好跟德川大人傳話。除了信康以外，拿再多人的首級來都沒用。忠次，你好好想想自己切腹對德川家到底是好是壞。違背我意切腹自殺，就是你不夠深謀遠慮，屆時忠次一族也將被斬首！」

信長與忠次瞬間眼神交會，忠次驚懼地叩首在地。信長狠狠瞪著忠次的腦門，彷彿被魔物吞噬入腹一般的恐懼爬滿忠次全身。

「忠次，你好好想想。」

信長丟下這句話便離開了。

只剩忠次一人，這位公認德川家第一把交椅的功臣，不斷告訴自己要冷靜、要為德川家著想，不停地自問自答。

「信長大人殘忍地把我與信康大人放在天秤上衡量，我即使切腹也絕不可能饒恕信康大人與築山殿。今日我若以死明志，此人想必更加憎恨不受信任的信康大人與築山殿。我死，或許暫時能解救信康大人，但今後主公與信康大人勢必會一直遭受此人刁難，直到德川家滅亡為止。

主公是否會違背信長蠻橫的命令？德川軍的兵力只有織田軍的七、八分之一，不是勝賴與織田家的對手，要與勝賴共同對抗織田更是痴人說夢，德川家最後只會被信長與勝賴侵略走向滅亡。信長公或許想趁此機會，把三河、遠江占為己有，要挑戰信長根本不可能。

主公若求饒，信康大人也只是暫時保住一命，信長之後定會派信康前往危險戰地，物盡其用直到把信康逼上絕路為止。」

忠次的思緒到此為止，拖著沉重的步伐回到居室。

翌日，忠次與信昌欲向信長辭行，但信長並未接見二人，而是透過森蘭丸傳令。

「主公告知『務必傳達我意予德川大人』。」

二人離開安土城，未繞進岡崎城而是直驅濱松面見家康。忠次此時只能選擇阻止這把火延燒到德川家，也就是家康身上。

面見家康時，忠次遣退旁人告知信長的命令。家康臉色鐵青地質問：

「忠次，你怎麼回答？」

忠次陳述了信長的追問與自己辯解的內容。家康聽完便叫來本多忠勝、榊原康政、鳥居元忠，密令四人提出應對之策。家康離席要四位重臣直率地交換意見。

忠次在等待三人時，回想起三十幾年前，主公松平廣忠在岡崎城決定捨棄長男竹千代（家康）的苦澀心情。忠次的表情痛苦扭曲。

「這次換主公自己要苦惱一樣的事，廣忠大人和家康大人皆發生過相同的事，究竟是什麼樣的因果循環啊！而我竟然兩次都碰上決定少主存亡的場合。」

忠次把信長的命令以及事情的始末告知忠勝、康政、元忠。三人臉上毫無血色。

忠次暫不說話，先徵求其他三人的意見。

方案一，由岡崎重臣帶著信康去向信長拜會，拚上性命向信長解釋。

針對此案，忠次表示信康的辯解信長聽不進耳，若信長不能接受，信康就會當場被殺，而且信長說過，再多重臣的項上人頭都不收。

三人一陣靜默。終於，忠勝開口道：「即便如此也應當一試！」康政也接著說：「由在下赴會！」然而，忠次告訴二人，這說不定會被當作是家臣謀逆，連主公都可能遭受波及。

方案二，拜託德姬大人求情。

只是，信長都下了這樣的決定，想來是不會收回成命。

三人皆因信長的惡意而全身顫慄。桶狹間之戰以來，德川家憑藉著與織田同盟才走到今日。感念其恩惠，三河武士對同盟十分重視也盡心效忠信長。然而，信長竟然要除掉德川家長男，連恭敬嚴謹的主公都可能不放過。在場的人都認為，信長很有可能做出這種事。話雖如此，德川家也非織田對手。唯一能與信長角力的勝賴又是宿敵，德川家不可能與宿敵聯手。

想到信康必須切腹，忠次與其他三人都沉默不語。三人之中無人論及築山殿，儼然是刻意迴避這號人物。

終於，家康把忠次單獨叫來自己的房間裡，詢問：「可有妙計？」一見忠次吞吞吐吐，家康馬上察覺已無可挽回，自言自語道：

「眼下不得忤逆信長大人，只能對信康下令了。」

忠次點點頭伏地叩首。

翌日一早，岡崎城的石川數正、平岩親吉、榊原清政抵達濱松，家康與忠次也參與會議。平岩與清政提出以信康守護人的身分切腹，交出自己的項上人頭請求信長原諒。失神的家康回答：「如今為時已晚，忠次已經答應了。」忠次瞬間臉色大變。家康的說法太簡略，並沒有顧慮到忠次的立場。忠次並未答應信長，而是拼命辯解。忠次想到當場為自己辯護有失身分又無太大意義，便未對平岩等人詳細說明事情的始末。日後，對忠次觀感不佳的人（主要是岡崎家臣）甚至造謠：「忠次大人連辯解都沒有就答應對方。」加上家臣本來就不能說家康壞話，更使得忠次成為眾矢之的，在德川家中被孤立。

八月三日家康前往岡崎城說服信康，信康接受命令離開岡崎城退居大濱城，九日被移往遠洲堀江城。八月十日，家康禁止信康與岡崎眾家臣聯絡。這是為了避免信康的家臣群情激憤，反而被信長視為反叛，災禍將延及德川全家上下。

八月二十九日，家康把築山殿從岡崎城叫來濱松城。不知情的築山殿渡濱名湖，從入野到佐鳴湖東岸下船，坐在顛簸的轎子裡，心想即將與久未謀面的家康相會，不料卻被家康派來的刺客殺害。築山殿不知自己為何亦或是被誰所殺，就這樣失去性命。

家康聽聞築山殿死去的消息便別過臉，一副失望的樣子：「畢竟是個女人，或許出家為尼就可逃過一劫，連這都沒想過就把人殺了嗎？」執行暗殺任務的家臣聽說家康這句話，驚恐地自行蟄居在家反省。

九月，信康轉往二俣城，城將為大久保忠世。忠世受命嚴密監視信康。

十四日，有訪客來探望信康。

一位是康政，另一位則是忠勝。三人會面，已時隔一年。

信康任鬍鬚生長、身形憔悴，高興地對二人言道：「終於來看我了！」

二人打完招呼，康政正襟危坐轉達：

「主公有令，請少主明日切腹。」

信康一陣沉默後，點了點頭回答：「我已有所覺悟。」

接著又說：「事已至此，只能怪我不孝。請轉告父親、母親大人，我未能盡孝讓白髮人送黑髮人，十分慚愧。告訴德姬，感謝她的照顧，讓我有快樂的回憶，我只掛念兩個女兒，請好好照顧她們。」

「在下必定轉達給主公、築山殿、德姬大人。」

此時，母親築山殿早已不在人世。康政佯裝不知情，附和信康的話。

信康在離開大濱之前，家康告知打算把岡崎城交給松平康忠（母親為碓井姬，忠次的繼子），但信康表示希望能交給榊原康政，故家康命康政、康忠二人為守城將領。

信康對榊原兄弟有特殊的情感。哥哥清政因為體弱多病無法活躍於戰事，卻一路跟隨他到二俣城。

「我這一生多受清政、康政的照顧，當初要是聽你們的話就好了。」

信康淒涼地笑著。康政痛苦地回應：「千萬別這麼說。」緊接著，本多忠勝開口道：「信康大人，我有個不情之請。」

信康略顯驚訝，靜靜地回答：

「雖然我是待罪之身，若有我能力可及之事，請盡管開口。」

「忠勝有個僭越身分的請求。請大人將熊姬許配給犬子平八郎（日後的忠政），犬子今年五歲，請准許二人成親。」

信康一時還沒意會這是什麼意思。

房間的木板門一開，後頭是清政帶著平八郎等在那裡。清政牽著平八郎進屋，稚嫩的雙手伏地，恭敬地說：「在下乃本多忠勝長男平八郎。初次見面，請您多多指教。」

終於理解狀況的信康，從主座走下來，疼愛地抱起平八郎。

「你就是平八郎啊！年紀幼小卻長途跋涉而來，真是辛苦了。跟忠勝好像啊！忠勝，這是我今生美好的回憶之一，真的是太好了！平八郎，熊姬以後就要拜託你了。」

信康寫下「將熊姬嫁給平八郎為妻」的書信。

這樁婚姻，當然是忠勝與康政商量的結果。康政此時還未有子嗣。

二人來此地之前，就已經向岡崎城的德姬提過成親的事。德姬得知信長下令信康自殺，深陷於痛苦之中。

信康雖有四歲的長女登久姬，但因為是長女，應避免與德川家無親戚關係的家臣與主君長女結親，忠勝才將對象轉為次女熊姬。信康乃一介罪人，若娶信康女兒的消息傳入信長耳裡，不知會招來什麼禍端。德姬哭著說：「忠勝，大恩感激不盡。熊姬就拜託您了。」

翌日，監視切腹的檢查人天方通綱與服部半藏前來。信康在二人面前切腹。

忠勝、康政、平八郎一行人獲報信康已死，便離開二俁城。

德姬將兩個女兒託付給家康，自己回到織田家。

日後，清政與平岩親吉二人為信康建了江淨寺，慎重弔念信康亡靈。

熊姬與忠政之間育有一子，名為忠刻。

二代將軍秀忠的女兒千姬嫁給豐臣秀頼，但豐臣秀頼於大坂城自盡，千姬只好再回到秀忠身邊。之後，千姬再嫁給素未謀面的本多平八郎忠刻，二人生下女兒勝姬。

另一方面，榊原康政之女則成為秀忠的養女，名為鶴姬，嫁給池田利隆之子池田光政。

勝姬日後成為第三代姬路藩主池田光政的夫人。兩家之間的緣分，還真是不可思議。

# 第二十章　忠義兼備之勇士

天正八年（一五八〇年）三月，忠次、忠勝、康政、大久保忠世、鳥居元忠、大須賀康高、松平康忠率精銳部隊八千圍攻高天神城，切斷高天神城的兵糧、彈藥、對外聯絡，欲奪回城池。

武田勝賴派穴山信君前往支援，但途中被忠勝、康政、康高隊攻擊，穴山信君無法靠近高天神城只能撤退。此時，高天神城更加孤立無援。

井伊萬千代命木俣守勝找出高天神城的取水口。木俣雖是家康直屬的家臣，但這次以援軍的身分依附萬千代麾下。

木俣與手下渾身沾滿泥巴，終於找到貌似高天神城水源的小河川。乍看之下，小河似乎從山上流往村落，但經過一番摸索，發現其實河流分成兩頭，巧妙地以土石、岩塊、草木偽裝，其中一條分流引入高天神城裡。木俣向軍陣中的萬千代報告，判斷小河應該流進城中水井。

萬千代眼神一亮感到興奮，但也斥責木俣未將小河流向確認清楚：「任務不能只完成一半！」因為萬千代所言不假，木俣只能低頭默默接受。翌日，萬千代在雨中偕同木俣等人一起搜索出水口。

萬千代一向都走在前頭，與敵軍對戰時也總是衝第一，對部下要求也十分嚴格。

一如預期，小河的偽裝延續三百公尺以上才分毫不差地流進了城裡的渠道。

萬千代欲繼續一探水流去向，卻突然颼颼飛來幾支弩箭。其中一支箭撞上萬千代手臂上的盔甲，另一支則撞上木俣的頭盔反彈回來。二人迅速隱身於樹木之後，不久二十人左右的武田兵追來，而萬千代只有十人左右隨行。萬千代、木俣等人迅速逃離。木俣發現萬千代獨自一人隱身於樹木後方，欲回頭爬上岩地，不料卻碰上靠近岩地的敵兵。木俣拔出太刀後，萬千代立刻跳出來從後方斬殺敵人。接著，對後方的敵兵大聲喊道：

「我軍已知水源地。吾乃德川家康隨從頭領，井伊直親之子井伊萬千代。」

萬千代大膽而危險的舉動，連敵軍也大吃一驚，但也因這一喊，井伊萬千代之名才為高天神城內所知。

萬千代向忠次報告此事。忠次大喜，並給予三百名士兵協助阻斷水源。

萬千代在離偽裝小河一大段距離的地方攔截水源，造成一座蓄水池並嚴密看守。這座蓄水池也順勢成為德川軍水源之一。武田軍不時來偷襲，但萬千代與木俣都成功予以驅逐，使武田軍無法靠近蓄水池。

城內開始缺水，漸漸有人企圖逃亡。城內欲送書信給勝賴求援，但都被德川軍的包圍網攔截。勝賴沒能派出後援軍隊，於是翌年三月德川成功拿下高天神城。

因切斷水源有功，萬千代大幅晉升成為領地二萬石的領主。家世顯赫又武勇善戰，家康因為萬千代勇猛的戰功而破格給予高規格待遇。

天正十年（一五八二年）二月，勝賴的妹婿木曾義昌叛變投靠信長。勝賴盛怒之下，出兵討伐木曾。木曾則向信長求援，信長、家康乃至北條氏直都藉機攻進武田領地。武田軍中，叛變、投降之人越來越多。三月十一日勝賴於天目山自盡後，這個自新羅三郎源義光①以來的名家也就此滅亡。

十九日，信長、家康於上諏訪會面，慶祝強敵武田家滅亡，信長也將駿河一國賜予家康。結束武田征伐的信長，沿著東海道②觀賞春日的富士山風景、到各地泡溫泉放鬆因長年征戰而疲勞的筋骨才回到安土城。信長身邊只留下百名重臣，其餘三萬軍各自從木曾口、伊那口凱旋歸國。

家康大約有千名武士護衛，差兩百名廚師烹飪山珍海味，極盡所能地款待信長一行人。信長對家康所展現的敬意與感謝十分滿意。

凱旋歸國途中，家康、忠次、石川數正、忠勝、康政、萬千代、大久保忠世等人也日日用心款待信長。

某日，忠次等人在看得到覆雪富士山的大井川邊搭建營帳供信長與重臣一行人歇息並擺設宴席。

傍晚，篝火正烈櫻花飛舞，織田家、德川家諸將在慶祝宴上玩得盡興。信長向家康說：

「傳本多忠勝來座前。」

---

①源義光乃平安後期武將，善用弓且足智多謀，為佐竹氏、武田氏等氏族之祖。因為在新羅明神神壇舉行成年禮，故稱新羅三郎。

②位於現在日本三重縣至茨城縣的太平洋沿岸地區。

被指名的忠勝，來到信長面前，單膝下跪低頭靜候吩咐。忠勝嘴上的鬍鬚、下巴的落腮鬍既黑又濃，瞳孔映著篝火，實乃一名壯漢。

在場織田、德川家的名將都注視著忠勝。

信長高聲讚譽忠勝：「這位是德川家的股肱大臣本多平八郎忠勝。實乃忠義兼備之勇士，諸將務必好好記住他。」

從兩側傳來歡呼與眾臣欽羨的話語。這席話可是出自名震天下的信長。然而，忠勝卻驚懼萬分。沒想到信長竟然如此了解掌握人心之術。

信長道：「來人，斟酒。」森蘭丸前來替忠勝倒酒。接著，信長還賞賜忠勝一把太刀。篝火將忠勝精悍的臉映得通紅，夜櫻嬌豔地飄飄散落，把信長的話烘托得更加華美。

「忠是指之前姉川之戰，你擊退了接近我軍本營的朝倉軍。」信長說。

當時忠勝英勇奮戰的樣子，信長透過被風吹起的幔幕縫隙看得一清二楚。忠勝則回答：「此乃在下職責所在。」雙方部將很多是今天第一次聽聞此事，無不拍膝大讚其功。接著，信長降低音量說：

「義是指你讓長男娶親一事。」

秘密迎娶切腹的信康之女，了卻信康掛念的心事，信長直率地讚賞忠勝。信長此言，能理解的人其實不多。此時，平八郎迎娶熊姬一事尚未公開。信長暗中得知此事，儘管性格冷酷，卻也能理解勇士之情。

「在下感激不盡。」忠勝回答。

櫻花紛飛，落在忠勝的肩與髮上。

# 第二十一章　越過伊賀

五月，家康以答謝獲賞駿河領地之名前往安土城，這次由信長招待家康。信長設宴款待家康一行人。親自準備家康膳食，也賜忠次、忠勝、康政等人酒菜。此時，結盟正好已經二十年。眾將士談天說笑，沉浸於回憶之中。

家康等人在信長的建議下，遊覽京都、奈良、大坂、堺等地。

六月二日早晨，家康一行人打算在信長出兵中國地方[1]之前先向信長辭行，因此離開堺朝信長駐紮的京都本能寺出發。

先發部隊的本多忠勝在抵達枚方前，遇上熟識商人茶屋四郎次郎快馬加鞭前來。茶屋拭去臉上的汗水，低聲告訴忠勝一個壞消息。

「今日黎明時，明智光秀謀反，大人在本能寺自刃身亡。」

驚愕萬分的忠勝與茶屋一起折返，通知家康關於信長與信忠自殺的消息。

忠勝料想光秀定會對正在堺遊覽的家康一行人出手。

家康隨從不過三十幾名，若遭光秀襲擊毫無勝算。頓失血色的家康不禁開口說：

「我等不可能在光秀手下僥倖逃生。為報答大人恩情，應當直接到京都與敵人一戰，再到松平家的宗祠知恩院切腹。」

---

①現在的鳥取縣、島根縣、岡山縣、廣島縣、山口縣。

家康抱著壯士凜然赴死的覺悟說出這樣的話。雖然，家康日後因為殲滅豐臣家，被親豐臣派的人罵為老狐狸，但此時的家康打從內心崇尚武士禮節，這也是神經質的信長對家康讚譽有加的原因之一，也因此在這瞬息萬變的戰國中，織德同盟才能延續二十年之久。

由於事態嚴重，忠次、康政等隨行之眾皆一時語塞。忠勝建言：

「主公，信長公想必不願見您回京都殉葬，而是希望您能報仇雪恨。我等應越過伊賀山脈與紀伊半島、出伊勢灣，想辦法回到岡崎城才對。」

跟隨家康的武士主要有酒井忠次、石川數正、榊原康政、松平康忠、天野康景、高力清長、大久保忠佐、大久保忠鄰、石川康通、阿部正勝、本多信俊、菅沼定政、渡邊守綱、牧野康成、服部半藏；隨從則有鳥居忠政、井伊萬千代等人。除此之外，還有奉信長之命陪同的長谷川秀一與巨賈茶屋四郎次郎。

眾人看了看家康，將目光移至連綿的山城國、近江國的山峰，心想又即將與敵軍對戰。

忠勝徵求家康同意似地再度說道：

「即便途中遇上光秀軍隊或流浪武士、百姓暴動，我等也會合力擊退，誓死保護主公。」

忠次等諸將也跟著附和。這一翻議論之下家康終於回過神來，向忠次詢問：「若退至堺如何？」

如今，選項有二。一是如忠勝所說，選擇回岡崎最短路徑，只是與敵軍相遇的危險性高。若是走紀伊半島周邊海陸，距離長且可能因為天氣不佳罹難。

忠次詢問長谷川秀一的意見。

長谷川建議越過伊賀。途中會經過的宇治田原城，城主山口秀康乃長谷川舊識，而且甲賀的統領多羅尾光俊之子也在，只要拉攏二人即可。

服部半藏也在家康隊伍之中。半藏乃伊賀忍者出身，從祖父那一代就侍奉家康，如今已是第三代。也是負責監視信康切腹的人之一。家康最後決定要越過伊賀。

後方同行的武田遺臣穴山信君一行約十人，忠次往回走對信君說：「一起殺出一條血路吧！」要求一起越過伊賀，但信君卻回答：「已經太遲了。祝各位平安回城，勝千代就拜託您照顧了。」

忠次向家康報告：「穴山大人表示會隨後趕上。拜託您照顧勝千代。」忠勝、康政、萬千代對於信君不願同行感到不快，但家康默然頷首同意。信君託付勝千代，是打算為我軍殿後。忠次、家康都明白信君所思。

穴山信君在去年二月降伏於家康麾下，是信玄女婿也是武田家的重臣。信君之所以降伏，是因為忠次遊說：「勝賴必滅，請為復興名門武田家好好思量。」而且彼此約定要讓信君的長男勝千代（信玄的外孫）成為新任武田當家。此行之所以與家康同行，就是為答謝信長同意讓勝千代繼承武田家一事。勝千代在見過信長之後便回到信君的居城江尻城，因此沒有碰上這次的事變。

忠次拿出手頭上現有的資金，依照需要撥款給半藏，指示半藏對甲賀、伊賀的人施以懷柔策略餽贈金錢並延攬至德川家麾下，以討伐逆賊光秀乃正義之師的名義來說服眾人。

家康一行人分析現有消息，對策商討結束後，下午開始從飯盛山山麓北上。在枚方轉向東走，用錢請村人帶路，走到不能走的時候再雇用下一個人。途中，半藏、長谷川秀一等四人為了要對山口、多羅尾施以懷柔策略先行一步。

終於，家康一行人從尊延寺村進入山田村過夜，在木津川渡口附近的神社拜殿中暫時小睡片刻。

糧食匱乏，所幸拜殿前有人拿紅豆飯來敬神，家康與隨從紛紛伸手去拿紅豆飯來填飽飢腸轆轆的五臟廟。然而，二十二歲的萬千代沒有伸手去拿。

「這種時候要先餵飽自己，就算是給神明的供品也不需多慮，萬千代也快吃！」家康斥道。

萬千代回答：「萬一出現追兵，由我來為大家殿後。若我被斬死，紅豆飯從傷口流出未免太丟臉。」

康政聽聞此言笑道：

「你還想得真遠，但餓著肚子可沒辦法全力殺敵。」

康政把自己的飯遞給萬千代。萬千代也沒道謝，就把紅豆飯往嘴裡塞。

所有人都睡在拜殿裡。家康在最裡面，忠次、康政、萬千代等人橫躺在四周。忠勝獨自一人在大門附近，以備敵軍偷襲。還有很多擠不進拜殿的年輕武士、僕役等在潮濕的屋簷下忍耐冰冷的露水。

翌日黎明，一行人在朝霧迷濛之中來到木津川渡口，但渡口沒有船隻。忠勝闖入附近民宅，先威脅又拿出錢財軟硬兼施地請住民準備兩艘小舟。一次載運五、六人，分批往返數次。待所有人上岸後，砸毀小舟使之沉入河底。過了河川渡口，前進一會兒便見長谷川秀一、山口秀康與其手下三十人左右前來相迎。

「您真是地獄中的佛陀啊！」

忠次握著山口的手答謝。

在山口的宅邸稍作休息後，一行人往險峻的山路前進。

此時，數百名的流浪武士、暴徒出現了。他們都是聽聞傳言聚集而來，距離越來越近。

忠勝、康政在前進時，找到適合迎敵的狹小空間。這是一個兩側有岩地突起，敵軍難以由上往下攻，而且一次只能前進三四人的地形。

暴徒不管忠勝等人已經佈陣，仗著人多勢眾齊聲吶喊來勢洶洶。

山口十名左右的隨從拉弓一齊放箭，前頭三、四人倒下。下一批進來的三、四人由忠勝、康政等人擊退。暴徒驚訝於二次突襲同伴皆死傷便步步後退，但射擊並未停歇，最後暴徒轉身逃亡一哄而散。忠次、萬千代等十幾人持太刀、長槍團團圍住家康四周趁隙脫離虎口，移動到下一個適合攻擊的地點。

忠勝、康政、山口秀康等五十幾人確定沒有暴徒追擊，才由後追上家康一行人。

三日午後，行走於山間小道時，忠次舊識的部將上林政重，臣服於半藏的懷柔策略，率百名士兵前來護衛。家康面露感激對上林道：「得你援軍，有如得百萬軍勢。」

半藏本人並未回到家康隊伍中，而是在上林的重臣領路下，進入甲賀忍者統領多羅尾光俊的居城小川城。除了感謝山口援助，也說服多羅尾加入陣營。從前信長進攻伊賀時，多羅尾雖聽從信長命令，但忠次卻向家康建言，藏匿那些為躲避信長攻擊而逃來三河的甲賀、伊賀眾。半藏告知此事後，多羅尾回應：「此恩必報。」答應保護忠次與家康。

多羅尾讓疲憊不堪的半藏稍作休息，派重臣前往迎接家康。

重臣傳話：「多羅尾光俊竭誠歡迎德川大人。」並告知前往城池路徑，表示：「為準備迎接各位，在下先行一步。」重臣便先行離開。眾臣見狀有人懷疑：「說不定光秀已經先對多羅尾下手。」

忠勝則回應：「多羅尾若存心反叛，早就殺到這兒來。我軍是寡不敵眾，毫無勝算。往前行可能喪命，停在這裡也是死路一條。因為我軍猶疑不決，反而讓多羅尾疑心生暗鬼，豈不是使難能可貴的盟軍變敵人。若相信對方直驅前進，多羅尾也肯定能感到我方的信賴。」

康政馬上同意忠勝所言，家康一行人進入多羅尾的小川城。

半藏滿臉笑容前來迎接，多羅尾高興地說：「歡迎各位大駕光臨。」一行人終於可以安穩地睡上一覺。

四日早晨，在小川城養精蓄銳的一行人在甲賀、伊賀眾三百人的守護下，越過御齋峠穿越柘植，也獲得伊賀眾柘植一族的支持。

抵達此行的難關加太峠（今三重縣鈴鹿市）時遭千名暴徒襲擊。多羅尾光俊的甲賀、伊賀眾禦敵，斬殺五十人左右，趕走這群暴徒。

於加太峠稍作休息時，伊賀的探子來報：「三日傍晚，穴山信君在宇治田原渡口被光秀軍所殺。」

忠次想起信君。

「大約十七年前，您曾經代表武田家與我交換結盟誓詞，歷經無數激戰。正想著現在終於化敵為友，您卻踏上黃泉路了。」

這是悼念同時代之中，拼命求生卻免不了戰死的武將。日後，家康讓信君的長男穴山勝千代繼承武田家，更名為武田信治。然而，信治卻在十六歲病死。接著，家康讓自己的五男信吉更名為武田信吉繼承武田家，以穴山眾臣為中心令武田遺臣跟隨信吉。只是，年僅二十一歲的信吉在沒有子嗣的情況下病死，武田家也就此斷了香火。

一行人穿越龜山、鈴鹿，於四日夜晚抵達伊勢灣的白子濱。先抵達白子濱的榊原康政等人向大湊的船運業者角屋七郎次郎交涉，請他協助準備船隻渡河。

多羅尾光俊送行至白子濱，目送一行人乘船後折返。日後，家康為報答多羅尾恩情，讓多羅尾一族任近江之代官②等官職。

②代官支配幕府直轄地，掌管年貢歲收與各項民政。

船隻順利航行，一行人在三河的大濱上岸，換乘小舟沿矢作川而行，回到岡崎城已經是六月五日。

當晚，慶祝歸城的小型酒宴上家康言道：

「此行越過伊賀乃九死一生。話說，我前幾日親眼見到八幡大菩薩顯靈。」

忠次問道：「菩薩尊容如何？」

家康看著忠勝道：「我說的就是忠勝！」

忠勝大驚，慌張回應：「主公這是什麼玩笑話？」

「不，我親眼所見。就在山田村的拜殿休息時，我見到了坐在門邊，抱著長槍閉目養神的八幡大菩薩。那一定是八幡大菩薩暫時借用忠勝的肉身，為了守護我而降臨，讓我感到十分安心。」

「在下惶恐。」忠勝扶地叩首，不停搖頭。

忠勝這個男人，無論何時都把家康放在第一位。即便是疲勞困頓、行進於草木之中、於拜殿內、多羅尾城中、對抗暴民時也總是優先考量家康安全，無時不刻守護著家康。從十三歲成為家康侍臣以來，一直忠心耿耿守護這位獨一無二的主君。對於家康這一席話，忠勝滿懷感激之情，由衷認為可為主君鞠躬盡瘁在所不惜。

# 第二十二章　井伊直政與赤備隊

家康完成所有準備工作，準備討伐明智光秀。六月十四日，由忠次任先鋒出兵。忠次行軍至尾張的津島時，聽聞流言說羽柴秀吉已出兵討伐明智光秀。十九日，秀吉派使者來報：「十三日，已於山崎剿滅光秀，請您收兵。」

武田滅亡後，信長將信濃、甲斐交給瀧川一益、河尻秀隆統治，但信長死後統領關東的瀧川與北條氏直交戰後逃至伊勢，甲斐國主河尻被群情激憤的當地居民殺害，信濃、甲斐局勢混亂。此時，家康選擇出兵侵略甲府。

忠次與大久保忠世等人雖已撫慰武田舊臣，但諏訪賴忠仍然起兵造反，德川家只好以三千兵力包圍賴忠的高島城。

賴忠向北條氏直要求援軍，氏直從信州佐久郡海野口率四萬三千大軍進入甲斐的若神子城。家康率八千士兵在南方的新府城與北條對峙。

在對峙陣中，忠次、忠勝、康政等人以懷柔策略拉攏武田遺臣。

氏直打算從背後突襲家康，命叔父北條氏忠率八千兵馬穿越甲相國境進入黑駒。家康派鳥居元忠、水野勝成迎敵，擊潰氏忠軍。

德川與北條之間小規模戰爭不斷。十月底，氏直判斷情勢不佳，派叔父北條氏規為使者與家康議和。

家康答應議和並拔擢二十二歲的井伊萬千代為正使，任二十八歲的木俣守勝為副使前往交涉。在英才眾多的德川家中，被指派與名門北條家議和的萬千代，感到無比光榮。在這個時代，對外交涉時，井伊家的家世仍有影響力。

在交涉議和條件前，萬千代與家康、忠次、忠勝、康政一起決定好主要的議和條件。

一、甲州、信州二國歸德川家所有，上州一國歸北條家所有。

二、為證明與北條家友好，將家康次女督姬嫁給氏直。

這回議和關乎兩家的利益、名譽。取得二國的家康利益較大，只取一國的北條利益較少，要締結議和條約並非易事。

經過嚴峻的談判，萬千代與木俣終於在大致達成條件的狀況下順利議和。北條交出家老大道寺政繁、山角定勝的長男，德川家則交出酒井忠次的長男小五郎（家次）為人質。

德川、北條雙方開始撤軍時，北條軍卻違反議和條件，在氏規、氏直皆不知情的狀況下，於平澤朝日山築新的堡壘。

萬千代勃然大怒：「堡壘一事不可饒恕。議和中止，以刀槍決勝負！」並對氏規宣言，忠次、忠勝、石川數正、康政、松平家忠、大須賀康高將出兵攻打北條家。另一方面，副使木俣則溫和地要求拆除堡壘。

氏直拆除堡壘，並歸還人質酒井小五郎，萬千代也歸還大道寺與山角的長男。之後北條軍、德川軍雙方皆順利撤退，北條十分感謝萬千代沒有兵戎相向圓滿收場。

萬千代因此功獲家康贈太刀又得駿河二萬石領地，一下子成為領地四萬石之領主，也晉升為代表德川家的部將之一。

藉此良機萬千代舉行了元服典禮。忠次建言：「是時候了，舉辦元服典禮吧！」萬千代笑著直率地遵從忠次的意見。雖然還未達六萬石的目標，但四萬石也不少了。萬千代更名為兵部少輔直政。兵部少輔乃曾祖父直平之官名，日後雖然直政被授予從五位下、從四位下、修理大夫等官位，但仍然感念祖父直平而終生使用兵部少輔直政這個名字。

除此之外，三河、今川之士也收編至直政麾下，正式成為一隊之將。

其後，武田的山縣昌景、一條信龍、原昌勝、土屋昌恆等逝世名將之家臣七十四人與關東武士四十三人，合計一百一十七人也隸屬於直政麾下。

山縣昌景的赤備隊在武田軍中以勇猛著稱。直政認為應該好好學習赤備隊的勇猛，因而向家康要求允許將軍裝改成「赤備」。所謂的赤備就是指甲冑、刀、槍、旗、背旗、馬鞍、馬鐙、馬鞭所有用品皆統一用赤紅色，在戰場上十分驚悚而顯眼。侍奉井伊家的臣子也備感榮耀地穿上赤備軍裝英勇奮戰。井伊的赤備隊成為敵軍聞風喪膽的一支軍隊。

將甲州武士編入直政隊中，家康事前已與忠次討論過。

「武田遺臣按理應交給忠次，但為拔擢青年，我想把他們交給直政。忠次認為如何？」

「直政是個值得期待的年輕武士，若有老練的甲州武士輔佐，應該會更精進也能回報主公的期許。」

忠次與直政差三十四歲，年齡的差距使得忠次看待直政的眼光更為寬厚而溫和。當然，忠次也十分了解家康想提拔直政的心情。

然而，家康拔擢直政卻引來譜代武士的忌妒，這一點直政也感覺到了。榊原康政遇到直政時對他說道：

「恭喜您獲主公破例晉升。」

直政對「破例晉升」這幾個字耿耿於懷。昂然挺胸回應：

「因我平素為主公奉獻得到肯定，才能獲得這些領地。」

康政對直政的自我肯定感到驚訝，直政卻若無其事地接著說：

「前武田家遺臣、其他的關東武士多數納入我麾下，主公准許我使用赤備軍裝，今後勢必更能為德川家立功。」

當時，武田遺臣會歸屬誰的隊伍，在康政等部將之間是一大話題，而直政的一句話便揭曉答案。直政認為自己雖非譜代大臣但也出身名家，為家康著想的心情或者論武勇、謀略自己也絕對不輸給任何人。直政五官端正，但性情剛烈溢於言表，即便是康政滿懷不甘也未能回嘴。

幾日後，康政與忠次見面時，對忠次吐露不甘的心情。

「這回主公把甲州武士配給井伊兵部，兵部勢力擴大不少。我認為至少要分一半給我們才對。主公這樣分配，我們豈不是輸給兵部一截？真是不甘心。再者，兵部怎可能駕馭得了甲州武士！」

忠次聞言臉色一變，斥責道：

「康政的想法未免太膚淺。主公也知道應把甲州武士納入我麾下，但主公想拔擢青年而我也贊同，才請主公將甲州武士交給兵部。主公已下決定，當務之急應該是要指導、支援兵部，讓他能統御甲州武士才是。你這想法是無視主公用心，意圖使德川家中不睦！」

康政默默無語，過了一會兒才低頭道：「是我錯了。」

井伊直政有一個別名為「赤鬼」，這是日後在小牧・長久手之戰時，秀吉軍驚懼於直政的驍勇善戰而取的稱號；另一個別名則是「人斬兵部」。

直政獲得武田家臣團等武士，他們都是勇猛果敢的戰士，不可能因為地位高就能輕鬆駕馭。對手是信玄指導過的猛將，若被看輕，別說要這些人服從甚至可能會造反。

直政是性格剛烈的男子漢，總是身先士卒讓手下見識自己的勇猛，令人心生畏懼，以武力駕馭手下，幾乎未曾顧及人情義理。

直政對麾下的武士十分嚴格，即便是細微的錯誤或失敗都會嚴懲不怠。這就是他被稱為「人斬兵部」的原因。家臣們因為懼怕懲罰，無不順從直政，精進自己的武藝。

因為直政過於苛刻，前武田家臣等人連署以書面諫言。之所以選擇連署，也是因為害怕直政，不敢一個人強出頭。

——吾等認為人人皆應為自己設定競爭對手。身為人臣本不應對從前主君說三道四，但為諫言請容吾等一述。信玄從年輕時就不曾有鴻圖大志，但總以越後謙信為目標，砥礪自己總有一天要超越謙信。信玄一生中，親自指揮過五次重要會戰且從未慘敗過。

您應以本多忠勝大人為榜樣，時時刻刻自我砥礪。中書殿①乃攻守兼備、進退得宜之良將，相信您一定能達此目標。請您務必採納臣等諫言。——

①當時的中國官名，日本稱為中務。意指本多忠勝。

# 第二十三章　決勝小牧・長久手　德川大戰羽柴秀吉

天正十一年（一五八三年）四月，羽柴筑前守秀吉於賤岳之戰大破織田家第一老臣柴田勝家，勝家於越前北庄城自刃身亡。家康考量應與秀吉盡量保持往來，遂遣石川數正前往祝賀。

同月，秀吉要求與柴田同盟的信長三男信孝、次男信雄切腹。全然不顧信孝在打倒明智光秀的山崎會戰中曾任羽柴軍名義上的總將領。

信孝在被護送至尾張國知多郡野間地方的內海時，留下絕世之詞。

「古有野間內海亂臣弒主，今有汝羽柴筑前守秀吉，天理昭昭善惡報應不爽。」

野間地方的內海正是平治之亂時，源義朝在逃亡途中慘遭家臣長田忠致殺害的地點，信孝藉此典故詛咒秀吉。

本能寺之變後不到一年，秀吉討光秀滅勝家，如今連信孝也被迫切腹。秀吉以飛龍升天之勢於九月開始建築壯闊的大坂城，一步步鞏固自己身為信長繼承者的地位。

信雄並未將大坂城築城放在眼裡，對秀吉無視自己身為信長繼承人，還意圖篡奪天下感到十分不滿。然而，信雄比信孝愚昧，單憑一己之力根本無法與秀吉抗衡，於是拜託家康協助打倒秀吉。

在信雄派遣使者之前，家康便已察覺信雄思慮，向重臣團詢問：

「是否應與信雄大人一同對抗秀吉？」

秀吉以破竹之勢將諸國納入麾下，如今已是日本最強勢力，要與之對決恐怕危險至極，更遑論若是敗下陣來，德川家將與信雄一同被殲滅。

會議開始時，重臣相互確認對戰風險，討論完後忠次高聲道：

「此戰雖有風險，但為報答信長大人長年支援，我軍助遺孤信雄大人討伐逆賊羽柴秀吉實乃師出有名。」

家康頷首，詢問：「兵力差距多少？」

家康是甲斐、信濃、三河、遠江、駿河五國太守，且與北條氏直次女聯姻締結同盟。信玄以來戰功赫赫的甲州武士也納入麾下，領地約一百三十八萬石，可動員兵力為三萬四千餘人；信雄領地有尾張、伊賀、伊勢約一百零七萬石，可動員兵力為二萬七千人。兩軍合計約有六萬一千餘人。

相較之下，秀吉超越信長功績，坐擁山城、大河、河內等二十四國以上的領地，可動員兵力達十五萬七千人以上。

忠勝答曰：「光看兵力確實對我軍不利，然羽柴軍乃快速成長的烏合之眾，一旦出現裂痕便容易崩毀，若我軍初戰得勝羽柴必然潰散。德川家有譜代家臣、武田遺臣，將士素質高且訓練精實十分有勝算。僕役出身的秀吉，不會是我軍對手。」

在場的榊原康政、大久保忠世、井伊直政、鳥居元忠、平岩親吉、松平家忠、松平康忠等人均點頭以示同意。只有去年曾因勝戰向秀吉祝賀的石川數正一人，謹慎地持保守意見。

「秀吉軍勢非同小可。與其對抗，不如先考量如何讓對方尊重、禮遇德川家。像秀吉這樣異軍突起之士，總有失誤之日，吾等應該靜待時機，才是上策。恕在下僭越，擁戴資質平庸的信雄大人，對德川家並無益處。」

家康默默點頭。

直政則持主戰意見：「此乃奪天下之良機，也是攻下秀吉的絕佳機會。」

康政附和道：「確實如此。若德川家未替信雄大人助陣，秀吉必將信雄大人逼入絕境，打垮信雄大人之後定會殲滅德川家。」

家康仍是點頭。

數正反駁：「要避免此情形更要與秀吉交好，養精蓄銳等待機會打倒秀吉啊！在下認為目前並非出兵良機。」

忠次無視於數正論點，提出外交、拉攏等戰略。

「我軍可策動紀州的雜賀黨、大坂的本願寺門徒，拜託四國的長宗我部元親、北陸的佐佐成政從秀吉背後突襲。我軍若拚死奮戰，絕不可能戰敗。秀吉乃新興勢力，麾下皆為弱兵，唯一的強項就是人多勢眾。我軍只要謀略得宜，對方陣營內必生嫌隙。如此一來我軍便勝券在握。」忠次極力勸說與秀吉決一死戰。

然而，忠次這次卻看走眼，舌燦蓮花的秀吉最擅於拉攏人心。此時，家康、忠此等人都尚未能看透秀吉是何等人物。

家康認為此戰乃獲得一統天下之地位的良機，於是強調我軍師出有名，決意與秀吉一戰。

雙方展開外交策略攻防戰，擴大盟友範圍的同時亦嘗試削減敵方勢力。

家康於天正十二年（一五八四年）三月七日從濱松出發，十三日抵達清洲城與信雄會面。清洲城內的會議上，康政提議：

「離清洲一里半（約六公里）處有一座小牧山城，現今雖為廢城，但曾是信長公為侵略美濃稻葉山城所築之城。西北方有沼澤、東為原野，能眺望四方，有戰略上的效果。請盡早佔領該城並著手整修。」

忠次等德川家臣皆贊同此提議。康政率兵進入小牧山城，開始建築堡壘，全力趕工。獲得小牧山城，對織田、德川聯軍十分有利。

另一方面，秀吉攏絡美濃大垣城主池田恒興。恒興之母乃信長乳母，二人從小一起長大，眾人理所當然地認為恒興應當會支持信雄。然而秀吉卻贈予美濃、尾張兩國，成功拉攏恒興。恒興決意與秀吉聯手後，立刻於十三日突擊信雄的犬山城，成功立下第一個戰功。

得知犬山城被奪，家康與信雄立刻安排從清洲出兵，往小牧方向前進欲殲滅恒興。池田恒興在小牧山西北一帶放火，聽聞德川軍出動，迅速退回犬山城。此時秀吉正在大坂調度伊勢一帶的兵力。

初戰拿下犬山城，對秀吉軍而言乃一大助益。

恒興的妹婿兼山城主武藏守森長可得知已奪取犬山城，立刻率三千軍與池田恒興會合，欲突襲小牧山城，奪織田、德川聯軍要塞。森長可人稱鬼武藏，以勇猛剛強著稱，有森蘭丸、坊丸等幾個弟弟。

長可與秀吉的軍師尾藤知定一同暫時駐留於八幡林，等待池田隊從犬山城出擊。

## 第二十四章　八幡林之戰　忠次任先鋒

酒井忠次親自前往探查森長可隊的軍勢並向家康覆命。

「森隊三千孤軍駐留於八幡林，貌似等著池田恒興隊前來。前鋒與本隊拉開距離備戰，將士看來並不熟習戰事。請下令讓在下任先鋒，擊破敵軍！」

忠次乃沙場梟雄，此時已年屆五十八。不僅親自偵察敵軍，從旗幟的數量便立刻判斷敵方軍勢衰弱，還自告奮勇欲率軍親征。家康身邊的忠勝、康政、直政等人聽聞報告都佩服忠次沉著冷靜的舉止，也見識到沙場老將的真本事。忠勝考量忠次年老體衰：「這不必勞煩忠次大人。交由在下任先鋒吧！」

忠勝這份心意，在場眾人皆知。忠次臉上浮現笑意。

「嗯，我這把年紀擔任與秀吉對戰之先鋒，別有一番滋味啊！」

言下之意是無論如何都想接下這光榮的先鋒軍。忠勝認為忠次應該是想把這一戰當作引退之役，而家康也同意忠次之請，下令忠次擔任先鋒。

由信雄家臣天野雄光領路，先鋒酒井忠次、第二隊奧平信昌、大須賀康高、榊原康政、本多康重、松平家忠、松平家信、松平家廣、丹羽氏次（岩崎城主）等五千軍於深夜離開清洲城，十七日拂曉時，悄悄地接近八幡林鳥居前的森隊並隔著小河佈陣。忠次下令：「全軍突襲！拿下敵軍首級！一舉擊潰，莫讓敵軍有喘息空隙。」

忠次隊發動火槍、弓箭攻擊。突如其來的攻勢，使森隊慌忙應戰。統領森隊一軍的將領鍋田內藏助策馬在兩軍間激勵士兵，忠次令火槍兵予以狙擊。鍋田中槍落馬，忠次隨即發動總攻擊。忠次隊突擊後，緊接著奧平隊也渡江來援。

奧平隊從背後突襲受忠次隊追擊的森隊、尾藤隊，兩隊皆面臨潰散邊緣，森長可、尾藤知定兩將鼓舞士兵重整軍容，欲與忠次隊、奧平隊奮戰到底。

榊原康政隊、本多康重隊繞路，欲從後方截斷森隊、尾藤隊後路。森、尾藤兩隊察覺敵軍意圖，下令士兵暫時後退再與敵軍對抗，不料統領一軍的將令卻誤以為是撤退，指揮大亂後被擊潰，只好逃往金山、犬山方向。

池田恒興雖與稻葉一鐵由犬山城出擊，卻慢了一步。之後雖於羽黑村埋伏等待德川軍，但察覺埋伏的忠次並未深追敵軍，退兵回小牧山城。至此，恒興也莫可奈何只能撤退回犬山。

初戰大勝，織田、德川兩軍欣喜若狂，秀吉軍銳氣大挫士氣低迷，此乃森、池田二人的一大失誤。

秀吉聽聞八幡林敗北，緊急結束伊勢的軍力調動，率十二萬五千名士兵，於三月二十一日離開大坂城，途經岐阜於二十七日進入犬山城。

秀吉進軍期間，織田、德川軍建成小牧山城的堡壘並配置將士，用心準備迎擊秀吉大軍。

秀吉命數騎前往探查敵軍堡壘與陣容後，立刻下令建築堡壘，並於各堡壘佈署兵力。

家康聽聞秀吉進入犬山城，便從清洲城移至小牧山城。

秀吉軍堡壘不僅為數眾多，且厚達二點四公尺、高四、五公尺，綿延數百公尺甚至二公里，而織田德川聯軍也從小牧山城至八幡塚建築長達七百公尺的土石寨。不久，秀吉出犬山城，修復樂田的堡壘並設本營於此地，距小牧山城僅有四公里。

兩軍皆嚴密防守對方出擊，鎮日警戒。雖偶有小型對戰，但基本上是雙方對峙的持久戰。

榊原康政為挫敵軍銳氣並鞏固盟軍師出有名之實，廣發檄文予敵軍、盟軍。

「吾乃德川三河守家康之臣、足利尊氏後裔，名為榊原康政。

羽柴秀吉原為織田公身邊的隨從，受恩寵才得權掌軍。能拿下反賊光秀，亦是蒙故主遺德。然今日卻忘故主生前大恩，以奸計欲篡織田公君主之位，殺害亡君後嗣信孝公及其生母、愛女，現又討伐信雄公。織田家與德川家同盟二十載，今日信雄公將己身託付吾家主公，義重如山。為殲滅反賊秀吉，吾等應團結同心，羽柴軍實屬師出無名泯滅大義。懇請諸位支持織田信雄公，方能名留青史。」

秀吉見此檄文，爽朗大笑以示眾人。然而，秀吉獨處時卻滿臉脹紅恨恨低語：「可恨的康政小賊」。

利用信雄剷除信孝，連其母與其女皆趕盡殺絕。秀吉確實被戳中痛處。

第二十五章　白山林之戰　康政之奇襲

池田恒興在織田家乃秀吉前輩，前幾日在犬山城奪城時立下大功，但女婿森長可在八幡林戰敗而自己未能及時伸出援手，二人都感到十分懊惱。

為一雪前恥，恒興大膽獻計：無視位於正面小牧山的家康，抄小徑直搗家康根據地——三河的岡崎城。此乃直搗黃龍計。岡崎城與秀吉本營樂田之間的直線距離約四十公里。此計雖妙，但前提是不能被敵軍察覺。秀吉認為執行上太困難欲勸退，但恒興抱著必死的決心強烈要求：「請務必讓在下一雪前恥！」恒興一心挽回名聲，而秀吉也認為恒興這份高昂的士氣也很重要便允諾執行此計。

進攻軍編制第一隊池田恒興六千軍、第二隊森長可三千軍、第三隊堀秀政三千軍以及第四隊三好秀次八千軍共計二萬名士兵，總將領為秀吉的外甥——十七歲的秀次。

四月六日早晨，秀吉為掩敵軍耳目，率千名左右的士兵攻打小牧山城，並以小規模械鬥收尾。

當夜，恒興的隊伍由第一隊開始依序間隔一段時間出發。

進攻隊伍於七日早上離開篠木、柏井地區，在上條村附近築堡壘紮營。翌日，召開軍事會議，準備入侵三河事宜。全隊於晚間十點左右出發，橫渡庄內川。從行軍緩慢的程度，便可知恒興小覷家康與德川家長年征戰沙場的勇將。

接著，進攻隊伍行經印場、新居兩村，越過矢田川、香流川，走在最前頭的池田恒興隊於九日黎明抵達德川的岩崎城。

此時，進攻軍全然不知自己的行動已被敵軍察覺。受織田、德川軍庇護的百姓早在四月七日就已發現，進攻軍於上條村附近築堡壘紮營。發現紮營的百姓商量過後，由二人趕往小牧山城通報，二人於七日下午四時許抵達小牧山城。

忠次聽聞此事，並未立即相信。直覺可能是羽柴軍的計謀，便將來通報的百姓暫時留下。不久後，潛伏在森長可隊中的伊賀忍者服部平六回營，向忠次告知相同內容。忠次稟告家康，並派出數名斥侯至柏井地區探查。

敵軍意欲直搗主公居城岡崎城，忠次請家康下令殲滅敵軍。家康臉上浮現笑意：「看來是沒把我放在眼裡啊！給我剿滅敵軍，不留活口！」

家康下令追擊隊出動。

忠次給予二位百姓豐厚的獎賞，並下令：「不可向羽柴軍走漏風聲。帶著追擊隊的榊原康政一起回村吧！」

家康為防備樂田的秀吉，撥德川軍五千與信雄一千五百名士兵共計六千五百名士兵給忠次、石川數正、忠勝留守小牧山城。

另外，家康撥四千五百名士兵予榊原康政、大須賀康高、水野忠重、本多康重、丹羽氏次、岡部長盛等人為先發部隊，下令：「先入小幡城，將敵軍引至小幡後堅守崗位靜待援軍。若敵軍往三河前進，務必追擊殲滅。」

家康則親自率六千三百名士兵，本隊先鋒為井伊直政。以武田遺臣為主組成的赤備隊有一千八百人，再加上德川麾下精銳部隊一千二百人，共計三千人於八日晚間八時出發。信雄率兵三千，首要目標在於擊潰池田隊隨後的進攻之隊伍。

岩崎城主丹羽氏次隨德川本隊進軍，由其弟氏重守城。斥侯向氏重報告池田隊人數眾多，氏重察覺敵軍意欲趁虛而入，為阻止敵軍，氏重抱著決一死戰的覺悟，對二百三十九名守城兵下令。

「小牧山城應不知曉敵軍動靜。吾等若為阻止敵軍戰死，消息至少能傳到小幡城。同時，還是要派人通知小牧才行。主公對吾等之恩，就以此戰為報！」

池田隊原先並未把岩崎城這個小城放在眼裡，但由於岩崎城派軍出擊，池田也只好予以回擊。

丹羽隊明知此戰是以卵擊石，仍然奮力猛攻池田隊，於九日上午四時結束二小時左右的對戰。丹羽氏重全軍覆沒，但壯烈犧牲也如氏重所料，拖住羽柴軍進攻的腳步，對織田、德川軍大勝小牧・長久手之戰有所貢獻。

戰鬥中，第一隊池田隊輪流用餐。第二隊的森隊、第三隊堀隊也停止行軍，分別在生牛原、金荻原吃早飯，靜待第一隊攻擊結束。第四隊三好隊的先鋒，此時陸續抵達白山林。四隊總人數達二萬，在森林中呈縱列休息，第一隊至第四隊連成直線，隊伍綿延八、九公里，各隊間隔約二至三公里左右。

進攻軍人數達兩萬，卻在偵察敵情上大大失策，完全沒察覺尾隨的敵軍已漸漸逼近。柴羽軍本隊也尚未察覺小牧山城的之動靜。總而言之，德川軍的秘密行動已成功避開羽柴軍的耳目。

追蹤羽柴的德川軍先發第一隊，如期於四月八日零時入小幡城。

小幡城守城將領本多廣孝發出數名斥侯。斥侯回報：「羽柴軍第一隊池田隊到第四隊三好隊共二萬大軍無視小幡城繼續前進中。」聽取報告後，廣孝立刻召開軍事會議。

考量從大軍前方攻擊於己不利，於是決定從第四隊後方襲擊。先導部隊為丹羽氏次隊，右翼隊為大須賀、岡部，左翼隊為康政、本多康重、穴山勝千代（信君長男），後備隊則由水野忠重領軍。會議結束時，家康、信雄本隊九千三百人剛好抵達，先發隊作戰亦獲得家康首肯。

九日上午二時，先發隊宛如搜尋獵物的老虎般，氣概萬千地從小幡城出發。

行進中，右翼的大須賀康高與左翼的榊原康政頻頻接到斥侯回報——「敵軍第一隊池田隊抵達岩崎城」、「岩崎城出兵由池田隊應戰」、「其他隊伍原地停留等待」、「各隊滯留位置」等消息，不久後傳來岩崎城全軍戰死的噩耗。

丹羽氏次脫下頭盔，聽著斥侯報告弟弟的死訊。

康政命人傳話給氏次：「氏重大人及其將士光榮赴死，此戰必能為勇士報仇雪恨！」

暗夜中，氏次與家臣暫時停下行軍腳步，重整旗鼓後派人回覆康政：

「感謝康政大人關心，在下必報仇雪恨。」

三好秀次隊八千人止步於白山林，開始準備早膳。

頭盔上立著三鈷劍裝飾的康政神色凝重，悄悄在三好隊後方等待時機。

大須賀隊、丹羽隊靠近三好隊右側，康政隊繞至三好隊左後方，靜待天亮。三好隊毫不知情，全軍開始用餐。

右側的大須賀康高派人聯絡：「請丹羽大人率先出擊」欲將初戰的功名讓給丹羽氏次。想為弟弟報仇雪恨的心情，康政也心有戚戚焉。丹羽氏次下令手下兩百名精兵之中的百名火槍、弓箭隊前進，待號令一下便開始攻擊。大須賀康隊的砲隊、弓箭隊約兩百人也旋即出陣，不斷以子彈、弓箭攻擊敵軍。

三好隊大驚失色，棄糧食欲迎敵反擊。一陣混亂中開始攻防戰，待總將領秀次意會此乃德川軍突襲時，敵軍早已趁隙而入。軍旗倒地、馬匹四竄，將士紛紛傷亡。

康政隊九百人悄悄從左側靠近，以火槍、弓箭射擊。第一目標為軍糧隊，軍糧隊士兵拋擲物資防禦，不久便逃之夭夭。接著三好隊的士兵集結成團，欲防守德川攻勢，但只能以木盾護身，不堪火力集中攻擊便棄木盾進攻，最後還是成了弓箭、火槍下之亡魂。

三好隊八千軍陷入混戰，在無人指揮的狀態下只能逃亡。

秀次絢麗的軍裝反而成為德川軍顯眼的標靶。康政、大須賀康高都下令要拿下秀次首級。牽馬人保護秀次拚死奮戰，但不久便戰死於亂軍之中，連馬匹也竄逃無蹤。

失去馬匹的秀次，在家臣、親信的護衛之下徒步往長久手方向逃亡。也就是秀次並未沿來路撤退，而是決定向第三隊堀秀政求助。護衛秀次的將士一一戰死。此時，家臣可兒才藏騎馬撤退而來。

秀次朝可兒才藏喊：「把馬匹借我！」但才藏卻回答：「雨天豈有借傘之理！」揚長而去。秀次雖震怒卻也莫可奈何，只能在親信的護衛下拼命逃生。

秀吉之妻寧寧的親戚木下勘解由與其弟木下周防偶然發現秀次。勘解由見秀次已精疲力盡，便下馬將韁繩交給秀次，催促秀次逃亡。周防也與兄長一起，把自己的愛馬交給秀次家臣。秀次與家臣蹙眉道：「兩位的忠義之心，在下感激不盡！」

只能徒步前進的堪解由一行人被德川軍追上。勘解由與周防兩人對視，互道：「看來只有死路一條了！」各自將軍旗立於地，與敵軍交手戰死沙場。同族的木下助左衛門也在此撒手人寰。

日後，秀吉惋惜勘解由等人之死，以書信臭罵逃離戰場的秀次。

進攻軍第三隊由堀久太郎秀政領軍。堀久太郎秀政因智謀過人而得「名人久太郎」之稱。

秀政聽聞後方突然傳來槍聲、吶喊聲不禁大驚，接著便接到探子來報第四隊的秀次遭德川軍突襲。秀政通知前方第二隊的森長可隊，並親自率第三隊轉向，收容逃亡而來的三好隊，佈陣迎擊德川軍追兵。

堀隊於早晨七時前回到長久手，於地勢略高的檜根佈陣，埋伏等待追擊三好隊的康政隊、大須賀隊等德川軍。

康政、大須賀康高雖下令窮寇莫追，但德川全軍血氣正盛欲趁勝追擊，故未能停下腳步。

森林中寂靜無聲，堀秀政傳令火槍隊、弓箭隊：「莫浪費弓箭、子彈，拉近距離至十間（約十八公尺）左右再射擊。射中乘馬武士者，賜百石領地！」

榊原軍、大須賀軍、水野軍、丹羽軍為追擊敗逃的秀次軍而來。

堀隊的火槍四射，弓箭如雨點般飛向德川軍。德川軍倉皇尋找掩護，但堀隊立刻突襲，不久秀次軍也與堀隊會合開始聯手反擊。因遭受堀秀政、秀次猛力反擊，原本大勝的德川軍瞬間轉變攻守局勢。

榊原隊、大須賀隊、水野隊、丹羽隊受敵軍追擊，紛紛被擊垮。在堀隊的猛攻之下，就連康政也必須乘馬以長刀左劈右砍、前後突刺，才好不容易甩掉追兵。各隊均慘敗，本多康重更是全身七處中傷，被人用木板抬離戰場。

正當堀秀政認為自己大獲全勝時，瞬間感到背後一陣寒意，抬頭望富士根，便見金扇馬標[1]反射著日光，這表示家康本隊已抵達戰場。堀秀政心知只能到此為止，九日上午八時至九時之間迅速集結將士退往岩作北部。

時間略往前推至九日上午二時半許，家康本隊派井伊直政為先鋒前進小幡城。本隊加上織田軍，共計總人數有九千三百人。渡矢田川抵達色根時已經天亮，全軍暫停前進。

探子回報先發隊水野、榊原等人於白山林突襲敵軍第四隊。正當欣喜於我軍獲勝，減緩行軍腳步時，卻接獲我軍被第三隊堀秀政隊痛擊的消息。家康立刻考量戰況、地形，詢問在何地迎敵最具優勢。

一身赤色軍裝的井伊直政建議應在池田隊、森隊尚未與堀隊會合前截斷兩隊聯絡，並且各個擊破。諸將領亦贊同此案。

依照井伊的提案，德川軍下色根後渡香流川，最後登上富士根。開始追擊戰的堀秀政一見金扇馬標，便萌生退意。

康政、岡部長盛等人趁隙集結盟軍與家康本隊會合。

家康握著康政的手道：「聽聞諸位大獲全勝卻不戀戰地撤退，平安回營真是太好了！」

家康對於將士平安歸營感到欣喜，還大力稱讚白山林之勝，刻意用「撤退」一詞來避開後段敗逃的事實。接著，家康本隊三千三百人於前山佈陣，井伊直政三千人則與信雄三千

①馬標指立於將領旁的標誌，標記將領位置。德川家康特別好用金扇裝飾馬標。

人則於佛根佈陣。兩處分別為敵軍第一隊、第二隊與第三隊堀隊的正中央。

第二十六章　赤鬼井伊

池田恒興、元助父子人在岩崎城，不知白山林大敗，亦不知堀秀政隊在檜根英勇殺敵，一心狂喜於攻下岩崎城，甚至認為連岡崎城都能手到擒來。此時，森長可隊傳來三好秀次隊遭敵軍擊垮的消息，池田隊震驚不已，為增援而緊急掉頭。收到堀隊通知，森長可後退至岐阜嶽佈陣，等待池田隊掉頭。

池田恒興派使者聯絡堀秀政，表示會合後再與德川一戰，但秀政認為秀次已經撤退，我軍必為德川大軍攔截很難會合，因此拒絕池田的提議。秀政十分冷靜地判斷，再戰已毫無益處。

無法夾擊家康，進退兩難的池田恒興、元助兩父子率六千軍與森長可三千軍會合。如今已避不了與敵軍總將領家康正面對決。家康於前山率三千三百軍佈陣，直政則率三千軍於佛根佈陣，以火槍攻擊森隊、池田隊。

森長可身著白色陣羽織，抱著必死的覺悟，乘名馬「百段」出擊。森長可一身白色裝束表明自己為此戰赴黃泉之決心。

森隊與直政手下精兵交手數度進退，但終究被直政隊擊潰。

森長可拚死堅持，九日正午左右，被井伊家的柏原與兵衛以火槍擊穿頭盔帽緣當場斃命，森隊全軍潰散。

家康的家老大臣安藤直次，隨直政參與此戰。日後，家康看中其智勇兼備，令安藤輔佐家康第十個孩子紀州大納言賴宣。

任先鋒軍的井伊直政全身著赤紅色軍裝，頭戴飾有金箔的大天衝①頭盔，臉覆血紅面罩，拔出太刀指揮全軍作戰。體內戰士之血沸騰不已，直政不禁忘卻自己乃一軍之將欲親自參戰，命手下：「拉馬來！」

木俣守勝雖阻止道：「大人乃一軍之將，親自參戰非明智之舉啊！」

然而，敵軍一靠近，直政便將木俣、安藤的勸阻拋諸腦後，策馬衝入敵陣。赤備隊不敢落後，緊追直政身後。

木俣於井伊本營暫代將領一職，指揮全軍前進，安藤則緊追直政。

安藤追在直政後方。此時，在林中徒步前進的直政正與池田隊的黑母衣②武士單打獨鬥。安藤在一旁做好準備，以便在直政有危時立刻出手相助。直政的手下也在一旁備戰。不久，直政便成功壓制並殺死對手。

安藤靠近大汗淋漓的直政，苦口勸道：「這下大人應該滿意了吧？身為一軍之將應當號令眾人，讓武士建功立業，引領全軍旗開得勝，這才是大人職責所在啊！」

直政劇烈喘息肩膀跟著大大起伏，斜眼望了望安藤後回到後方本營。直次以為諫言奏效，不料之後直政仍然參軍奮戰，浴血拿下六個敵軍首級。赤紅色的盔甲吸允著敵軍的血液，

---

①大天衝乃一對長角，頭盔的裝飾之一。
②信長從親信中選出的武士團，有黑母衣與赤母衣兩種。

這就是羽柴軍也聞之喪膽的「赤鬼井伊」。直次雖數度勸說，但直政依然故我。木俣只說：「有一位毫無自覺的大將，恐怕會全軍覆沒！」一臉無奈地專心指揮全軍。

池田恒興早已身負重傷，山上的本營也已然潰散。恒興身著黑色鎧甲與頭型盔，坐在摺凳上等著自己嚥下最後一口氣。背部與手臂都中箭的恒興已精疲力盡，家康的臣子永井傳八郎正好經過，恒興從上方問話：「是敵軍否？」永井抬頭一望，從軍裝上判斷是敵將，報上姓名後以長槍刺死恒興。恒興連拔出太刀的力氣都沒有，就此戰死沙場。

恒興拿下難攻的犬山城，卻未能援救八幡林之戰，現在直搗黃龍的計畫失敗，在無顏面對秀吉的狀況下戰死。

撤退時，恒興的長男紀伊守元助得知父親戰死，執意取回父親屍身，不顧親信的阻攔，調頭欲折返回到位在山上的本營。不料卻與下山的安藤直次撞個正著，一陣激鬥後，元助也命喪黃泉。

元助之弟輝政聽聞父兄戰死沙場，本欲攻入敵陣復仇，在家臣拚死勸阻下，只好忿忿然撤退。輝政繼承池田家，日後還成為家康女婿，人稱「姬路宰相百萬石」。

此戰中，秀吉軍死亡人數二千五百餘人，家康軍則為五百九十餘人。

## 第二十七章　忠勝挑釁秀吉

直搗黃龍之計大敗，池田恒興、森長可等人戰死，秀吉聞訊勃然大怒。持鞭擊案著手準備各方部署，於四月九日午後，立即親率兩萬大軍往長久手方向出征。拜平素的訓練、經驗、指揮所賜，秀吉執行軍令效率高、進軍速度極快，討伐明智光秀時迅速從中國地區返回、大破柴田勝家的賤岳之戰都是典型的例子。秀吉往往在敵軍統整好迎敵態勢前就出現於戰場上，讓敵軍出乎意料。這天，秀吉無論如何都不想在直搗黃龍之計大敗的情形下結束。於是準備襲擊撤回小牧山城的家康，想趁機拿下家康項上人頭。

小牧山城本營由酒井忠次、石川數政、本多忠勝、松平家忠、石川康通、酒井重忠等人率兵五千、織田信雄的士兵一千五百名留守。據探子回報，盟軍已經大破長久手方面的進攻軍，而秀吉大軍也已經出兵。

忠勝道：「立即告知主公情勢危急，必須撤退回小牧山城。由在下忠勝前去通知主公！」

忠次則提議阻攔秀吉的攻勢。

「秀吉率大軍出擊，長久手的將士人力單薄且久戰疲勞。為救我軍將士，應先燒毀敵方的二重堀堡壘。秀吉若見火燒煙霧，必定退兵。」

軍功顯赫的忠次雖如此提案，但石川數正卻持反對意見。

「敵軍有備而來。若攻略消耗太多時間，反而會遭秀吉軍與二重堀堡壘攻略軍雙方夾擊。應收容主公的撤退軍，再視秀吉軍的動向，做好準備一次出擊！」

忠次、數正、忠勝互不相讓，會議陷入膠著。時間就這樣白白流逝，忠勝一想到秀吉正逼近家康本隊就難忍焦躁。

「忠勝這就趕赴主公身邊。沿途會觀察秀吉軍旗判斷狀況再向主公覆命。先走一步，抱歉。」

忠勝起身往外走，忠次在後頭追喊：「等等，等等啊！」

忠勝回首，只道：「忠次大人，長久以來承蒙您關照，感激不盡。永別了！」

忠勝戴上鹿角頭盔，抄起蜻蛉切命人牽來馬匹，率三百人前往追趕秀吉大軍。石川康通（石川家成長男）見狀也率二百人追上忠勝。

忠勝隔著龍泉寺川，終於追上秀吉軍。找到閃閃發亮的金色千成瓢簞馬標①，忠勝止步，臀部微微離開馬鞍，對將士們喝道：

「若在此一戰，秀吉也會暫且滯留此地。不論是戰死主公馬前還是戰死於此，諸位都是為主公效命的忠義之士！」

回應忠勝這番話，全軍五百將士齊喊殺聲，即便是些許拖延秀吉進軍的時間也好，無論如何必須為家康重整旗鼓爭取時間。雖不能遠距離狙擊秀吉，但至少讓敵軍知曉我軍存在，

①千成瓢簞是數個葫蘆集結成的標誌，乃象徵豐臣秀吉馬標之一。

主動挑釁秀吉。已經決心與敵軍共赴黃泉的忠勝，一心只想著要絆住秀吉。忠勝隊、康通隊隔川以火槍攻擊，忠勝眼見往遠方前進的千成瓢簞馬標止住不動。心想：「停下來了嗎？」忠勝緊握長槍，欲將此戰當作是人生最後一場戰爭。

秀吉停止行軍腳步，回望追在後方的敵軍。身邊的騎兵為防萬一，都圍繞在秀吉身旁抵禦火槍攻擊。秀吉不喜護衛遮蔽視線，下令騎兵散開。秀吉一眼便見應為追兵將領的黑衣武士，武士頭戴鹿角頭盔。秀吉問道：「來者是何人？」稻葉一鐵立刻出聲回覆：「在下惶恐。那鹿角頭盔，正是本多平八郎忠勝。早年於姊川之戰中，曾有過一面之緣。」

秀吉頷首，彷彿回想起長篠之戰的忠勝般，靜靜凝視以槍林彈雨之勢來攻的敵軍。

秀吉是一名集過人武勇、智謀、熱情、冷酷於一身的男人。

秀吉心想：「信長公曾讚譽忠勝乃忠勇兼備之武士。真是名副其實啊！」

秀吉眼眶泛淚，說了一席話。

「所率之軍尚不足五百人，明知是螳臂擋車仍不惜與大軍一戰，為主公阻攔我軍。平八郎真是傑出的忠義之士。眾將士，好好記住這位武士的相貌，不可發一箭一彈傷平八郎分毫！」

秀吉攬回馬首調頭繼續前進。

忠勝將馬匹牽至龍泉寺川邊讓馬飲水，自己則空虛地看著千成瓢簞馬標遠離視線範圍。秀吉未與自己交手，在此處停留也是枉然。忠勝只好急急抄小徑前去迎接家康。

秀吉雖已迅速趕路，但家康仍早一步抵達小幡城，故秀吉沒能攔截家康。忠勝於小幡城與家康重逢。翌日早晨，秀吉的斥侯正為蒐集敵情而出動時，忠勝、直政、家康等人早已連夜逃往小牧山城。

秀吉得知家康迅速移動，便了解家康是不容小覷的武將。即便是出兵神速的秀吉，也在此戰中數度被家康搶得先機，不愧為已故信長公所依賴的盟友。秀吉明白家康是生在同時代的名將，考量殲滅德川耗時耗力，不如讓德川臣屬豐臣家與其交好。

秀吉回到樂田，雙方皆不動聲色堅守陣地互相對峙，戰情陷入膠著。

不久，秀吉退回犬山城，家康也撤兵回清洲城。家康非常重視此戰的勝利。

之後，秀吉進攻信雄領地，巧妙地接近信雄。信雄在未告知家康的情形下與秀吉交好。使家康頓失出師之名，只能與秀吉結盟，把次男於義丸（秀康）交給秀吉，成為秀吉養子，但說穿了事實上只是人質。家康打了勝仗，卻鬥不過秀吉在政治方面的力量。往後家康臣屬秀吉，竭力抬高德川家身價。

秀吉盼望早日一統天下，依序平定紀州、四國、北陸，努力讓家康臣服於自己的麾下。

# 第二十八章　秀吉與康政、直政、忠勝

家康為一掃東邊勢力威脅並壯大與秀吉對抗之力，於天政十四年（一五八六年）三月領忠次、康政、直政等人前往伊豆的三島，拜會擁有領地二百四十萬石的太守北條氏政、氏直父子，穩固兩家情誼。

秀吉看準家康沒有正室，硬是將自己的妹妹朝日姬嫁給家康，欲與家康結為連襟兄弟。家康不得已只能接受。

四月二十三日，家康派忠勝前往大坂行納采之禮。之所以派忠勝前往，其實是秀吉之意。忠勝面見秀吉，並獲秀吉餽贈許多土產與禮品。

忠勝護送朝日姬與秀吉的姻親淺野長政至濱松，完成家康的婚禮。

忠勝對康政談起與秀吉會面的情形：

「秀吉隱藏獠牙，輕鬆自在地與我親近又餽贈眾多禮品，彷彿我是他多年的知己一般，十分懂得掌握人心。這種人才是敵中之魔啊！」

這次，秀吉又透過淺野長政要求榊原康政至大坂報告婚禮的情況。

秀吉理應對康政毫無好感。在小牧・長久手一戰康政到秀吉陣營廣發臭罵秀吉的檄文，意圖降低秀吉軍中士氣，八幡林初戰大破森長可隊，白山林一役也擊破外甥三好秀次隊。秀吉最痛恨的人，應該就是康政了。

康政不禁猜想秀吉為何遴選自己前去報告婚禮狀況，但無論如何，康政都決心要顧全德川家臣的臉面。

五月二十六日，康政宿於富田左近將監之宅邸，得以暫時卸下行囊休息。富田的角色類似外交官，與康政相識。

康政在富田的接待下，泡澡洗去旅途中的汗水。晚餐時，侍臣在主人富田耳邊低聲說了些話，富田臉色一變對康政說聲：「失禮了。」便站起身來。康政一邊思忖著現況一邊望向背後的長刀。康政心想，若有萬一便以必殺劍法解決富田等人。

接著，富田將紙門打開，隔壁房裡站著一位個子嬌小的男子。富田打開紙門後，繞到這位男子身後待命。

康政於長篠之戰時，在軍陣中匆匆見過秀吉一眼，幾乎不記得秀吉的長相了，但依照忠勝的描述，康政直覺眼前這位應該就是攝政大臣從一位關白——豐臣秀吉。康政不禁大驚，慌忙地離開上座，對秀吉叩首行禮，腦中拼命思索秀吉為何突然來訪，卻想不出個所以然。

腰間配著摺扇身穿華美的紹羽織，秀吉於上座坐定後便道：「長途跋涉辛苦了。你就是康政吧！抬起頭來。」

秀吉似乎心情大好。康政仍然低著頭，回覆秀吉道：「在下正是康政。大人您只要吩咐一聲，無論大人身在何處在下都能前往拜見。」

「嗯，但如此一來，就毫無樂趣可言啊！我親自來一趟，才能嚇倒你。看你驚慌的模樣，還真是有趣。戰爭也一樣吧！平淡無奇地見面，豈不是很無趣嗎？」

康政正想著：「什麼？原來是一位愛開玩笑的人啊！」秀吉不給康政有時間細想，再度催促康政：「抬起頭來吧！」康政抬起頭後，秀吉仔細端詳並說：「原來如此，你就是德川家鼎鼎大名的康政。你與忠勝一樣，相貌堂堂啊！」

康政聞言，正安心於自己並不是秀吉的眼中釘時，秀吉接下來說的話，讓康政不由得全身僵硬。

「對了，之前在小牧、長久手對戰時，廣發檄文攻擊我的人是你，大敗秀次的人也是你吧！」

此言雖嚴厲，但語氣並不憤怒。康政稍稍安心，叩首在地。

「話說回來，你雖為敵軍但著實優秀，那一仗打得非常精采！」

秀吉聲調十分柔和。康政道：「在下萬分惶恐。」再度叩首行禮。秀吉見狀，笑得開懷。

「現在像這樣與德川家交好，隨時都能與德川家出類拔萃的武士們見面，對我來說是一大樂事。因為想見你一面，才會趁朝日姬出嫁，讓你跑一趟。今晚知道你抵達此地，我興奮地坐立難安，沒辦法等到明天，才會特意前來。見到你很開心，有什麼需要就吩咐富田吧！」

秀吉為誠惶誠恐的康政斟酒，並說：

「明日再慢慢聽你說德川大人與朝日的婚禮情形吧！不打擾你休息了。」

語畢，便起身離去。

秀吉離開後，康政感到胸口一陣飄飄然。

當夜，康政在被褥中反覆思索秀吉所言。雖然早已聽聞秀吉善於操縱人心，但康政認為自己確實被秀吉觸動。忠勝雖評秀吉為「敵中之魔」，但康政卻認為秀吉是位能推心置腹的人物。秀吉的確令人敬畏，但也有充滿溫情的一面。

康政又想，那麼主公家康呢？家康對自己恩重如山，秀吉的溫情無法與家康恩情相比，想到這裡，康政安心地靜靜入睡。

秀吉想讓敵將對自己有好印象，無非是算計著外交上的效果。

康政回到濱松後，家康、忠次、忠勝、直政等人便詢問康政對秀吉的印象。康政回答：「是懂得蠱惑人心之術的人物，要小心提防。」

忠次嘲諷道：「你也被蠱惑了嗎？」

在座所有人都謹記石川數正的背叛。數正此時已經倒戈投靠秀吉。

康政嚴肅地回答：「絕無此事！」

家康雖迎娶朝日姬，卻未前往京都。家康欲以小牧・長久手之戰的勝利為牌匾，盡量提升秀吉對自己的評價。

秀吉無論如何都想讓家康上京都，並且臣屬自己麾下。此時，秀吉又想到以母親大政所前往探望朝日姬為名，將親生母親當作人質送到家康手上。

忠次、直政等人欲勸阻家康應允：「若前往京都，秀吉可能會下令主公切腹啊！」

家康推測秀吉想法：「再拖延上京都的日子，並非上策。放心，秀吉斷不可能殺害我。若我遭秀吉殺害，天下人見秀吉惡行惡狀，必人心離散。德川家由長丸（三男秀忠）與北條家聯手，召集反秀吉軍與之對戰，秀吉必隨其惡名灰飛煙滅。別擔心，關白大人目標只在盡早一統天下。」

家康與忠次、忠勝、康政、直政等人商討留守與上京都的人選，最後決定由井伊直政、大久保忠世、本多重次等人留守，酒井忠次、本多忠勝、榊原康政等一萬二千軍隨家康前往京都，德川家終於如秀吉所願臣從其麾下。

之所以將直政留在岡崎，一方面是表示對秀吉生母大政所接待周到，另一方面是萬一家康因秀吉設局有任何意外，以直政近年與北條家的密切往來，可迅速與北條聯手並挾大政所為人質，指揮德川軍與秀吉對戰。

直政身材壯碩且儀表堂堂。因為在沙場上總是一馬當先，其實不適任一軍之將。直政終生未能改掉身先士卒的毛病，總是率先馳騁沙場。

因此實際上擔任井伊軍指揮統領的另有其人，此人乃家康的家老大臣木俣守勝。直政在戰場上是舉世無雙的英雄豪傑，其手下將士、武田遺臣皆追隨直政而戰。直政自小牧‧長久手一戰開始，便代替忠次擔任家康本隊的先鋒，日後更在關原之戰中打頭陣。直政之所以如此，一部份是因為家康提拔自己恩重如山，更多是因為直政與生俱來的戰心，驅使直政在沙場上身先士卒。家康感念直政的曾祖父、祖父、父親對德川家的貢獻，且對衝鋒陷陣的直政懷抱好感，於是對直政關愛有加。為補足在戰場上將帥的功能，家康特意安插木俣、安藤直次等人輔佐直政，以此彌補直政的不足。

家康對直政的高評價也有政治上的意圖。直政雖然無法充分發揮將帥的指揮能力，比較適合單打獨鬥或在一個小隊中擔任隊員，但不可思議的是，直政卻又能從事需要長遠謀略的政治、外交工作。

忠次得知直政是這樣的人物便笑道：「《大學》說修身齊家治國平天下，但實際上修身、齊家、治國、平天下無法按照順序來。人的能力通常不按條理，不，應該說毫無條理才是正常的。沒辦法好好修身卻能治國的大有人在，直政就是屬於這類人啊！」

家康於天政十四年（一五八六年）十月二十七日正式臣屬秀吉。

家康回國的同時，大政所也踏上歸途。

把大政所送到德川家當人質的秀吉詢問家康由哪位家臣照顧大政所。當秀吉得知是二十六歲的井伊直政負責後喜出望外，命淺野長政至岡崎城迎接大政所，並指定直政護送大政所回城。直政護送大政所時，一路慎重待之。

秀吉於京都的粟田口迎接母親。看見大政所平安歸來，秀吉眼眶泛淚滿心歡喜。接著便問道：「哪位是兵部少輔？」淺野長政便向秀吉介紹直政。秀吉看著身材魁梧相貌堂堂的直政答謝道：「真是位頂天立地的男子漢啊！感謝您護送我母親。」秀吉當場就賜予長政自己的佩刀。承蒙大人物秀吉餽贈太刀，直政銘感五內。

秀吉設宴款待直政，由關白秀吉親自沏茶。宴會上，曾為德川重臣的石川數正也列席其中。數正於天正十三年（一五八五年）十一月，突然投奔秀吉。正好是距今一年前的事。數正在本能寺之變後擔任與秀吉斡旋的工作，在德川家是與忠次並駕齊驅的老臣，即便如此仍然為秀吉攏絡。德川一門震驚於秀吉蠱惑人心的魔力並深感恐懼。數正倒戈，德川軍事機密為秀吉掌握。故緊急任命井伊直政為總負責人，與忠勝、康政、鳥居元忠等人商議之下，大量採用武田軍法，重新建構出一套德川軍法。

受封河內國（今大阪府東部）八萬石領地的數正來向康政打招呼，康政連正眼也不瞧，對陪坐一旁的石田三成等人說：

「此人背棄代代侍奉至今的主君轉而投奔關白大人，像這樣的窩囊廢，恕在下無法與其肩並肩而坐。」

這可是在關白秀吉的的面前。真心話歸真心話，一般來說應該是要客套一番才對。木俁守勝臉色鐵青，石田三成等人也恐懼萬分。直政則認為要殺要剮悉聽尊便，自己沒有什麼好丟臉的。石川數正當下也無法翻臉走人，只能表情僵硬地坐在原位。

秀吉驚愕無比，乾咳幾聲。直政端正坐姿，等待秀吉沏茶。

場面一陣靜默，只聽見主人秀吉煮茶與衣物摩擦的聲響。趁這段時間，直政得以沉澱情緒。秀吉將茶碗遞給直政，直政一口喝下答謝道：「這茶泡得恰到好處。」秀吉忘卻方才的不愉快，也笑著說：「對吧！我泡的茶一直都是這麼順口。」

秀吉又再度對直政抱持好感。數正臉面略紅，凝望著正前方發呆。

此後，秀吉為擄獲家康與德川重臣的心，使出各種手段。

十一月五日，家康因秀吉舉薦，獲敘任正三位權中納言。忠次敘任從四位下左衛門督，並獲得京都櫻井宅邸與江洲①一千石領地。忠勝則任從五位下中務大輔、康政任從五位下式部大輔。這些都是秀吉奏請朝廷封賞的結果。

接著，直政於十一月二十三日受封從五位下官階。翌年，天正十五年（一五八七年）八月十八日成為秀吉侍從，更在天正十六年四月十一日晉升至從四位下與酒井忠次同階。這些都是秀吉對直政破格提拔的表現。

三河武士一夕成為一朝公卿，相伴統領天下的秀吉左右名利雙收，秀吉的確十分厚待德川家。

天正十五年五月，秀吉下九州島津，此時未順從秀吉的大國只剩小田園的北條氏。

---

①位於近江國，也就是現在的滋賀縣。

天正十六年十月，六十二歲的忠次赴濱松城拜見家康，告知希望把一家之主的大位讓予家次，家康得知後殷殷慰勞忠次長年辛勞。

「多年來你盡忠盡義，從我幼年患難時就是德川家的中流砥柱，因為有你在我才能如乘大船般地安心自在。三河從半個國家成長到坐擁五國江山，都是你的功勞啊！」

家康對忠次報以至高無上的讚美之詞。

忠次搖搖頭直說：「主公過獎了。」家康親手為忠次斟酒，聊起數不盡的回憶。

天正十八年征討北條時，直政不只在戰事上立功，還成功攏絡北條家。

北條家的分家之一玉繩城主北條氏勝，不僅是勇將更是一條鐵錚錚的好漢。家康十分愛惜這位人才，從前便曾派直政與北條家交涉勸降氏勝，但氏勝為守武士節義而拒絕投降。

直政再度拜訪氏勝。

「在下所言確實為我家主公之意。究竟要如何您才能信任在下呢？」

氏勝豪語道：

「德川家有聞名遐邇的本多忠勝與榊原康政大人，若兩位能與井伊大人一同前來，那在下便可信任井伊大人所言！」

此話依解釋不同，甚至可以視為挑釁直政。再說，這個要求根本不可能實現，氏勝是打定主意絕不投降才會出此難題。直政眼神銳利，再度向氏勝確認：「此話當真？」

「君子一言駟馬難追！」

直政回營向家康報告事情始末。

直政在短短四天後，便帶著忠勝、康政拜會氏勝。氏勝坦然自若地接待三人。

直政、忠勝、康政熱切而誠懇地輪流說服氏勝。

「請您降於德川麾下！大人已經為北條家鞠躬盡瘁。吾主家康愛惜像您這樣的人才，也承諾不傷城兵。主公絕對不會背叛大人，這點吾等三人可以保證。氏勝大人，請您臣從德川麾下吧！」

氏勝驚訝直政當真請來兩位名人之餘，也深深被三人打動。

氏勝心想：「沒想到德川家竟然如此敬重我。」便開城投降。氏勝日後甚至成為領地一萬石的大名。

同年七月，北條氏政終於降於秀吉。

七月十三日，秀吉於小田原論功行賞。秀吉賜予家康包含舊北條家的領地共八國領土，家康領地從一百五十萬石增至二百五十萬石。然而，代代相傳的根據地三河以及遠江、駿河、甲斐、南信濃則落入秀吉手中。秀吉趁家康轉封②至江戶，令家康賜予忠勝、康政、直政十萬石以上的領地。秀吉此舉是希望賣幾位重臣人情，盤算著說不定他們也能像石川數正一樣，投奔秀吉陣營。

忠勝、康政、直政分別受封上總國大多喜十萬石、上野國館林十萬石、上野國箕輪十二萬石，忠次的長子家次也受封下總國三萬石。另外，大久保忠世受封相模國小田原四萬五千

②轉封是指在關白的命令之下，更換大名的領地，以免地方勢力過於強大。

石、鳥居元忠受封下總國矢做四萬石、平岩親吉受封上野國廄橋三萬三千石、奧平信昌受封上野國宮崎三萬石、本多康重受封下總國古河三萬石。忠次引退後，直政成為德川家臣團之領袖。

某日，秀吉召見直政，對直政低語道：

「因為你戰功顯赫，我才向德川大人建議冊封你十二萬石領地。千萬不要忘了我這份恩情啊！」

秀吉語畢笑了笑，直政叩首稱謝。秀吉又向直政問道：

「如果，我是說如果。今後豐臣、德川兩家失和兵戎相向，你會站在哪一邊？」

「直政縱使豁出性命也會挺身守護兩家和睦！」

秀吉只好接著說：

「你不只善戰也善治國。也罷，如此甚好。希望我們兩家不要兵戎相向，今後就拜託你了。」

秀吉渴望優秀的武士加入，尤其對本多忠勝特別執著。

成功拿下小田原的秀吉為了平定奧州而進軍宇都宮時，特地召見身在上總國的本多忠勝，讓忠勝列座於諸侯之中。忠勝與直政、康政一起坐在家康身後。其他諸侯的重臣也各有二、三人隨侍在側。

討論完攻打奧州的情事後，秀吉對眾人言道：

「諸位，容我換個話題。此乃佐藤忠信的頭盔。」

佐藤忠信是源義經手下忠勇無雙的忠臣，從源平時代直至戰國都被武士當作忠臣的楷模，美談流傳後世。

僕人端上來的高腳托盤裡，放著鐵製的頭盔。

「如諸位所見，此頭盔做工非常簡樸，我想把這頭盔賜給不遜於先人忠信的忠臣。諸位認為誰比較合適？」

一如秀吉預料在場無人回應。秀吉滿意地點點頭，望著在場諸侯與重臣。名將齊聚一堂，宛如夜空星斗般為數眾多。

「我認為能與忠信一較長短的，正是坐在德川大人身後的本多平八！」

語畢，秀吉催促忠勝上前並賜座。秀吉開始講述忠勝在小牧・長久手一戰以率五百名少數兵力迎敵以及忠勝英勇作戰的身影。說完這一連串的故事，便把頭盔賜給忠勝。忠勝回禮應道：「在下備感光榮。願為豐臣家粉身碎骨在所不惜！」在場諸侯、重臣皆對忠勝致上祝福之意。

當夜，秀吉召見忠勝，親自沏茶招待。

「你原本就以驍勇善戰聞名遐邇，我今日在諸大名、陪臣的面前賜予你名臣忠信的頭盔，讓你的名號廣為天下人所知。感覺如何？」

忠勝恭敬地回答：「大人您的恩情，在下銘記在心。在下不擅言表，今日之事忠勝將終生引以為傲。」

秀吉笑容滿面地問道：「冊封十萬石領地加上今日的頭盔，我與德川大人對你的恩情，孰輕孰重？」

忠勝兩手緊貼塌塌米上支支吾吾，秀吉親切地再度問道：「如何？」

忠勝回答：「今日大人對我的恩情比山高比海深……。縱然如此，卻不能與德川三河守相提並論，請大人海涵。」

秀吉看著忠勝苦惱的表情，心想忠勝確實言之有理，沉默一陣子便換了話題。秀吉盤算著只要這些名臣加入親豐臣派就已經十分令人安心，更何況同時也能提高豐臣家的聲望。

# 第二十九章　酒井忠次之死

小田原之戰前，天正十六年（一五八八年）忠次辭官引退，取法號為一智。忠次此時罹患眼疾，秀吉於天正十六年的春天遣使者傳話給家康：

「聽聞忠次罹患眼病，著實令人憐憫。忠次乃德川家軍功累累之重臣領袖，就讓他移居我左右安度餘生，也好讓年輕人多聽聽他長年征戰的故事。」

家康立刻安排忠次與其妻碓井姫移居京都。忠次之後便靠著早年秀吉賞賜的京都宅邸以及一千石俸祿安度晚年。忠次滿懷感激地接受秀吉的好意，家康亦欣然允諾。

以秀吉的觀點來看，忠次乃從年幼時便一手栽培家康成為太守的德川第一功臣。秀吉初出茅廬之時，忠次已代表德川家與信長、謙信、武田等重臣交涉，為延續、強化織德同盟鞠躬盡瘁，更遑論忠次立下的戰功更是天下皆知。

忠次在京都的宅邸位於西陣本丸町，宅邸中有兩口井，其中一口井的井邊有一顆年年盛開的櫻花木。忠次因為喜愛櫻花，每到櫻花綻放的季節，便開放附近村落的人使用這口井。人們稱這座宅邸為櫻井屋，而從前的沙場名將酒井忠次正是在此安享晚年。

文祿元年（一五九二年）一月五日，秀吉令諸大名出兵朝鮮。前年開始便於肥前國（除壹歧、對馬以外的長崎縣與佐賀縣）的名護屋築城，以此地為日本國的大本營。三月，秀吉整頓出陣軍勢，四月就抵達名護屋。家康等諸大名皆隨秀吉前往。城內已經建好新殿、新門、新橋，秀吉令隱居的忠次也一同參加首次渡橋的儀式，忠次於是隨家康一同出席。

是日，稍有烏雲。渡新橋的儀式開始舉行。

儀式在新殿前庭舉行，忠次等人身著正式禮服出席。

家康身邊是前田利長，他代替因病未能出席的前田利家前來觀禮，除此之外，還有上杉景勝、宇喜多秀家等諸大名以及其家臣等人。

德川家臣團第一列有井伊直政、本多忠勝、榊原康政、大久保忠世、酒井家次等人，隱居退官的忠次則站在第二列。

秀吉朝氣蓬勃地高聲詢問諸大名：

「今日由誰來任首渡新橋的人呢？」

在場眾臣皆認為，若不是秀吉，第二順位應當是家康，但嘴上卻回答：「由大人定奪。」然而，秀吉卻笑容滿面地指名一位令大家意外的人物。

「德川大人是否召來酒井忠次同行？」

秀吉其實早就知道忠次在場，只是刻意讓家康回答。

「是的。只是忠次患有眼疾，擔此大任恐怕有失莊重。」家康委婉拒絕了秀吉的好意。

「無妨。忠次，上前來！」

秀吉希望讓沙場老將忠次來擔任這光榮的渡橋人。忠勝、康政起身走向忠次，牽起茫茫然的忠次，走向最前列的家康身邊。眾諸侯都看著家康與忠次，諸侯中不乏初見忠次之人。家康從摺凳上起身，親手為忠次整理服裝儀容。

忠次望向前方模糊的秀吉身影，微微一鞠躬。家康向眾諸侯介紹忠次：

「這位便是德川家首屈一指的譜代大臣——酒井忠次。請各位多關照。」

向諸侯介紹完後，家康將忠次的手交給秀吉的兩位僕役。忠次仍感惶恐，秀吉對忠次微笑道：

「你年事已高還一路跋涉而來，真是辛苦了。今日乃吉日，首次渡橋儀式就有勞你了。」

忠次從前就是老練的外交官，很懂得應付這種場面。曾在大小場合跳起惠比須舞總是瀟灑自若的忠次微微頷首，調整呼吸後高聲道：「承大人貴言，雖在下身患眼疾有失莊重，仍願擔此重任。諸位請隨在下身後渡橋。」

此時，樂音響起。

秀吉拿起摺扇隨節奏輕拍膝蓋，神情十分愉悅。忠次落落大方的舉止，深得秀吉喜愛。神官走在前頭，將慶祝落成的供品放在高腳托盤上，手裡拿著驅魔的神具淨化橋身，接著回頭為忠次、秀吉、家康等人除祓，祈禱順利渡橋。神官領頭前進，路上灑花奏樂，之後，兩位前額光潔的僕役領著忠次緩緩渡橋。接著，太閤秀吉、大納言家康以及前田利長等諸大名、家臣也隨後渡橋。

忠次在橋中間停下腳步，讚美新橋堅固、欄杆的弧度恰到好處。渡橋後，忠次來到新門前，詢問門上雕刻何種圖紋。

僕役回答：「門上雕有梧桐木與鳳凰。」

忠次對僕役說：「帶我到大人面前。」忠次來到秀吉身邊，緩緩單膝下跪。

「門上雕刻著中國的名鳥鳳凰。請大人連中國也打下來吧！今日新殿落成，真是可喜可賀。」忠次恭敬地祝賀秀吉。

秀吉深深地點了點頭，對家康等人喊到：「諸位！聽見忠次所言了嗎？」引起眾人注意後，秀吉稱讚忠次道：「若不是被世人稱為唐頭的忠次前來，豈會有如此精彩的渡橋儀式！」之後，諸將紛紛上前祝賀。

渡橋儀式，成為忠次最後出席的重要場合。

文祿五年（一五九六年）五月，家康受封正二位內大臣。家康遣使者至櫻井屋通知。使者道：「三河守大人今日受封正二位內大臣，欲與德川家臣同享此殊榮，特賜金幣十枚。內府大人要我轉達忠次大人『好好照顧身體』。」

忠次回禮：「謝主公關心。」

那年，秋色染紅京都。忠次的眼疾更加惡化。

忠次坐在緣廊眺望紅葉散落的方向。碓井姬陪伴在忠次身邊。後方是忠次的房間，房門敞開。房間裡擺設重要物品的空間裡，放著白色的采配。

碓井姬開口說道：「三方原之戰前，我與相公在吉田城吹著海風談話。當時戰情危急，相較之下今日可真是悠閒。紅葉散落一地，好美！」

忠次點點頭，望著紅葉散落的方向。

十月二十八日，忠次逝世。大體葬於知恩院，享年七十歲。

# 第三十章　刺客石田三成

慶長三年（一五九八年）三月，年邁的秀吉拉著六歲的秀賴到醍醐寺三寶院賞櫻。此時，病魔已經開始侵蝕秀吉。

五月，秀吉發病。六月臥病於伏見城。

曾經如陽光般綻放光采的英雄，如今也成了病弱的老人。身著單衣，纏綿病榻與死神搏鬥。

秀吉死前仍盡力拉攏家康，卻已挽不回家康的野心勃勃。秀吉得知自己死期將近，要求諸大名宣誓效忠秀賴，將銀幣千枚當作遺物奉獻給朝廷，賜各寺院、朝臣、大名金銀珠寶、太刀、茶具、武器等等。一切都是為了繼承人秀賴。

八月五日，秀吉召見五大老、五奉行[1]。為一展其氣慨，特意坐起身來伏案寫遺書。

「秀賴囑託各位照料。五人眾、委細五人（指五奉行），萬事拜託了。」寫下這些字句後，又再添上「對塵世萬般不捨。」這才擱筆回臥榻休息。

內容並非鏗鏘有力，但秀吉從一介僕役晉升為殿上大臣，他發自內心的遺言，使讀者無不為之動容。

八月十八日，秀吉病逝於伏見城。

---

①五大老是豐臣秀吉下令組織的最高政權機關，德川家康抑是其中一員；五奉行是在五大老底下負責政權運作的職務。

十九日，家康在伏見城向北政所[2]致哀後，轉往秀賴與淀殿房間的途中，經過鋪著榻榻米的寬廣走廊。直政走在家康前方，後方由忠勝護衛。

家康隨直政拐彎，忠勝也緊跟在後。

前進一小段路後，忠勝感到後方一陣殺氣追來。

忠勝回首，眼見一名面無表情的男人站在走廊。男人身著白色小袖外頭罩著黑色禮服，他是石田治部少輔三成。三十九歲的三成乃五奉行當中排行第四位的大臣，才幹優越深得秀吉榮寵，權勢大於其他奉行與大名，乃五奉行的實質領袖。

三成無視於忠勝發現自己的存在，直直盯著朝前方走去的家康，左手緊握腰上配刀的刀鞘口，右手五指微張從腰帶移近刀柄。身經百戰的忠勝判斷，三成接下來會右手握刀柄，拔刀往家康身上砍。

忠勝瞬間以左手握住配刀，以猛虎出閘般的氣勢凝望三成。沙場數度征戰，多少次都以驚人氣勢讓敵人嚇得心驚膽顫。

三成不為所動，靜靜移動腳步。三成並未將忠勝放在眼裡，虎視眈眈盯著走在忠勝前頭的家康。若三成再繼續前進，危急時刻忠勝只能出手斬殺三成。

忠勝左手已微微拔出配刀，右手握刀柄微蹲備戰。即便如此，三成仍然繼續前進兩眼發直。先行的直政、家康察覺後方有異狀，隨即折返。直政立刻了解眼前事態嚴重，挺身擋在家康之前。

---

②指豐臣秀吉的正室妻子。

忠勝大喊：「休得無理！」

三成因為忠勝的喊聲回過神來停住腳步，左手也放開配刀。忠勝只是出言威嚇，但其實已經做好準備隨時擊退三成。

三成表情凝重，毫不客氣地直視家康，接著也與忠勝四目相接。

家康神色自若，大方地向三成搭話：「唉呀，是治部少輔大人。所為何來？」

家康心想三成人單勢孤，而自己身邊有兩位遠近馳名的勇將護衛，三成無論如何傷不了自己。

三成以鏗鏘有力的聲音告誡家康：「內府大人，請務必遵守與太閤大人的約定！」

「無禮之人！」

直政滿臉脹紅，邊喊邊從忠勝身邊衝出，欲斬殺三成。家康輕聲制止，對直政道：「退下！」

三成一邊以銳利的眼神凝視家康一邊謹慎地步步後退，最後才背對家康等人離開，身影消失在轉彎處。

忠勝、直政待三成離開後，確認家康安全無虞後，面對家康單膝跪地。

「三成若拔刀，吾等必誅之。只是，光憑殺氣就斬殺五奉行之一的大臣，料想後果會難以收拾，只好忍下這口氣。」

家康點點頭，但直政不甘心地道：「三成小賊！算你命大！」

「三成自幼便受太閤提拔，對太閤忠心耿耿，至今成為豐臣家首屈一指的股肱大臣，因太閤逝世一時亂了方寸，一心想殺我才跟到此地。若立場對調，三成可說是盡忠盡義之人。再者，殺了三成對我也無益處。倒是三成的死對頭加藤清正、福島正則等武將會樂得手舞足蹈。如忠勝所言，吾等若出手，依慣例只要有爭執無論對錯是兩者都必須受罰，在其他大老、奉行大臣之間掀起波瀾，後果難以收拾徒增麻煩。三成捨命接近我，對我警告、威脅，雖有骨氣但卻未免思慮不周。」家康苦笑著說。

三成乃秀吉一手培養的大將，之後輔佐秀吉直到獲得政權。三成因此士氣高昂也感到充實，理所當然對有心掠奪政權的家康憎惡至極。三成曾對親信說：

「太閤殿下一手栽培的武將中，有著不思豐臣家，只顧追求己身飛黃騰達之人。內府大人與這種人交好，欲篡奪豐臣家打下的天下，簡直是妖物！只有殺了他才能報太閤大人之恩。」

秀吉栽培的武將中，憎恨三成之人本應與三成團結一致，征討家康、支持豐臣政權與秀賴。

家康臣屬秀吉之後，對秀吉盡心盡力，始終忠於秀吉政權。家康成功獲得秀吉信任，即使有人向秀吉進讒言陷害家康，秀吉也會疑心進言之人。侍奉過義元、信長、秀吉的家康，有著超乎常人的忍耐力。

家康開始策畫掠奪豐臣家的政權是在確定秀吉必死無疑之後。秀吉未斷氣前，家康一直隱藏自己的野心。

秀吉魯莽地出兵朝鮮，成為豐臣政權一分為二的契機，造成三成等文治派與武將派對立。文治派有淺野長政、石田三成、增田長盛、長束正家、前田玄以等人，武將派則有家藤清正、福島正則、黑田長政、池田輝政、細川忠興、加藤嘉明、淺野幸長等人為主，都是曾渡海參與朝鮮征戰的武將。

三成與增田長盛等人向秀吉進讒言，表示武將派在朝鮮不聽指揮，武將派也反指三成誣告，兩派互不相讓。秀吉聽信三成之言，嚴厲斥責武將派，讓這些在朝鮮拚死一搏的武將十分不甘心。

文祿之役後，生還的武將派請家康、前田利家、北政所向秀吉說情，武將派為三人所救，故對三人心存感激，對三成則憎惡至極。

秀吉在三成等人告知下，得知北政所的外甥小早川秀秋在朝鮮判斷失利，讓盟軍陷入危機。秀吉震怒之餘，令秀秋回國並削減其領地。此時，秀秋透過北政所向家康求援。秀秋表面上轉移領地，但秀吉死後，在家康的斡旋下秀秋得以立刻回到原領地，因此對家康滿懷感激之情。

武將派因憎惡三成，轉而依賴家康，心想借家康之力打倒三成後再盡力維持秀賴與家康之間的關係。

兩派對立在秀吉死後浮上檯面，錯綜複雜的人性百態、權勢關係糾葛著每個人的野心、利害關係與愛恨情仇，宛如在一股巨大的漩渦中翻攪。接著，日本全國大部分的武士分成家康派（日後的東軍）、三成派、反家康派（日後的西軍），各自賭上自身、家庭、家族的命運對戰。

秀吉在世時，家康對豐臣家臣團中的糾紛表面上保持中立，只對被秀吉疏遠的人廣施恩惠，盡力攏絡人心，而且做到讓秀吉毫不起疑。

秀吉死後，家康迅速打破秀吉遺令。其內容、順序多由本多正信、井伊直政策畫。會如此安排是因為康政當時為輔佐家康三男秀忠回到江戶，而忠勝原來就不精於謀略。

家康突如其來的轉變，其違約的速度快得連三成也招架不住。秀吉生前聽從三成建議組織五大老，如今五大老之一的家康卻辜負了當時立下的誓約。

首先，家康打破諸大名間聯姻需經過五大老、五奉行同意的規範。

家康毀約，震撼三成與豐臣政權，同時也趁機分清敵我。違背太閤遺令，是家康謀反的前兆，對反家康派而言不可饒恕。

慶長三年，在雪花飄飄的歲末，直政前往拜訪位於伏見城附近的忠勝宅邸。

兩人對坐把小小的暖手爐放在中間，直政才剛坐下就急著開口講話。

「好，別急。直政大人，我倆慢慢聊吧！」

面對急著開口說話的直政，忠勝笑著插話。雖然論領地直政高出二萬石，但忠勝是德川家譜代大臣且長直政十三歲。二人獨處時，忠勝仍然是前輩。直政對忠勝依舊十分敬重。

不久，僕役端上溫熱的酒。

許久未對飲的兩人，黃湯下肚心情也放鬆起來。直政開始批評三成。

「主公讓秀賴大人三分是顧慮太閣大人對德川家的情分，而三成小賊卻以秀賴大人為盾牌，拿著雞毛當令箭。主公在小牧・長久手之戰大破太閣大人的軍隊，太閣大人亡故，接掌天下的第一順位自然是主公。主公論閱歷、軍事謀略、領地多寡都高出諸侯一大截。三成早晚會謀奪天下，不可能安於做豐臣家的臣子。想必其手段會跟太閣大人一樣，當初信長公死後，太閣迫害信長公長孫三法師君又誅殺柴田大人，逼三男信孝公自殺後，征討次男信雄公。三成一定想仗著秀賴大人之名殺死主公，再依序誅殺豐臣家的大臣，最後統領天下。」

忠勝回答：「沒錯。太閣大人的人望與智謀過人，但三成可沒這份器量。主公的仁德、智慧遠在三成之上啊！」

忠勝接著說：「之前到方廣寺大佛殿參拜，我與主公和三成等人同行，不知怎地三成手中的手杖落地，一旁的主公撿起還給他。三成未答謝就默默收下手杖，我氣不過他妄自尊大的態度，趁主公轉過身時，把三成手裡的手杖敲落。三成瞪著我，我才回瞪一眼他就撇開視線了。」

兩人相視而笑，這次換直政接著說：「真是痛快！三成不只對主公抱著自大的態度，對細川大人、池田大人、加藤大人、黑田大人、福島大人也一樣。三成人望不佳，即便有太閣之恩、仗秀賴大人之勢也無法填補其不足，豐臣家武將派勢必背離三成。不過話雖如此，說到人望在下似乎沒有對別人說三道四的餘地。」

直政帶著自嘲的口吻笑出聲來。直政只有在亡故的忠次與眼前的忠勝面前，才會展露坦率的一面。

忠次已不在人世，能信賴的只剩下忠勝一人了。

直政以前曾經收到舊武田家臣的書信諫言。信裡寫著應該學習的良將楷模正是忠勝。直政曾經為此產生反感，但漸漸也了解自己遠不及忠勝的事實。政治上的謀略，自己確實比忠勝高明許多，但以武將的器量而言，忠勝則是遠遠勝過自己。

直政尤其敬佩忠勝總是能夠在關鍵時刻為家康豁出性命而戰。自己雖有犧牲性命的覺悟，但問題在於如何判斷「關鍵時刻」。魯莽犧牲只是匹夫之勇，豁出性命的時間點若有誤，便是不忠。

小牧・長久手一役，秀吉軍驚懼勇猛作戰的直政，稱其為「赤鬼井伊」，直政一時轟動敵我兩軍。然而，直政深知自己的作戰方式總是身先士卒，制服敵方大將並將其斬首，只是因為自己身為武士的熱血沸騰、激昂的鬥志無法控制而已。雖心有不甘但也不得不承認，忠勝具備判斷「關鍵時刻」的能力，但自己沒有。

直政終生都維持身先士卒的戰法，但忠勝卻能在先鋒、中軍、殿軍、游擊軍變化萬千地馳騁沙場，讓直政不得不甘拜下風。

如今，忠勝成為日本數一數二的武將。就連信長、秀吉、家康都對其器量讚譽有加，直政打從心底認為，對忠勝的評價真是名符其實。

感性的直政一想到能與所向披靡的忠勝促膝飲酒感到十分幸福，不禁熱淚盈眶望向天井。

這幾年，尤其在忠次死後，忠勝也感覺到直政這份盛情，內心感動不已。

忠勝為直政斟酒，頓了頓才問道：

「我們這些話要是被三成聽到，不知他做何感想？」

「三成一定會說你倆充其量只是德川公的家臣，我可是今後將一統天下之人！」

「是啊！自認能一統天下之人，卻無法團結豐臣家的武將，真是器量狹小啊！」

忠勝與直政既惋惜又慶幸三成的器量狹小。

家康本非太閤的好友亦非臣子，而是太閤之主信長的同盟者。就實力來說，太閤亡故後，勘任統一天下之位的正是家康。然而，問題出在還有秀賴，如果打倒秀賴，家康反倒會成為謀反者。

「主公斷不會想滅了秀賴。」

這是忠勝的看法。若秀賴認同內府政權，家康應該會把秀賴當作太閤遺孤、高貴的象徵，也就是宛若第二天皇家一般。若是如此，武將派也能夠接受。忠勝考量家康萬事謹慎的性格，提出自己的判斷。

直政接著說：「只是，淀殿仍對下令諸侯及主公寫下誓詞的亡君有情分在，而且還有血統關係支撐。」

淀殿是信長姪女又是淺井長政之女、秀吉的側室、秀賴的生母，這些都是淀殿引以為傲的身分。當然，她也想讓親生兒子秀賴繼承天下。談到這裡，直政不禁開口道：「最後究竟會如何呢？」

忠勝認為只能擊碎秀賴的政權與淀殿的夢想，而直政也認為這是無可避免的，但二人卻都沒有說出口。

慶長四年（一五九九年）正月十日，依照秀吉遺令，秀賴與守護大臣前田利家一起從伏見城移至大坂城，家康與諸大名也一同隨行。

正月十九日，反家康派開始行動。利家等四大老與三成等五奉行以違反誓詞為由，質詢身在大坂城的家康。話雖如此，質詢人卻是中老生駒一正、豐光寺的高僧承兌。也就是說，四大老、五奉行都不在場，這些人都怕惹禍上身不敢到場。

家康以「那只是我一時不察」、「我以為媒人今井宗薰（茶師、豪商）已經通知過了」為由來辯解。生駒暗示大老、奉行等大臣希望家康自行辭退五大老之職時，家康臉色一變：「我若辭退輔佐秀賴大人之職，更是有違太閤殿下遺令！」

家康反將生駒一軍。這不僅讓生駒回不了話，還得低頭讓家康消氣。

同日午後，家康離開大坂城，前往處理政務的伏見城。

石田三成準備趁家康回程偷襲。三成已經下定決心，無論生駒與家康談得如何都要拿下家康首級。去年，三成在太閣逝世隔天就查覺家康欲違背遺令，故警告家康。然而，家康卻視若無睹。能拿下家康的機會並不多，三成無論如何都想代替亡故的太閣斬殺逆賊家康。

三成召集老練的精兵約八十名左右，命蒲生鄉舍暗殺家康。鄉舍乃曾經侍奉蒲生氏鄉的勇將。

蒲生計畫夜襲家康留宿之地。

不知情的家康在回伏見城途中與三十幾名護衛留宿有馬則賴（別名法印）的宅邸。家康與有馬則賴、本多正信等人一同用餐、欣賞舞蹈，席間歡快暢談。

本多忠勝與井伊直政皆未參與酒席，直政此時尚在大坂城。

忠勝獨自一人在有馬宅邸正門前護衛。蒲生的夜襲軍派出二名探子，遠遠觀察宅邸狀況。宅邸前的篝火映照著忠勝，他護衛宅邸的姿態映入二人眼簾。這位頭戴鹿角頭盔、配戴黑色甲冑與長槍的武士，依照之前其他探子的消息來看應該是忠勝。他是鄉舍最懼怕的武士，身邊還有二位武士隨侍在側。

本多忠勝為提防夜襲而戒備。光是忠勝在場，二人就感覺到夜襲有困難。不僅如此，自己也會身陷險境。二人甚至疑心夜襲計畫已經為敵軍所知，我軍行動反被掌控。雖然夜襲軍早就準備好趁家康睡夢中放火突襲，就算忠勝在場也能拿下家康首級，但現在忠勝已經身著鎧甲備戰。光是要打倒全副武裝的忠勝就需要花不少功夫。

夜晚的寒氣中，忠勝吐出的氣息飄浮在月光中，在二人看來，那簡直就像是忠勝的殺氣。

不久，一陣馬蹄聲接近。

約二十名的騎兵隊抵達有馬宅邸門前。其中，十名左右的武士全副武裝。馬匹劇烈喘息，其中一人頭戴紅色頭盔，頭盔上聳立一對金色金屬角裝飾，身著赤紅色甲冑。二位探子不禁倒抽一口氣，面面相覷。那人是井伊直政！

忠勝大聲說：「等你好久了！」直政答道：「我來了！」兩人交談一會，身影便消失在宅邸中。

二位探子一見到忠勝、直政都全副武裝，而且除二人之外，還有五十名護衛，立刻判斷夜襲無法執行。探子為告知蒲生鄉舍必須中止夜襲而離開現場。

直政在家康一行人離開後，隔了半天才離開大坂城。待完全掌握豐臣五奉行的動向，才策馬追上家康。

直政以增田長盛提供的訊息為基礎，向家康報告大坂城的動靜。

「聽聞生駒大人與主公的對話，大坂諸侯皆非常氣憤，前田、宇喜多、毛利等人都慷慨激昂地打算彈劾主公。唯有三成格外冷靜，在下推測三成已經秘密派兵要前來殺害主公。三成很有可能幹出這種事。主公，在有馬大人的宅邸不便迎敵，請盡快前往德川館！」

聽直政這麼說，家康也不禁大驚，立刻決定離開有馬宅邸。迅速整裝來到門口，便見全副武裝的忠勝已經等在那裏。

「太好了！忠勝，原來你在這！」

家康臉上浮現安心的表情。

蒲生鄉舍聽探子報告後，仍然不肯放棄這次出擊的機會。靠近有馬宅邸附近時，只見家康一行人揚起塵土離去的身影。先鋒是井伊直政、中央是家康，由忠勝殿後。另外尚有有馬則賴等家臣合計約七十人護衛，以防敵軍來襲。隊伍排列得天衣無縫，若失手恐怕三成難保項上人頭，鄉舍只好目送家康離開。

家康、直政、忠勝等一行人未進入前田玄以掌管的伏見城，而是依照直政建議，直接進入伏見的德川館。德川館四面有寬三公尺左右的壕溝，還有德川家的親信約五百名護衛。

翌日，家康召集直政、忠勝、本多正信、黑田長政、細川忠興、藤堂高虎一起商討對付三成等人之策。

方法之一，就是緊急集結江戶的德川軍。

當時，榊元康政在領地上野國館林與家臣商討如何興建城腳下的聚落、振興農業等案，討論完便將後續事宜交給家臣，自己進入江戶城與秀忠一起整備江戶城，防範東國地區的侵襲。

家康雖擁有優勢軍隊，但軍隊都集中在江戶與關東六國周邊，雖然能動員三萬人，但京都、大坂的直屬軍頂多只有三千多人。唯一能依靠的是擁有東海道地區領土的豐臣武將派大名。因此，家康希望能避開在上方地區[3]開戰。

康政十分了解家康的顧慮。於是將軍隊分成數百至數千人的規模，依序從江戶出發，自己則先率五百人前進。即使相隔兩地，康政仍然心懸家康安危。

伏見的德川館則由井伊直政、本多忠勝・忠政父子、平岩親吉、服部半藏、渡邊半藏等德川譜代大臣與其家臣，再加上親德川大名福島正則、池田輝政、家藤清正、淺野長幸、細川忠興、黑田長政、真田信幸（日後的信之）等人輪流戒備。

另一方面，反家康派集結於前田利家宅邸。

康政順東海道而下，急急趕往伏見。途中，在留宿的地方遇上直政派往江戶的使者，康政因而得知上方地區與德川館的情形。

正月二十五日，康政抵達近江的瀨田，得知家康平安無事且有諸侯護衛，這才安心。直政派使者傳話給家康：「得知主公平安無事，欣喜至極。康政於瀨田略施計謀再前往伏見！」

瀨田地處中山道與東海道交會點附近，因此人潮特別多。

康政假傳秀賴公的命令，於瀨田、矢橋設新的關口，擋下欲前往大坂的旅人。攔下旅人後，康政再派手下到京都、大坂一帶散播謠言：「德川秀忠軍兩萬人從江戶等地集結而來。」使得京都、大坂人心惶惶。這一、二日被攔在假關口的旅人數量漸增。

③指京都、大坂地區。

第三天，康政開放關口。苦等許久的數千名旅客，宛如大江入海般地往大津、山科、醍醐、京都、伏見前進，使得反家康派以為這是德川秀忠的軍隊。至今未曾出現如此大量的人潮從瀨田方向前來，而康政就率領著五百名士兵混在這批人潮中趕赴伏見。

康政策馬位於中軍，壓低頭盔立起軍旗，名槍青竹切由隨從保管，一行人急赴伏見。軍旗設計為黑底配上金色太陽，下方織有「無」字，意味著置生死於度外、光榮出征的生存之道。康政一行人一邊前進一邊喊道：「兩萬德川軍，奔往伏見！」旅人以及途中的路人見狀大驚，紛紛帶著「兩萬德川軍」的傳言進入京坂地區。

三成終究沒能襲擊在伏見德川館裡的家康。

康政抵達後，守在德川館裡的忠勝、直政等人出館相迎。

家康讚許道：「康政即便是從江戶前來的路上，也能以謀略箝制三成啊！」

# 第三十一章　直江狀

前田利家一心想遵行秀吉遺令。利家是武將派巨頭之一，雖與三成交惡但也屬反家康派勢力。

利家依照細川忠興等人的要求，於正月二十九日拖著病體前往伏見德川館與家康會面。家康令直政以最高規格的待遇，盡善盡美地款待這位老英雄。

二人會面過程十分平和，武將派之人無不放下心中大石。

三月初，家康為了回禮，帶著直政、忠勝、康政拜訪利家位於大坂的宅邸。一行人沿淀川而下，家康離開渡船口改乘轎，直政、忠勝、康政及武將派七人則徒步戒備。

利家的病情更加惡化，對家康道：「這是在下告別此生的遺言。在下死後，長男利長就拜託大人了！」

家康眼泛淚光：「您要堅強啊！一定不久就能康復，在下還盼著吃您的拿手料理。」

家康就是這樣一名男子。他有足智多謀、剛毅、守禮、充滿人情味的一面，而且還能依照場合展現不同的面貌。

一個月後，慶長四年閏三月三日利家逝世，享年六十二歲。

如此一來，能正面與家康對抗的人物就此消失。利家的死也意味著，維持武將派與文治派平衡的重要人物殞落。

利家逝世當晚，武將派七將認為機不可失。加藤清正、福島正則、黑田長政、池田輝政、細川忠興、加藤嘉明、淺野幸長計畫取三成首級。

被逼入絕境的三成先逃往宇喜多秀家宅邸，隨後又逃進家康宅邸。三成認為家康不會把自己交給武將派七將，才決定孤注一擲。

直政、忠勝、康政向家康進言，應該把三成交給七將。

「除掉三成，之後便不必再擔心。」

然而，謀臣本多正信卻持不同意見。

「若將三成交給七將，七將屆時恃權而驕，必不會臣服於主公之下。放三成一條生路，七將為殺三成，勢必與主公交好。」

家康頷首。此案是經過家康與正信深思熟慮的結果，忠勝等人也認同並接受。

閏三月七日，家康令次男結城秀康護衛三成回到居城佐和山城，命三成辭退五奉行的職位隱居。

三成離開後，政權任家康操縱。家康在利家死後不久，在中老堀尾帶刀的幫助下拿到伏見城鑰匙，也因此得以入城，接著又進入大坂城的西之丸。所有的行動都是由直政與正信策畫。

家康與毛利輝元互相交換誓詞，約定好今後互不干涉。四月，島津義弘也宣示對家康絕無二心。

十二月，原本打算以謀反為名征討前田利長，但利長已對家康宣誓效忠。家康的政治策略奏效，大大削弱佐和山的三成勢力。

慶長五年（一六〇〇年）四月，家康發函給去年八月回到會津的上杉景勝，由僧侶承兌撰寫「君意圖謀反，速上京辯明」之書信，差人交給景勝的家臣直江兼續。景勝乃領有會津一百二十萬石領地的有力大名。兼續雖是陪臣，也是領有米澤三十萬石俸祿的智勇之人。

不久，兼續便針對家康要求景勝上京一事，提出辯駁的書信。後世稱此信為「直江狀」，內容犀利而且充滿挑釁的字眼。

家康讀完這長篇的辯駁書信，為了擬定對策，便差人抄寫幾份，讓直政、忠勝、康政一起閱讀。

家康發給直江兼續的文章中寫道：「景勝，即刻上京謝罪！加賀的前田利家亦曾如此。」而將直江狀中回覆：「若有疑義，我方不惜一戰！」書信中的文字氣勢萬鈞。

直政、忠勝、康政三人面見家康。直政乃一巨漢，五官端正充滿戰心。除了因為身型壯碩，眉毛像是要跳離臉頰這點，實屬相貌堂堂。忠勝精悍勇猛，全身筋骨宛如石塊一般結實，任誰看來都是一名勇將。康政與二人相比則較纖細，眼神清靈卻蘊藏著武將之勇。負責經手上杉書信的榊元康政率先發難。此時，本多正信不在場。

康政推斷「直江狀」是偽造的書信。他認為文章過於冗長且不理性。

「若只是要傳達上杉的決心，應該會讓承兄寫下『不須多做解釋。上杉之義，天下皆知。吾等在戰場上相會！』即可結束。」

精於書寫文章的康政如此分析。

直政也有同感。

「主公讓承兄所寫書信，簽署日期是四月一日，兼續於十三日才收到信件。然而，兼續答辯書信上所簽署的日期卻是十四日，也就是收到書信翌日。答辯文章如此冗長，且針對承兄所書內容一字一句反駁。直政若要寫這樣的答辯文章，必先與主公、諸位商討，經過數度修改至少需要兩天時間。這可是攸關會津一百二十萬石領地的命運以及武士、百姓性命的大事。兼續斷不會如此草率！」

「若是在下書寫，定會放低姿態回覆一個符合對方期待的內容讓對方大意，再趁上京謝罪爭取時間做足準備，視時機發出挑釁對方的回信。」康政如是說。

「莫非，上杉已做好準備？」直政問道。

家康不插嘴，讓三人自由表示意見。忠勝接著說道：

「上杉還沒有能夠動員軍隊上京的實力。為抵禦國境，準備時間多多益善，故上杉不可能做好準備。再說，只要一戰便能分出勝負，他卻還寫出這種空有氣勢毫無內涵又思慮不周的文章。淨寫一些不言自明的東西！」

日後便可證實忠勝所言不虛。因三成舉兵，上杉與最上、伊達交戰，莫說上方地區，上杉連江戶地區都無法進入。

「若此為偽造書信，那會是由誰下筆？」直政問道。

康政回答：「佐和山的石田三成。」

康政推測家康令承兄所寫書信由親近承兄的增田長盛抄寫一份交給三成。書信送達所需時間，佐和山比會津快許多，偽造一份書信綽綽有餘。這封信的目的就是要激怒家康，使家康征討會津，趁德川軍勢力、親德川武將派離開上方地區，動員西國諸國舉兵乘虛而入。

「那這封偽造信件要如何處理？」忠勝問。

直政答：「照這封偽造書信的意思出兵，當做什麼都不知道舉兵往會津出發，然後再等三成出兵，如何？」

忠勝、康政也點頭，三人一同望向家康。家康則滿意地回望三人。

家康另與本多正信單獨商討三人提案，最後決定征討上杉。然而，家康的做法傳入忠勝、康政、直政耳裡。三人皆感不快，認為明明一開始就能讓正信同席討論，但家康心知正信與三人個性不合，若湊在一起討論恐怕難以保持理性才會出此下策。

兼續真正的回信隔一天才送抵家康手邊。果真如康政所料，兼續為爭取時間，信中寫著『在下必定上京，請您稍候。』言辭謙卑，但家康陣營仍無視兼續送來的信函。

六月六日，家康於大坂城西之丸召集諸大名，公布兼續回覆的「直江狀」概要，大肆非議上杉，要求「整備城池、雇用浪人武士」並告知征討軍已經出發，依照三人擬定的方案編制討伐上杉的將領、訂定進軍路線。

這批征討軍充其量只是受豐臣秀賴大人的命令，由大老家康討伐反叛豐臣政權的上杉軍而已。

家康拜謁秀賴。已與秀忠之女千姬締結婚約的秀賴對家康道：「爺爺，您辛苦了！」慰勞家康辛勞，還贈寶刀、茶器、黃金二萬兩、米二萬石。因為獲贈這些寶物，更加鞏固家康代理秀賴的地位。

接著，家康便率三千軍從大坂城出兵，於六月十六日進入伏見城。

# 第三十二章　永別鳥居元忠

家康出發後，三成勢必立刻舉兵。如此一來，伏見城則孤立於敵陣之中，城兵絕對無法生還。

鳥居元忠擔任伏見城守城將領，副將為內藤家長、松平家忠、松平近正等三將。

在大坂城召開軍事會議時，家康待諸將退下後開始商討如何防守伏見城。忠勝、康政、直政以及伏見城四位將領、內藤家長之子元長皆列席此會議。

家康言道：「這次戰鬥您會格外辛苦啊！」並表示希望多配置一些兵力。目前留在伏見城裡的士兵僅一千八百名。

鳥居元忠回答道：「萬萬不可浪費人力。一旦戰情有變，將由在下堅守本城，五左衛門（松平近正）守外城牆，有五百名士兵便足夠了。即便配置五倍的兵力，城池被攻陷也只有一死。將人力撥到征討上杉軍更為重要，請讓家長、家忠加入征討軍。此外，請主公務必戰勝景勝與三成！」

家康答不上話，氣氛一陣尷尬。

「恕在下僭越。」康政說出自己的想法。

「鳥居大人，您的用心主公與諸位都明白。同為一君之臣，諸位皆為您感到榮耀。只是，諸位的戰功還需要您來守護。請鳥居大人務必體察主公心思！」

鳥居這才意會康政言下之意，雙手貼於木製地板上說道：

「是在下思慮不周。主公，請恕我無禮之罪！」

元忠認為既然難逃一死，犧牲的人越少越好。如此，才有更多人能為家康立功。然而，守城兵過少反而容易被三成洞悉家康的策略，甚至可能選擇不出兵。抑或者城池輕易地被攻陷，守城軍全軍覆沒，反而使得三成軍士氣高昂。因此，家康才會認為必須任命四位死士為將，並配置一千八百名的士兵。

六十二歲的元忠乃鳥居忠吉的三男，也是從困苦的今川時代到大小戰役都陪伴著家康的股肱大臣。元忠於三方原及諏訪原之戰時負傷，至今仍有一腿不良於行，擁有下總國矢作領地四萬石。

五十五歲的內藤家長在一向宗暴動時立功，乃下總國佐貫城主，領地二萬石。同任守備職務的次男元長，此時才十六歲。

松平家忠與武田對戰有功，文武兼備，留有戰國武將中少見的《家忠日記》。家忠任武藏國忍城主，領地一萬石，年屆四十六。松平近正則有上野國群馬郡三藏領地五千五百石，年屆五十四。

每一位都是忠勇無雙的沙場老將。

軍事會議後，家康一行人與守城將領在大廳舉辦宴席。

內藤家長表示：「元長乃一介晚輩，沒有資格與戰功赫赫的前輩同席。」

「這是什麼話！勇者豈有年齡之差？」康政語畢，召元長入內。在場眾人均驚訝地眨了眨眼。

在家康與驍勇善戰的將領同席，面色紅潤的少年將士元長道：「在下倍感光榮。」元長向諸位打過招呼後添列末座。

端上酒菜開始宴席時，有人開始跳起舞來。榊原康政乃擊鼓名手，一開始忠勝說了句「獻醜了！」便伴隨著康政的鼓聲起舞，接著井伊直政也跳了一段。二人雖不精於舞蹈，但宴席卻也因二人的舞蹈熱鬧起來。

最後，連家康也罕見地跳了一段舞。

過去，信長的舞蹈以華麗著稱，秀吉則是靈巧而妙趣橫生。今日，家康亦豪邁地舞上一曲。

鳥居元忠與在場眾臣目不轉睛地欣賞這些舞蹈。這是家康與直政、忠勝、康政等人的一點心意。家康舞完一曲後，元忠稱謝道：「許久未見主公與諸位的舞蹈了。在下又多了一份美好的回憶。」

元忠與家康皆已鬢髮斑白。侍奉尚為今川家人質的家康時，元忠十三歲，家康十一歲。往昔已遠，時光彷彿一眨眼就流逝而去。二人笑談過往的苦難與戰事，其他人則靜靜聆聽。

夜已深，元忠行禮告辭。

「在下決不忘懷今日惜別之宴以及主公長久以來的恩情。直政大人、忠勝大人、康政大人，主公就拜託各位了！」

家康頷首，忠勝則答：「在下僅諾大人所言！」

元忠欲起身，卻因久坐負傷的腿無法使力，康政等人立刻伸手攙扶。

「沒事，不必勞煩康政大人。」元忠笑著與副將一行人退下。

康政送元忠一行人至走廊才回到大廳。康政、直政、忠勝欲向家康告辭，正要叩首時望向家康，家康頭也不抬地揮揮手道：「下去吧！」三人知曉家康心思，叩首行禮後便默默退下。

# 第三十三章　縱虎歸山

六月十八日，征討上杉的軍隊從伏見城出發。家康在大津受京極高次設宴款待，仍在當天抵達石部。午後五時許，五奉行的其中一人，水口城主長束正家帶著長男來預祝家康旗開得勝，並贈予兩百支火槍。二人與家康一行人共進晚餐，並告知：「明日早晨八時許，請於水口用早膳。」二人於晚間八時許告辭回城。

直政向家康進言：「這可能是長束與三成的陰謀，明日早晨恐怕不是用膳而是接槍彈。」

忠勝、康政皆持相同意見。

長束回城一小時後，三人僅率五百名兵力護衛家康離開石部。然而，一行人並非朝東海道的水口驛站前進，而是前往下一個土山驛站。忠勝領頭前進，直政、康政跟在家康左右。

深夜，經過水口城下之前，火槍頭領服部半藏與五十名火槍兵都將火繩點上火備戰，以防突如其來的攻擊。

若能渡過野洲川的河灘就能稍稍安心。忠勝找到一處士兵與馬匹可徒步穿越的淺灘，便騎著馬在河灘上指揮一行人渡河。火槍的射程約一百公尺，忠勝在射程範圍內配置兵力，以防敵軍進入，再三確保家康能安然渡河。接著下令讓揹著行李的人和馬匹先行渡河，騎馬隊於原地待命。

家康於河灘前下轎，只著輕便盔甲，外頭罩上不起眼的陣羽織換乘馬匹。忠勝令原地待命的七十名騎兵組成圓陣，中央是家康，再由乘馬的康政、直政、渡邊半藏等人團團圍住以利護衛。

身著鎧甲的忠勝，令騎兵間隔五公尺盡量橫向展開。河灘寬約二百公尺，圓陣中央是家康，忠勝在圓陣前三十公尺率軍前進。

夜裡，從遠處無法辨別家康的位置。

進入河灘後，忠勝一聲號令，全軍齊喊「喝、嚇！喝、嚇！」一邊濺起大量水花，騎馬隊、徒步士兵接連渡河。此時應該要出聲還是靜靜渡河，都靠忠勝判斷。

忠勝考量若敵人近在咫尺，靠喊聲讓敵人退卻趁隙渡河方為上策。

幸好，對岸並未飛來任何一顆子彈。平安渡過河灘後，家康仍不乘轎，而是騎馬盡快穿過水口村落。每位將士都由衷敬佩忠勝高明的安排。

此時，長束正家尚在水口城中安睡。為準備家康的早膳而起床時，家康的後繼部隊二千五百人早在兩小時前就經過水口城下。迎接家康的使者左等右盼都不見德川軍前來，長束才得知德川軍前行的消息。

長束這才明白自己不被信任。

長束感到一陣寒意襲來。其實，三成的確下令殺死家康，只是長束認為不可能輕易地拿下家康，才放棄這千載難逢的機會。

三成的家臣，猛將島左近得知家康已離開水口城，隨即另立襲擊家康之計並請示三成。三成回覆已經交代長束正家，不必擔心。然左近以長束不可信任為由說服三成，編制突襲隊千人朝水口出發，不料為時已晚，家康一行人、德川軍早已遠離水口。左近懊悔不已地說：「這下真是縱虎歸山了！」

之後，家康沿途接受擁有東海道領土的豐臣諸將款待，緩緩東行。之所以不趕路，一方面是等待諸侯集結兵力，另一方面則是等待三成舉兵的消息。然而，思慮縝密的三成並未在德川軍還來得及回頭救援伏見城時舉兵。

七月二日，家康抵達根據地江戶。

朝東行的途中，以豐臣大名為主的士兵加入，隊伍人數漸增至五萬五千八百名。

七月七日，家康於江戶城二之丸宴請諸將，告知征討上杉的軍隊出發，並訂定軍隊編制與軍法十五條。

征討軍先鋒為榊原康政，於七月十三日出發。接著，前軍將領德川秀忠隊於十九日出發，後軍總將領家康於二十一日啟程離開江戶，總兵力約六萬九千三百人。家康等三人雖前往會津，卻心繫上方戰事。

石田三成於佐和山商討如何打倒家康。三成認為「直江狀」已有效激怒家康，導致家康征討上杉，而家康則刻意如三成所願前進會津。

在此之前，三成也於六月份收到五大老家康送來征討上杉之軍令。三成回覆：「在下雖欲同行，有礙於已是隱居之身，遂派長男重家前往。」家康也回覆：「如此甚好。」雙方相互欺瞞爾虞我詐。

越前國敦賀城主領地五萬石的大谷刑部少輔吉繼，與三成是在秀吉身邊擔任隨從時就認識的朋友，理應與重家同道。然而，大谷因與家康交好，於是打算加入征討上杉的軍隊。

七月二日，三成召大谷入佐和山城，表明：「為秀賴大人著想，我欲討伐家康。」大谷諫言：「其實，我打算介入斡旋德川、上杉兩家，這才是為豐臣家、德川家著想啊！」三成卻未因此改變心意。大谷無法背棄多年好友，決心與三成共進退。在關原大戰之中，因友情而支持三成的只有大谷吉繼一人。

其後，十八歲的重家以豐臣人質的身分進入大坂城，戰後在奧平信昌奏請赦免之下獲救，最後在妙心寺出家為僧得以長命善終。

三成與吉繼研擬戰略。

二人計畫任毛利輝元為總將領，再捉拿征討會津的諸將妻兒為人質。令歧阜城主織田秀信（別號三法師，信長的長孫）擔任秀賴監護人。發檄文予諸侯，連連舉證家康惡行，聲明此戰是為護秀賴而討伐家康、為報太閤之恩而舉兵，並約定盡忠參軍之人將獲封地獎賞。

對三成而言，人質策略就是錯誤的第一步。俘虜人質在戰爭中已是常態，三成盤算著只要將討伐軍諸將領的妻兒擄至大坂城，諸將領自然會與自己交好。

加入征討軍的細川越中守忠興，其夫人迦羅奢因拒絕成為人質而自盡。迦羅奢知曉夫君與三成不合，若自己成為人質想必夫君無法盡全力與三成對戰，寫下遺書給忠興以及兒子與一郎（日後的忠隆）後自盡身亡。此時，迦羅奢才三十八歲。

因為迦羅奢的死，擄敵將妻兒的計畫橫生變數。三成修正人質作戰計畫，有幾人因此趁隙逃脫。

三成以豐臣政權的三位奉行——前田以玄、增田長盛、長束正家之名於七月十七日寫下《內府罪狀數則》（內容為內府犯下的錯誤以及惡行十三則），並與檄文一同發給諸侯。檄文內容如下：

「今內府征討景勝不僅有違誓詞，更有違太閣大人遺令，內府乃背棄秀賴大人而出征。我等商議後，認為只能訴諸武力。內府罪狀另書一紙，若您尚未忘太閣大人之恩，請恪守對秀賴大人之忠孝義節。」

五奉行剩下淺野長政一人，也已選擇加入家康。這封書信發出時，征討上杉軍本來是「上杉景勝」對抗「親家康派、豐臣武將派、秀賴政權擁護派」，後來轉變成「西軍的上杉景勝、親三成派、擁護秀賴政權派」對上「東軍的親家康派、豐臣武將派」。

然而，三成並不知道有多少盟軍值得信任，家康亦無法完全信賴豐臣武將派。

三成雖師出有名，但也只是擁護八歲的秀賴政權而已，其實基礎非常薄弱。

回應三成發出的檄文，近畿、中國、九州地區的諸將紛紛集結至大坂。西軍總將領為毛利輝元，副將為宇喜多秀家。其他尚有小早川秀秋、毛利秀元、吉川廣家、島津義弘、小西行長、安國寺惠瓊、長宗我部盛親、立花宗茂等武將，總兵力達九萬五千人。其中，有部分是因為地理位置而不得不參戰。

西軍在軍事會議中決定作戰方法。

簡而言之，西軍預料家康在準備好對付上杉的兵力後會往西進，因此選擇不在大坂迎敵，而是由宇喜多秀家、石田三成等人任先鋒進攻美濃、尾張，再與上杉攜手剿滅家康。在此之前，宇喜多秀家、毛利秀元等人須先征討伊勢地區的東軍，之後再轉往美濃、尾張，而北陸地區則由大谷吉繼鎮壓。另外，總將領毛利輝元與增田長盛於大坂守護秀賴，待家康來襲便領全軍一決雌雄。

第三十四章　小山評議

西軍逼近東軍鳥居元忠守護的伏見城、細川幽齋（藤孝）位於丹後的田邊城、京極高次的大津城、富田信高位於伊勢的安濃津城。

宇喜多秀家、小早川秀秋、島津義弘、毛利秀元的軍隊四萬人於慶長五年七月十九日進攻伏見城。

小早川秀秋曾經與家康交好，因此向鳥居提出欲一同死守伏見城。然而，卻因鳥居疑心而遭拒，秀秋只好加入攻城軍，並派使者告知家康。鳥居也派密使到江戶通知家康：「三成舉兵，四面楚歌。」

薩摩的島津義弘也曾受家康之託守護伏見城，告知鳥居欲進城相助，但鳥居仍懷疑島津而不肯放行，島津不得已也只好加入攻城軍。鳥居一心想助家康取天下，以德川譜代大臣的身分光榮一戰，死後名留青史。

鳥居等人奮戰不懈，使攻城軍手足無措。

最後拿下伏見城是靠西軍擄走守城軍甲賀眾的妻兒，飛箭傳書要脅——**不助我軍，便將妻兒處刑。若助我軍，妻兒得生並另有賞賜。**——此計奏效，甲賀眾四十人在城內放火引攻城軍入城。城門、城牆被毀，守城將領一一戰死，十六歲的內藤元長奮力一戰後葬身火窟。

元忠雖數度擊退敵軍，最後還是自刃身亡。

西軍於八月一日結束攻城戰。守城兵一千八百人幾乎全數戰死，攻城軍則死傷三千人。西軍雖勝，戰果卻不甚甜美。

伏見城捨身戰死的鳥居元忠與守城將領的遺孤，皆因此功分別獲得一萬石的領地。

稍早，家康於七月二十四日在下野國（今栃木縣）的小山，收到鳥居元忠的密使來報「三成舉兵」。接獲通知的直政、忠勝、康政皆紛紛為元忠祝禱。

家康接獲密報，旋即於二十五日召集諸將討論戰略。當夜，驛站裡集結了結城秀康（家康次男）、松平忠吉（家康四男，也是直政的女婿）、直政、忠勝、康政、本多正信、大久保忠鄰等人。

本多正信率先開口：

「受過豐臣恩惠的大名，其心向背搖擺不定。妻兒在大坂為人質，應有不少人因此徬徨猶豫。膽小鼠輩隨時都可能背叛我軍，無法全心參戰。在下認為應該讓客將自由選擇回國與否，留下德川譜代臣子守住箱根天險，等敵人來襲再戰！」

然而，直政反對此案。

「豈有此理！此乃德川家一統天下之戰，應該要盡快一揮旌旗回京對戰，取下三成首級才是！」

康政也持反對意見。

「直政大人所言甚是。軍隊中的豐臣家大名多有憎惡三成者，不必提出這種令人不安的方案。守株待兔等待敵軍，萬萬不能用於此戰！」

忠勝接著說：「若待敵軍來攻，我軍只能防守。不征討上杉而等三成來襲，江戶必受東邊的上杉軍與西邊的三成軍夾擊。貿然讓諸侯自行判斷，只是徒增困惑。萬一豐臣大名之中有人與景勝、三成、佐竹串通，我軍只能依靠伊達、堀、最上等非譜代家臣，戰後發言權也將拱手讓給這些人。戰勝敵人之法十分重要，現在不能讓諸侯動搖，應該立刻轉向西進一舉拿下三成！」

「但……」

正信正要插嘴，康政便立刻出言制止。

「戰事交給吾等安排，正信大人只要專心拉攏盟軍即可！」

言下之意，是要身為官僚的正信閉嘴。

正信正欲發言時，家康出面仲裁。

「我軍的確須暫緩征討上杉，轉攻三成。只是，正信所言也不無道理。如何抓住奮戰至今的豐臣武將之心，才是關鍵。」

正信接著說：

「主公所言甚是。要抓住這些客將之心，需要利用發言有力之士。」

諸將領實在無法立刻認同「利用」他人的手段。

正信刻意無視諸將領神色有異，面無表情地繼續說：

「發言有力之士乃福島正則大人。明日召開會議並邀請福島大人與諸將領出席，方能一舉攏絡客將之心！」

福島正則是秀吉從小培養的武將，乃賤岳七把槍之頭領，以驍勇善戰聞名天下，現為領地二十四萬石的尾張清洲城主。福島與三成是水火不容的死對頭，二人都是性格激進的猛將。因此，在場的將領只好心不甘情不願地同意正信的提案。

二十五日早晨開始舉行著名的小山評議。

會議開始時，家康刻意離席。現場約有八十名左右的將領與會，由本多正信率先開口：

「三成在上方地區反叛，假借秀賴大人之名，擄走諸位的妻兒。想必有不少人已經收到三成密令，內心徬徨不已。內府大人說過『在下能了解武將左右為難的立場，還望各位深思熟慮。若諸位想加入三成，吾等絕不阻攔，請即刻離席。』」

諸將領不禁惶惶難安。自己是跟隨豐臣政權的大老家康，為征討反賊上杉而來到此地，而今卻頓失正義之名。據正信所言，三奉行提出《內府罪狀數則》與檄文，我軍一夕之間成為反賊，且敵軍還握有人質。此時若選錯邊，不僅領國會滅亡，連自身家族都難逃一死。

三成對人質作戰抱著相當高的期望，因此頻頻寄出邀請將領加入西軍的信件。例如三成寫給佐竹義宣的書信裡就提到：「日本各國將領的妻兒皆囚於大坂，諸將領必將加入我軍請您放心。」

然而，實際上並未如三成所料。如前所述，細川迦蘭奢就拒絕成為人質而選擇自殺。正信一說完，福島正則就信誓旦旦地說：「諸位，屈服於妻兒之情豈是武士之道！在下願追隨內府大人，征討三成！」

說到這裡，正則停了一拍，疾呼道：「但是，請內府大人務必宣誓對秀賴大人盡忠！」語畢，直政答道：「理應如此！在下這就去請主公，請諸位稍候。」便離席而去。

諸將領此時皆認為眼下只能追隨家康與三成一戰。正則的發言發揮絕佳的效果，對諸將領而言只剩下對秀賴的忠誠，為保全武士的臉面，也只能如此決定。

直政領著家康來到會議地點。截至目前為止都如計畫進行。

「諸位真是深明大義。」家康懇切地打完招呼後，明快地說道。

「諸位請安心。秀賴大人年幼而無辜，為惡之人乃冒用秀賴大人名義的三成。家康對皇天后土起誓，絕對效忠秀賴大人！」

豐臣家的大名頓時歡呼不止。家康接著說：「太閤殿下在遺書上寫下『吾子秀賴託付於汝』在下銘記於心不敢有一刻忘懷。三成、玄以、正家、長盛才是真正的敵人！」

豐臣家諸將領看著提及太閤遺書的家康，泫然欲泣。

福島正則銘感五內，眼裡充滿血絲大喊道：「內府大人，秀賴大人就拜託您了！」

家康凝視正則，深深地點了頭。

諸將領確定我軍師出有名後，士氣高漲。

其後，康政從摺凳上起身，引起諸將領的注意。

「其實，有件憾事要告訴諸位。」康政刻意賣個關子，才徐徐地告知眾將領細川迦蘭奢夫人自殺身亡的消息。語畢，席間一陣靜默。

康政言道：「為報答夫人用心，剿滅仇敵，請各位務必團結一戰！」

幾天前細川忠興才得知迦蘭奢死去的消息，忠興立刻轉告家康。家康直到會議開始前才告知忠勝、康政、直政等人，三人因此而大為振奮。家康十分了解如何有效利用資訊與掌握時機。

豐臣家諸將領的妻兒也有可能像迦蘭奢一樣犧牲。當這股不安的情緒劃過諸將領心頭時，直政怒目橫眉地大喊：「拿下三成項上人頭，血祭迦蘭奢夫人！」

呼應康政之言，諸將領群起吶喊：「莫讓迦蘭奢夫人白白犧牲！」、「即刻反轉西進！」、「征討三成！」

小山評議的會場中，諸將領熱血沸騰。忠興臉色鐵青，睜大眼睛看著這一幕。

席間，豐臣將領之一的山內一豐告訴家康，願意提供自己在東海道的居城掛川城。其它將領也趁勢表明願意提供自己的城池。家康大喜，忠勝等人則一一與這些將領握手致謝。

家康、德川諸將、諸臣與豐臣諸將在「打倒三成」的口號下團結一致。

壓制上杉一事，交由家康次男結城秀康率二萬軍進行，同時也安排伊達政宗、最上義光、堀秀治牽制上杉。因此，上杉景勝、直江兼續在伊達、最上的夾攻下，未能參戰便接獲西軍在關原大戰中戰敗的消息。

# 第三十五章　反轉西進

東軍兵分兩路西進。其中一軍由秀忠率領，沿中山道[1]前進，另一軍為先鋒軍，由家康率軍沿東海道西進。兩軍預計集結於尾張的福島正則之居城清洲城，但未明訂集合日期。家康從江戶出發時才派使者聯絡中山道軍，這也是中山道軍遲抵關原的原因之一。

中山道軍約三萬八千人，主要以德川譜代家臣為基幹，德川軍為主戰力。總將領為秀忠、副將為榊原康政與大久保忠鄰，由本多正信擔任軍師。

東海道軍約有三萬人，主戰力為豐臣家的大名，總將領為家康。忠勝、直政皆屬此軍。東海道軍又分成先發與後發部隊。先發隊約二萬人，主戰力為福島正則等豐臣家諸大名，福島正則、細川忠興、黑田長政、淺野幸長、池田輝政、中村一忠、堀尾忠氏、田中吉政、加藤嘉明、山內一豐、藤堂高虎等，個個是名震天下的武將。

家康令忠勝與直政擔任先發隊的軍師。

軍師的功能在於激勵將領戰鬥，監督軍隊以免發生違反軍紀之情事。軍師也擁有依軍法處置的權限，視情況需傳達總將領的命令。也就是說，軍師乃監視諸將領的角色。軍師若人望高，士氣也隨之高漲、人人恪守軍紀，諸將領指揮作戰時也會有加分的效果。

因此，這回先發軍的軍師就更顯重要。對方是豐臣家的客將，他們雖然敬畏總將領家

---

①位於現在日本的東京都、琦玉縣、群馬縣、長野縣、歧阜縣、滋賀縣等內陸地區。

康，但也是曾經在秀吉取天下的過程中浴血奮戰，越過屍山血河才能活到今天的出色勇將。擔任此軍的軍師，必須有能力統帥這些剛強勇猛的將領，維持士氣高昂的狀態前進戰場，並督促全軍擊潰敵人。

能擔此重任者，必須是德川家之中武勇、才智、威望皆出類拔萃之人。因此，從四位下的井伊兵部少輔直政（十二萬石大名）與同官階的本多中務大輔忠勝（十萬石大名）雀屏中選。二人在與後發隊的總將領家康會合之前，必須成為家康的耳目，看仔細觀察豐臣家諸大名的動向，適時傳遞家康指令並付諸實行。

小山評議後的翌日早晨，東海道軍先發隊開始依序西進。軍師忠勝與直政二人的直屬士兵共計約三千人。

東海道後發隊家康軍於八月四日從小山出發，於五日進入江戶。

秀忠率領的中山道軍，停留於宇都宮待命一直到征討上杉、佐竹等隊伍安排結束為止，八月二十四日才開始向西行。

東海道軍先發隊從江戶出兵時，直政因為熱病而倒下，隻身在江戶療養，延後四、五日才出發。忠勝等人則先行率兵西進。

先發隊的松平忠吉是直政的女婿。對直政而言，這場戰役不只是家康奪天下的關鍵，也是是忠吉的初戰，當然希望能旗開得勝。

後發的家康隊，在江戶待到八月底，於九月一日西進。直到決戰前一天的九月十四日為止，家康費盡心思拉攏諸將領，寫下一百五十五封信件給八十二位非譜代家臣的諸侯，表示：「若能助我軍，必大大有賞。」其中甚至包含大和的浪人柳生宗嚴[②]以及身份低微領地僅三百石之人。家康步步踏實、謹慎地為成功鋪路。

先發隊朝福島正則的居城清洲城前進。忠勝、直政在行軍途中，熱情歡迎加入東軍之人。前來參軍者大都是收到家康的信件而來。另外，遲遲無法下定決心的人，也都因為家康與三成的信件，各自選擇支持東軍或西軍。

前來參加東軍者，忠勝、直政必定親自會面，慎重表達感謝之意。

忠勝與直政二人日日單獨會議，記錄當天加入者的姓名、各地大名或地方豪族等身分、人數、弓箭、火槍、軍糧數量等資料。若加入者有提供任何資訊，便與前項紀錄一起寫成報告信件以便家康判斷。如此一來，即便家康人在江戶，也能掌控先發隊的進軍速度及各國加入的情形。另外，家康還特別指示二人必須向其他將領告知後續追加給先發隊的軍糧、武器、彈藥等輜重隊預計抵達的時間。

只要家康提供的消息不會造成諸將反動，忠勝、直政都會如實傳達。二人對諸將而言是驍勇善戰且思慮周到、值得信賴的軍師。

東海道先發隊於八月十四日抵達清洲城。此時，先發隊人數已經增加到三萬五千人左右，而家康尚在江戶。忠勝、直政差密使聯絡家康，希望家康出兵。

②別名石舟齋，乃柳生新陰流的兵法始祖。

先發諸隊迫不及待要出兵，焦急地等待家康。每個人都希望能盡快開戰，打倒可恨的三成，立下功勳。況且，妻兒還在三成手裡。

諸將領頻頻詢問家康何時出兵，忠勝、直政只能請大家稍候。

在清洲城等待三日，不耐煩的福島正則於會議上大膽問道：「我等看著敵人就在眼前，卻不得動彈。內府大人難道是想大刀剜心嗎？」

大刀剜心是一種棋術，在這裡指的是棄子。

福島正則深知自己在先發隊，不！應該說是整個東海道軍中的重要性。因此才會在諸將領、忠勝、直政面前大膽直言。忠勝與直政也無法忽視福島之言，直政開口喊：「福島大人！」正要告誡福島注意自身言行時，坐在福島隔壁的池田輝政（池田恒興的次男，北條氏直死後家康次女督姬再嫁予池田輝政）起身，睨視福島大喊：「大膽狂徒！竟敢出此言羞辱內府大人！」

福島也起身對峙。

福島、池田二人皆為東軍泰斗，若二人內鬨，本來能打贏的仗也打不贏了。

忠勝一邊壓下自己對福島的怒氣，一邊介入二人之間調停。

忠勝五十三歲，直政與福島同年為四十歲，池田三十七歲。直政心想自己身為軍師若跟著發怒也無濟於事，於是走向坐在對面的福島、池田身邊，抱著二人肩膀緩和氣氛。

忠勝大聲地說：「請各位冷靜！」

二位軍師都介入調停，福島與池田也只能默默回到座位上。忠勝年齡、戰功都位居第一，即便在武將雲集之軍陣中仍是武勇超群。從這個層面看來，忠勝的存在感甚至超越直政。

大軍又再等待二日，江戶派使者村越茂助前來。村越不過是領地三百石的小人物。茂助先單獨與忠勝、直政會面。

「直政大人、忠勝大人，主公要我轉告二位『辛苦了！』」

茂助打完招呼，二人簡潔地回答：「多謝主公關心」，並問道：「主公可安好？」茂助答：「主公平安健康」聽完茂助回答，二人仍顯焦急。直政一邊點頭一邊探出身子問：

「那，主公何時出兵？」

茂助徐徐地答：「主公要視情況判斷。」

直政追問：「視情況判斷為何意？」

村越慢條斯理地說：「恕在下無可奉告，主公要我直接在諸將領面前宣布。」

「這是為何？」直政怒氣沖沖地問道。

茂助答：「若告訴二位，主公說『二位必定認為不可對諸將領出此言，而加以阻攔』。」

「主公怎會……那在下就更想知道究竟怎麼回事。茂助，別擔心，我等已經做好心理準備，絕不會阻止你。」

直政邊說邊以眼神示意，徵求忠勝同意。忠勝也催促茂助道：「當然，武士一言既出駟馬難追。村越，你就說吧！」

然而，茂助卻不再開口了。

二人束手無策。眼前這位男人，相當頑固又不知變通。忠勝、直政一臉厭煩相視無語。

諸侯聚於大廳。一問之下才知村越只是一名領地三百石的小人物，而且其貌不揚。福島與池田、其他將領心理不禁覺得不被內府重視。村越轉達家康慰勞之意後，接著說道：「主公會視情況出兵。」

村越的話還沒說完，福島便插嘴：「內府大人說視情況出兵，那我等何去何從？」

福島面露詭譎笑容。池田輝政眼睜睜看著福島正則那不敬的表情，卻無法多說什麼。忠勝、直政早就料想到會演變成這樣麻煩的局面。

然而，茂助竟無視現場氣氛，高聲言道：「主公傳話『諸位說因為沒有我的命令，至今無人出兵與敵軍對戰。倘若諸位能奮力一戰證明同盟之志，我便立刻出兵！』」

諸將領議論紛紛，這番言論表示對豐臣諸將的不信任。提出棄子說的福島才剛與池田發生爭執，此話一出更是火上添油。

忠勝、直政認為眾武將很可能會質疑，家康為何事到如今，還要證明同盟之志？

村越語畢，福島正則起身來到茂助的座椅前。二位軍師難掩緊張的神色，凝視正則。

正則啪地一聲打開軍扇。他身著繡有黑龍與白虎的陣羽織，臉上的汗水反射著光線。正則用軍扇朝茂助臉上搧了搧，大聲說道：「您所言甚是，在下欲盡快出兵，早日將捷報傳給內府大人。我正則之言，請確實傳達給內府大人！」

茂助沉默無語，目不轉睛地盯著正則答道：「當然！」正則乾笑幾聲，看著忠勝、直政以眼神示意「沒問題吧！」

忠勝、直政大嘆一口氣點點頭，相視無語。

正則回到座位時，茂助滿不在乎地看著忠勝、直政。

茂助傳家康的命令要諸侯證明同盟之志，只經過一小段時間。

聽茂助這麼一說，這五天堅持等待家康命令才出兵，諸將領才驚覺的確是自己疏忽，且對自己未向軍師要求出兵感到羞恥。另一方面，軍師忠勝、直政心裡也驚覺不妙。對自己沒能率領客將，進攻歧阜城或犬山城立下戰功，並鞏固諸將領對德川軍的忠誠，感到懊悔不已。即便是家康手下的二員大將，仍然無法洞悉家康的心思。

# 第三十六章　軍師忠勝與直政

東軍召開軍事會議，商討如何進攻西軍在美濃平原的六個要塞。

其一是大垣城，此城應為三成等主要戰力駐守。依序尚有歧阜城、犬山城、竹鼻城、高須城、福東城等六個城池。

大垣城乃全軍要衝，可與各城連絡阻攔東軍去路。若能突破這固若金湯的城池，後方便是關原地區與三成的居城佐和山城。攻破佐和山城穿過京都，可抵達擁護秀賴的西軍總將領毛利輝元駐守之大坂城。

西軍已拿下伏見城，之後的具體戰略預計由宇喜多秀家、毛利秀元、吉川廣家等人依序進攻伊勢地區的東軍諸城，再與三成等人會合，全軍集結於尾張、三河，以阻攔家康大軍西進。

八月一日拿下伏見城後，三成於大坂城召開軍事會議，並進入居城佐和山城，八月十日率六千七百名士兵進入大恒城。

三成失誤之一在於伊勢地區的宇喜多軍、毛利軍行動緩慢，拿下東軍諸城耗費許多時間，導致太晚集合於大垣城。

東軍決定先拿下西軍六城當中，位於最南方的高須城與福東城。

東軍於八月十六日開始行動，馬上就攻陷二城。

拿下二城後，東軍已完全掌控南美濃，了無後顧之憂。

接下來要進攻歧阜城，東軍再度召開軍事會議。福島正則提議：

「歧阜城有木曾川這個天然屏障，城兵亦為數眾多。不如對外公布要進攻犬山城，分散敵軍守備士兵，趁其不備進攻歧阜城如何？」

「那麼犬山城要如何配置？」池田輝政問道。為防止犬山城派援軍從背後襲擊進攻歧阜城的軍隊必須安排兵力防禦。

忠勝派田中吉政、中村一榮壓制犬山城。正則接著說：「前往歧阜前，上下游各有一個可橫渡木曾川的地點。上游為河田，下游為尾越。」

上游的河田位於歧阜城的正門，下游的尾越位於城後的便門，也就是後門。此時，問題來了。正則主張自己從上游的河田渡河，進攻正門。然而，輝政受命擔任先鋒，認為自己才有資格從正門進攻，雙方互不相讓。中場休息時，忠勝與直政二人討論出解決之道。依據二人討論的結果，忠勝對正則曉以大義，同時直政也試著說服輝政。忠勝對正則言道：「您貴為清洲城的領主，須為全軍準備舟筏，這次能不能就讓給池田大人呢？」

正則被忠勝說服，表示可以考慮。忠勝地位崇高，即便是正則也無法輕易拒絕。

直政之女嫁給家康四男忠吉，而輝政則是家康女婿，二人皆與德川家有姻親關係。二人暫時離席，直政立即說服輝政：「您身為內府大人的女婿，就別跟豐臣家的福島大人爭長短，請以德川家整體利益為先。」

輝政表示同意。回座後，忠勝提出稍早與直政討論的折衷方法——正則將上游渡江讓予輝政，從小徑繞道至下游尾越渡河，但前提是正則橫渡下游，攻陷竹鼻城升起狼煙後，正門的輝政軍才能開始攻城。正則與輝政皆同意此案。也就是說，雖然地點不同，但雙方同時攻城，只是表面上正則將攻正門的機會讓給輝政。

從下游渡河的隊伍有福島正則、細川忠興、黑田長政、本多忠勝、井伊直政等一萬六千人。從下游渡河的隊伍則有池田輝政、淺野幸長、山內一豐等一萬八千人。

福島隊攻擊下游對岸的西軍使其退卻，接著進攻竹鼻城。

同時，上游的西軍在河田對岸擺陣與池田隊對峙。此時，西軍出乎意料率先發動火槍攻擊，池田隊立即應戰。然而，下游尚未升起狼煙。

在池田隊的猛攻之下，西軍只好撤退。輝政立刻派人前往江戶通知家康我軍大勝，要讓家康看看效忠同盟的證據。

下游的福島隊也在奮戰之下攻陷竹鼻城。正則派人通知上游的輝政攻城捷報，而直政在正則的要求下派人前往江戶通知家康正則英勇奮戰與其戰果。

不料，輝政派來的使者告知正則，池田隊已經橫渡上游河田，並在對岸的米野大獲全勝。

正則認為這違反先前約定而震怒，同行的細川忠興立刻提出一計。依現況徹夜進軍，在歧阜城下等待天亮，掌握攻城的先機，正則縱然不悅也只好同意。

正則怒髮衝冠，拂曉時派出使者傳話給輝政：「昨日你違背約定，身為武士行為卻卑劣至極。決鬥吧！」

二位軍師在毫不知情的的情況下，開始早晨的軍事會議。

此時輝政的使者前來。帶著輝政親筆書信，並說：「吾主希望您看過書信後能海涵日前的失誤。」使者將書信交給正則，內容是這樣的：

「日前違約非我本意。西軍發砲我軍不得已只好應戰，所幸大獲全勝。今日請福島大人從正門進攻，由在下攻後門。」

怒不可遏的正則滿臉漲紅，將輝政的書信示以二位軍師。忠勝、直政聽聞正則提出要決鬥一事不禁大驚。

忠勝放下身段對正則言道：「現下可不是內鬥的時候。在下身為軍師，軍令不周乃在下之責，還望您海涵。」

忠勝以眼神示意直政，直政也跟著低頭好言相勸。

「池田大人沒有惡意，您就接受池田大人賠罪吧！在下也拜託您了。」

現在是忠勝和直政最需要忍耐的時候。正則聽到二人都向自己賠罪，因為面子十足而不悅之情一掃而空。

「二位言重了，在下不敢當。既然二位都這麼說，那在下就不追究了。」

忠勝與直政獨處時，一邊擦拭臉上的冷汗一邊苦笑道：「還是上戰場殺敵比較輕鬆啊！」

岐阜城乃信長親手改建，傲視天下之名城。西軍守城將領乃信長嫡孫秀信，城兵共六千五百人。家臣建議秀信堅守城池等待大垣派出援軍，但秀信不聽硬是出城應戰。寡兵勉強出戰，反而給東軍趁虛而入的機會。

最外層的土牆、柵門被攻破，東軍越城牆而來。西軍頓失外廓，城兵退至二之丸，池田輝政、福島正則、淺野幸長、本多忠勝、井伊直政等人率兵蜂擁而至。數度激戰之下，攻城軍、守城軍雙方皆死傷慘重。守城軍放棄二之丸，剩下的殘兵被逼進本城，而輝政在放火攻擊本城。秀信本欲切腹，在家臣的勸說下選擇投降。

攻陷岐阜城後，正則與輝政開始搶先鋒之功。

「二位的功勳與立場，我等萬分了解。」忠勝與直政出言安撫，並故技重施由忠勝說服正則、直政說服輝政，以「岐阜城由福島正則與池田輝正同時攻下」順利收尾，並派兩軍士兵守城。

「八月二十三日，攻陷岐阜城。福島正則大人與池田大人分別由正門、後門同時進攻，二位同為先鋒。」

二位軍師寫信向家康報告戰果。家康大喜，並從文信中感受到忠勝、直政的辛勞。

之後，東海道軍先發隊利用先前拉攏的內應拿下犬山城。另一方面，三成的部將前野忠康（別名舞兵庫）在出大垣城救援歧阜城途中的合渡村，被黑田長政、藤堂高虎、田中吉政等人殲滅。藤堂高虎等人當然也立刻差人至江戶將捷報告訴家康。

三成、島津義弘、小西行長等三人，為支援歧阜城而離開大垣城來到澤渡村。三人正在開軍事會議時，傳來合渡戰敗的消息。

接著，又傳來歧阜城被攻陷的消息，三成慌張地提議退回大垣城。然而，島津從墨俣城被召來此地，島津全軍一千八百人有一千五百人還留在墨俣城，因此主張應該等這些士兵撤退後再回大垣城。最後三成丟下島津隊與小西行長先行退回大垣城。

為迎擊東軍，義弘與外甥島津豐久集結在澤渡的河堤，配置戰鬥位置等待東軍到來。然而，敵軍始終沒有出現。

傍晚，島津隊撤退回大垣城，路上訕笑著三成逃得如此迅速。三成雖出城迎接島津義弘、豐久，但這件事卻成為島津與三成之間嚴重的疙瘩。

東軍決定趁勝追擊，於八月二十四日直衝赤坂驛站。

大垣城與赤坂相隔四公里，從大垣城可見赤坂的旗幟。

忠勝與直政在赤坂單獨討論作戰方法。直政言道：

「過了大垣城就是關原地區，再過關原地區就是三成的居城佐和山城。我軍除目前的軍隊以外，不久後秀忠大人、康政大人所率的主力軍隊中山道軍也會前來會合。屆時，我軍必須選擇先攻三成所在的大垣城，抑或者暫時壓制大垣城先攻佐和山城。在下認為應先攻大垣城，若不攻下大垣城，敵軍便可自由進退，再加上毛利輝元可能從大坂前來，情況會更加複雜。在下希望能在輝元抵達前拿下大垣城，這也有助於進攻佐和山城與大坂城。」

忠勝則持相反意見。

「在下認為應讓三成死守大垣城，我軍直攻佐和山城。若攻下佐和山城，西軍士氣低落，可能會有人來投靠我軍。況且，等中山道軍抵達，我軍便可直逼大坂城。對手雖是毛利輝元，但也是與主公交換過誓約形同兄弟之人，想必戰意薄弱，可用攏絡的方法拿下。若我軍與大坂議和，佐和山早晚會被我軍攻下，大垣城也不例外。畢竟我軍只花一天就攻陷歧阜城。」

直政聞言也表示同意。

「原來如此。若三成得知我軍進攻佐和山城，必定離開大垣城反擊我軍攻勢。如此一來，戰場勢必在關原一帶。」

二人預料會在關原決戰，利用等待家康的時間，將本營設於赤坂的岡山。岡山雖是小山，卻可眺望周遭地區，是觀察敵軍動靜的絕佳地點。岡山在大垣城西北方約五公里處，東軍諸將沿山麓建築堡壘。從這天開始到九月十四日家康抵達共計二十天，先發隊與西軍大垣城持續對峙。

八月二十五日，東海道軍先發隊前進赤坂翌日，西軍毛利秀元等人終於攻下伊勢地區的東軍諸城，開始往大垣城前進。宇喜多秀家則比毛利秀元等人早一步進入大垣城。

三成認為東軍拼命築堡壘卻不攻大垣城行跡可疑，遂派探子查看。確定家康不在陣中後，料想東軍正等待家康前來。三成等人推敲家康抵達時間，並思索家康抵達後會如何攻擊。大家一致認為需要總將領毛利輝元出馬應戰。八月二十六日，三成派使者前往大坂，請毛利輝元出馬應戰。然而，使者在途中被東軍攔截，而三成毫不知情。大坂城遲遲未有回覆，三成心生疑竇，九月再次派人請輝元出兵。無奈此時大坂城有謠言說增田長盛為東軍內應，輝元一時無法離開大坂城。

九月七日，毛利秀元、吉川廣家未入大垣城，而是在可俯瞰東軍赤坂陣營的南宮山佈陣。另外，長宗我部盛親、長束正家、安國寺惠瓊則於南宮山東南方向的山麓佈陣。

西軍因為在美濃數度吞下敗仗，士氣開始低落，再加上總將領並未如作戰計畫出城，無法傾全軍之力迎擊家康，已經走投無路。

時間回到八月底，家康在江戶收到先發隊的捷報欣喜若狂。家康派人傳令給先發諸將與二位軍師，表示將親自率兵前往。當然也立刻聯絡中山道軍，希望能給中山道軍充足的時間準備。

九月一日，家康率三萬二千七百人馬從江戶出發，九月十一日便抵達清洲城。

當夜，忠勝、直政前去迎接家康，主從三人久別重逢十分歡喜。

直政告知家康諸將領的情形。

「福島大人、池田大人、黑田大人、細川大人、淺野大人與其他武將皆欣喜於主公親征，個個引頸期盼主公到來！」

「二位統帥諸將領大大有功。加上眾將士奮戰不懈，我軍才能旗開得勝。」家康笑容滿面地說。

「不敢當，我等是沾了主公之光。」直政答道。

忠勝接著說：「不錯。眾將士一度不滿主公遲遲不出兵，幸好村越茂助傳主公命令反轉情勢。我等也未察覺主公深謀遠慮，實在太大意了。」

家康心情愉悅但也擔心地問道：「話說回來，秀忠率領的中山道軍不知在何處？」

依照家康的安排，秀忠應該早已抵達。

八月二十四日從宇都宮出發的三萬八千名中山道軍，途中因攻擊真田昌幸駐守的上田城，反被守城軍拖住前進的步伐。家康八月底從江戶送出的信件，秀忠直到九月九日才收到。現在正匆匆忙忙在木曾山中朝上方地區前進。因為送信途中遇到豪雨淹水，阻攔使者去路導致信件遲來。東海道軍全然不知秀忠與真田昌幸、信繁（幸村）對戰而且書信延誤等事。

雖然有榊原康政、大久保忠鄰、本多正信等人輔佐秀忠，但家康、忠勝、直政也不禁擔心起中山道軍的現況。

直政立刻書信予中山道軍，要求盡速前來會合。

三人單獨會議下結束安排中山道軍事宜。家康隨後召來黑田長政、藤堂高虎開始作戰會議，家康格外信任二人。

忠勝言道：「在下認為應在清洲城等待中山道軍為佳。」

忠勝除了考量家康心思以外，另一方面也考量秀忠所率軍隊確實能大幅增加戰力故出此言。

然而，實際上卻沒人知道中山道軍何時抵達。況且，等待期間反而讓西軍有充分的時間備戰，毛利輝元亦可能出兵。

直政則言：「應該立即對戰。我軍士氣高昂，乘勢迎敵對我軍較有利。」

藤堂則先贊同忠勝：「本多大人所言甚是。」接著又道：「但井伊大人之案較佳。目前我軍兵力、裝備俱全，士氣又高。」

黑田也附和道：「從攏絡西軍的策略上來看，立即一戰方為上策。」

之後，四人開始分析現況，家康雖然心裡已傾向立刻決戰，但還是慎重問道：「若是要立即決戰，作戰方法為何？」

直政率先發言：「在下認為應先壓制大垣城進攻佐和山城，隨後直攻大坂城。」

忠勝也表示相同意見。藤堂則是簡潔地說：「確實如此。」黑田也表示：「在下亦贊同。」

直政依照先前與忠勝討論的內容，說明具體的作戰計畫。

「在歧阜城與赤坂分別配置二千、一萬左右的兵力來壓制大垣。主公率其餘兵馬前進佐和山城，三成得知消息，應該會選擇以下其中一種方法對應。一是先下手為強。比我軍更早抵達關原一帶，準備迎擊我軍。二是盤據於大垣城，在四周山上築堡壘，秘密連絡佐和山城等城準備出兵。」

家康詢問直政，三成究竟會選哪一種？直政斷言：

「在下認為三成必會出城迎戰。三成乃西軍實質上的總將領，若是居城佐和山城被破，那麼守大垣城也沒有意義，因為敵軍接下來勢必會進攻大垣城或大坂城。」

忠勝也頷首認同。家康確定自己的判斷與在場幕僚意見一致。此時，藤堂再提出一個重要的考量：

「內府大人最精於野戰，若敵軍出城應戰，想必短時間內即可獲勝！」

接著，家康詢問黑田與藤堂，大坂城中有何弱點以及攏絡毛利秀元、吉川廣家、小早川秀秋等人的細節與狀況。據二人所述，攏絡內應的工作進行得非常順利。

九月十三日，家康抵達歧阜。接著於十四日抵達赤坂驛站本營與諸將領會面。諸將領終於盼到最強的指揮官親臨，頓時勇氣百倍。家康之所以在決戰前一日進入本營，正是因為聽從忠勝建議，以利提振士氣。

西軍見赤坂本營立起金扇馬標、七面繡有象徵德川家的錦葵家徽旗幟、二十面白色軍旗，便知家康已抵達東軍陣中。

# 第三十七章　決戰前夜

三成的軍師島佐近是一名智勇兼備的武將。為了讓西軍在決戰前先嚐勝果提振士氣，島左近擬出一策。

大垣城與赤坂之間有一條杭瀨川，川邊草木茂盛。島左近令三百名伏兵埋伏於此，後方安排宇喜多秀家的家臣明石全登率八百名士兵藏身於草木之中。

約莫是家康在東軍本營岡山與忠勝直政等人共進晚餐時分，家康等人在本營屋頂上設置露臺，並在露臺上用餐。當時，所有事情都必須在日落前完成，吃飯也不例外。

杭瀨川附近出現西軍二百人左右。家康、忠勝、直政等人邊用餐邊觀察這些人的動向。這二百人從對岸渡河而來，行跡詭譎地在東軍的中村一榮隊與有馬豐氏隊前，開始割起田裡的稻穗。

「簡直膽大妄為！」中村一榮隊立刻攻擊西軍。西軍二百人隊伍應戰，有馬豐氏隊即刻前去援助。東軍佔優勢，家康心情大好，遠眺這場戰鬥。西軍故意假裝戰敗，渡河而逃。東軍打算渡河追擊時，家康言道：「萬萬不可！」家康已料想東軍兵馬勢必深追，不久西軍伏兵出現斷了中村隊後路。指揮西軍之人，正是島左近。有馬隊雖然前去增援，但兩隊皆陷入苦戰。

家康傳令：「再戰無益。派人下令退兵！」忠勝、直政一起身，其他將領跟著放下碗筷爭相說道：「小事不需勞煩二位大人。」家康仍下令由忠勝、直政前去傳令。

下岡山途中，直政對忠勝道：「忠勝大人，請著武裝前往吧！」忠勝也答：「當然！」兩人各自急急趕回自己的陣營。

然而，下山回營的路上，忠勝改變心意。因為想盡早趕赴戰場，身上未著鎧甲只披上陣羽織，單手持蜻蛉切，率火槍隊三十人、弓箭隊三十人、長槍隊三十人與其他二十名士兵趕赴前線。隨從與十九歲的次男忠朝亦慌慌張張追在忠勝身後。

渡河後，忠勝朝苦戰中的盟軍大喊：「撤退！撤退！」並敲軍鼓下達撤退命令。

中村隊與有馬隊自知應當要撤退，但直接後退會衝進西軍陣營，導致全軍大敗。忠勝繞至兩軍側邊，指揮二十名火槍隊射擊。西軍大驚，為防備忠勝隊攻擊，令士兵朝忠勝的火槍隊一字排開。忠勝絲毫不受影響，率長槍隊、隨從共約五十名，騎馬竄入東西軍之間，並從側面攻擊西軍，忠朝也在此殺死一名敵兵。中村、有馬兩隊趁隙退出敵陣五十公尺，忠勝隊也跟著後退並令弓箭隊三十名與火槍隊十名同時發動攻擊。

島左近與明石全登眼見這位半路殺出的勇士，指揮、突擊、退兵、用槍的手法超群，頓時意會此人正是家康的股肱大臣，鼎鼎大名的本多忠勝。

島左近得知本多率領殿軍出擊，立刻放棄深追敵軍。於此期間，忠勝隊後退，背對河川以忠勝、中村、有馬士兵約三百人準備迎擊西軍追兵。不久，直政率百名赤備隊，齊喊殺聲大放槍砲參戰。島左近等人光看軍裝便知那人是大將井伊直政。

直政為穿戴鎧甲與頭盔，比輕裝出動的忠勝慢了幾步。抵達戰場時，忠勝已經大聲指揮全軍，在杭瀨川邊擺陣迎敵。

島左近與明石全登見到直政隊也加入戰場，便完全放棄追擊。忠勝、直政都到場，二人心想再窮追猛打也無益處，我軍已達成出其不意的威嚇目的，如此足矣。

忠勝、直政順利協助中村隊、有馬隊撤退回營。

忠勝對於敵將精采的指揮感到十分佩服。忠勝看著那位武士的背影喃喃自語：「他就是島左近勝猛吧！」

直政對於被忠勝搶先一事心有不平，毫無餘裕去敬佩敵將。

「忠勝大人，不是說好要著軍裝嗎？您這是偷跑啊！」直政忿忿然道。

忠勝笑道：「當時在下想到著完軍裝可能就太遲了。你就別跟我計較吧！」

忠勝身上那件藍底繡著富士山的陣羽織，連一點擦傷都沒有。

家康眼見二人活躍於戰場上，感到心滿意足，慰勞回營的忠勝、直政，但直政卻一臉不悅。忠勝穿著陣羽織而直政卻身著軍裝，從二人裝束便知出陣先後，但家康深知忠勝先行渡河指揮軍隊撤退的原因，便安撫直政道：

「直政，不可動怒。忠勝經驗老道才會如此判斷！」

因為家康介入安撫，直政怒氣全消，心中明白自己遠遠不及忠勝，對忠勝更為敬重。

此時西軍因為島左近小小的勝利而大為暢快，士氣也為之一振。

日落前，家康召集諸將領，宣布明日在大垣城配一萬二千名兵力備戰，並進軍佐和山城。直政為了讓西軍知道東軍的作戰計畫，特地放出細作。

西軍得知東軍行動後，召開戰略會議。若佐和山城被包圍，則難以與大坂城、大垣城連結，於是決定在關原迎擊殲滅敵軍。實際上，三成也早已洞悉東軍的作戰方式。因此，早在會議之前，除了大垣城以外的西軍將領都收到三成指令，大谷吉繼、小早川秀秋、毛利秀元、吉川廣家、長宗我部盛親、長束正家等人分別由中山道、北國街道、伊勢街道依序在關原佈陣。然而，家康同時也以懷柔之策拉攏這些將領。

九月十四日午後七時許，三成在大垣城留下四千八百人，偷偷前進關原。第一隊為三成隊、第二至第四隊分別為島津義弘隊、小西行長隊、宇喜多秀家隊。

暗夜中，降起秋雨。一陣驟雨過後，雨勢漸收。冰冷的空氣穿透蓑衣，侵襲全軍。為了不讓東軍發現，長宗我部盛親默默朝著栗原山的篝火，在泥濘中前進。不料，東軍的探子卻早就發現敵軍隊伍出動。

終於，西軍來到像鼻山麓附近，三成身著紅底的陣羽織，單騎登上南宮山。因小雨而濕溽的羽織背面，以金線繡著「大一大萬大吉」幾個字，意指「願天下萬民能得福」。

三成開戰前拼命與諸將領斡旋，向佈陣中的長束正家、安國寺惠瓊確認戰略，並找來小早川秀秋的家臣平岡賴勝傳達作戰計畫。三成與諸將領約定，開戰後視時機放狼煙通知諸將領同時衝下山，一舉攻破東軍側面與背面。安國寺、長束、小早川等人皆在便於實行此計畫的絕佳位置佈陣。接著，三成飛馬至山中村與大谷吉繼會面，叮囑要注意小早川秀秋的動向並互相預祝明日旗開得勝便各自回營。

西軍實質上的總將領石田三成因為身邊沒有值得信任的傳令將士，故不用他人而是親自傳令。三成不僅身分僅為二十萬石領地之主而且又不得人望，其實力與氣概，尚不足徹底統御盟軍大將。

三成登笹尾山，面向東南佈陣。也就是說，三成認為東軍會從東南面沿中山道西進。故令先鋒島左近隊、蒲生鄉舍隊佈陣備戰。

小早川秀秋於松尾山佈陣。小早川至今仍立場不明，東西兩陣營皆出手拉攏。其他西軍諸將皆背對佐和山、大津、京都方向，佈陣於中山道與北國街道之要衝。此時，西軍在此地的軍勢約有五萬一千人。

另外，可從旁俯瞰中山道的南宮山上，有西軍的吉川廣家、毛利秀元、安國寺惠瓊、長束正家、長宗我部盛親佈陣於此，兵力約為二萬九千人。

由此可知，西軍的陣形近乎完美。在東軍的正面、左側、後方皆有佈陣，東軍的右側面山，後方則是平原，西軍陣形完全包圍東軍。

在關原佈下完美陣形的西軍，充其量只是做做表面。家康，忠勝、直政、黑田長政、藤堂高虎因為拉攏敵軍策略奏效，故深信側面的南宮山與山麓的二萬九千軍其實毫無戰意。因為西軍諸將本來就無法完全信任三成，無法預測三成打下勝戰後是否會過河拆橋，不少將領已經打定主意要反叛或袖手旁觀。

九月十四日，東軍紮營的地區也下起雨來。東軍在稍早的戰略會議中，大致決定行軍的順序，並依照敵軍隊伍配置右翼、中央、左翼、後衛等陣形。

會議前，直政、忠勝聯名遞出起誓文給吉川廣家、小早川秀秋，表示若願做東軍內應必論功行賞，直到最後一刻都不放棄拉攏對手。

忠勝、直政皆在此會議上卸下軍師的職務，回歸為單純的德川部將。杭瀨川之事直政早已忘懷，散會時諸將領皆預祝對方旗開得勝便各自回營。

在東軍諸將就寢之前，一位身著蓑衣的年輕武士前來營中拜訪直政。

「岳父大人，我是忠吉。」

松平下野守忠吉，二十一歲，乃武藏國忍城主領地十二萬石，也是家康第四個兒子，數年前迎娶井伊直政之女。

忠吉脫下蓑衣，在僕人的帶領下，來到臨時居所裡的房間。

「啊！忠吉大人，請進請進。」直政招呼忠吉入內對坐。

忠吉眼簾低垂恭敬地說：「散會時已經與內府大人打過招呼。內府大人祝我旗開得勝，還要我好好跟岳父大人學習。」

直政笑容滿面地點了點頭。

戰略會議中，已經任命豐臣大將福島左衛門大夫正則為先鋒。這光榮的先鋒讓給正則是家康信任豐臣家臣的表現，也是令全軍團結一致的手段。家康、直政等人也知道，要打贏這場仗，勢必需要豐臣諸將的力量。

忠吉坦率地告訴直政自己的想法。

「唯獨這一戰，忠吉無論如何都想率先參戰！」

自成為岳父女婿以來，直政頭一次聽到忠吉說出如此有武士風範的話，不禁抬起頭盯著忠吉看。忠吉流露凜然之氣，與平時大相逕庭。直政一直認為從未表現出霸氣的忠吉，要成為武將還多有不足。直政自認乃德川首屈一指的猛將，看著溫吞忠吉確實感到焦急不已。依直政所見，家康的孩子當中，最有武將格局之人，是已故的信康。信康長直政兩歲，若還在世已經四十二歲了，應該能成為家康與德川家強而有力的一員。

次男結城秀康比直政小十三歲，才氣洋溢也有勇將資質。秀康在尚用「於義伊」這個乳名時，正逢小牧•長久手之戰，因互結盟約而成為人質待在秀吉身邊。秀吉賜名為秀康，隨後又成為名門結城家的養子，不再屬於德川本家子弟。

三男秀忠與大哥、二哥截然不同，性格十分溫厚。秀忠認為大哥信康因為性格激進才死於非命，二哥則因為才華洋溢招致厭惡被父親疏遠，因此秀忠對偉大的父親家康十分順從。

四男忠吉在信康死後才出生，直政一直覺得忠吉也十分乖巧順從。如此下去，直政實在難以安心。因此，只要二人見面，直政必定對忠吉諄諄教誨身為武將應有的態度。沒想到，在開戰前夜，直政才知曉眼前的忠吉，已經成為不辱家康名聲的男子漢了。

「大哥在我出生前便往生，眼下秀康大人在宇都宮壓制上杉，而秀忠大人還在中山道上。看情形，應當趕不上明日之戰。岳父大人不知有何盤算？明日能上戰場的德川家將領，也只有岳父大人與不肖子忠吉啊！」

這位年輕人接著說出直政最期待的話。

「忠吉這條命就交給岳父大人了。我想賭上德川家的臉面，立下凌駕客將的戰功！請岳父大人賜教。」

忠吉語畢，眼神透露出必死的覺悟。難道是沒自信嗎？忠吉一直以來對直政說話時總是畏畏縮縮，直政也因為忠吉是家康之子而有所顧忌。然而，今夜忠吉卻堂堂正正直視直政。

「說得好！若主公聽見你這番話，該有多高興啊！您這份覺悟，比起兄長們有過之而無不及。您與年少時就被稱為東海道第一武士的主公十分相似。若有必死的決心，定能立下大功。明日直政也會抱著必死的決心赴戰。奪天下的重要戰役，才是符合忠吉大人身分的光榮初戰！」

決戰前夕，忠吉彷彿一夕之間長大成人。直政永遠都記得，那天與忠吉就像是真正的父子一樣親密。

此時，本多忠勝父子也在本多隊陣營的暫時居所中，屋頂上傳來雨聲，忠勝與次男忠朝盤腿對坐。忠勝僅率五百名士兵，大多數的兵馬都交給沿中山道前進的長男忠政。

「今日傍晚在杭瀨川一戰，是你精彩的初戰。規模雖小，卻能在實戰中學到臨機應變與殿軍的方法。真是大有所獲啊！明日乃決戰之日，跟著為父前進殺敵，連你大哥的份一起努力！一切都是為了主公、為了本多家，更是為了你自己。」

忠朝本來就打算隨父出征。兄長本多忠政跟隨秀忠，正沿中山道急急趕來。忠朝注意到立在忠勝背後的蜻蛉切，槍柄似乎短了一點。

「父親大人，槍柄是否變短了？」

「今日在杭瀨川對戰時，操起槍來變得不順手。因為槍柄太長，所以剛剛削掉一節。」

忠勝在戰鬥中發現長槍拿起來感覺重量不同，便知曉自己的肌力開始衰退。忠勝偶爾會用真槍操練，練習時沒發現的重量差距，卻在今日實戰中察覺。

忠朝得知父親體力衰退，心中略感不安。

# 第三十八章　激戰關原

天正五年（一六〇〇年）九月十五日深夜，家康已經準備就寢。直政帶著福島正則的探子晉見家康，探子告知西軍正往關原前進。

家康精神為之一振，下令全軍前進。

凌晨三點，從赤坂出發的東軍與中山道軍成兩列縱隊，在雨中前進關原。先鋒左方為福島正則隊，右為黑田長政隊，接著是加藤嘉明隊、細川忠興隊、田中吉政隊、筒井定次隊、藤堂高虎隊、松平忠吉隊、井伊直政隊、京極高知隊、寺澤廣高隊、本多忠勝隊等隊伍，軍隊中央是乘轎的總將領德川家康，背後為有馬豐氏隊、淺野幸長隊，並由池田輝政隊殿後。

進軍約一個半小時，左手邊已可見南宮山毛利秀元軍的篝火。此時，家康召見忠勝。忠勝在家康轎輦邊單膝下跪，家康問道：「南宮山山腰上的毛利輝元動靜如何？是否會下山從背後攻擊我軍？」

忠勝十分了解家康謹慎的個性。

「秀元大人無心應戰。若有心攻擊我軍，現在應該要前進至山腳才行，然而至今仍在山腰擺陣，足見只是作作樣子。為慎重起見，池田輝政大人、淺野幸長大人、山內一豐大人、有馬豐氏大人共率一萬四千人押隊佈陣，主公不需擔心後方隊伍。」

家康已經仔細詢問過黑田長政，確認秀元動向後才安心出兵。只是，看著南宮山的篝火還是不禁擔心，才會在行軍途中召見忠勝。

東軍諸隊依序抵達關原。雨下不停，不久後開始起霧。

闇夜裡霧雨迷濛，西軍宇喜多隊尾的錙重隊（小荷駄隊）①被東軍先鋒福島正則隊追上，發生小規模衝突並陷入混亂。雙方皆未料到會碰在一起，西軍此時得知背後有敵兵，東軍也是這才發現先鋒與西軍相連而且西軍一邊前進一邊佈陣。

東軍傳令至後方，全軍停下步伐，接著雷霆萬鈞的號令、傳令交錯，各隊無不群起佈陣。霧雨之中，西軍宇喜多隊收容隊尾的錙重隊，等待西軍佈陣完畢。

天色尚暗，霧色亦深。若在無法分清敵我的狀態下開戰，容易陷入混亂，兩軍各自思索出戰的時機。

目前雨勢雖小卻有濃霧，兩軍皆看不清前方。只是，時不時可在霧氣之間遠眺敵軍旗幟。此時，黎明將至。

東軍的探子靠近西軍，靠敵軍旗幟分析對方佈陣情形。為數眾多的傳令者奔走於東軍諸隊，通知各隊前方的敵軍。

長寬四公里的狹窄盆地裡，集結東西兩軍約十四、五萬名士兵。

福島正則於左翼佈陣與宇喜多秀家對峙。右翼的黑田長政、細川忠興等人則對上石田三成。

---

①指率領運送軍糧、武器的小隊。

井伊直政與松平忠吉率兵六千餘人，對上小西行長與島津義弘隊。此時，家康於中山道西側的桃配山佈陣。

本多忠勝與忠朝在北國街道與中山道交會處往伊勢方向的牧田路（伊勢路）配置五百精兵備戰，此隊乃臨機應變的游擊隊。

早晨七點，雙方仍未開戰。兩軍都不想在雨中開打。

直政也在等待雨停，下定決心就算無視軍令也要帶著忠吉打前鋒。

細雨幾乎都化成霧氣，直政確信雨就要停了，便召來家臣木俣守勝。

直政要木俣指揮隊伍，並告知自己將與忠吉率三十名精兵打前鋒。木俣大驚失色：「先鋒為福島隊，這是軍令！」木俣怒目相視阻攔直政。

忠吉的牽馬人早就被木俣叮囑無論如何都要牢牢牽緊馬匹，莫讓忠吉踏入險境。忠吉雖令其鬆手，但牽馬人卻緊抓馬轡不放，木俣也在一旁嚴厲命令不許放手。直政言道：「武士之子如此小心謹慎，如何立功？若是戰死沙場，也是天命注定。還不鬆手！」

牽馬人不禁驚懼而放開轠繩，木俣拼命阻攔忠吉，但直政大聲喝道：「莫再多言！」甚至在馬上拔出太刀。

木俣只好放棄阻止二人。

終於，雨勢停止化成霧氣。只要雨停，火槍就能派上用場。

直政一身赤色軍裝，搭配頭盔上的金色天衝角、長長的白色唐頭裝飾格外顯眼。隨直政出動的士兵一律著赤色盔甲。前方約十名武士豎立紅底繡有金色井桁紋的軍旗，中央為直政、忠吉，後方尚有二十名士兵。主從三十二名抱著玉石俱焚的決心前往戰場。

三十二名死士從藤堂高虎隊旁經過，不久便靠近福島隊前鋒。

東軍左翼的福島隊先鋒指揮官乃勇猛剛強的可兒才藏。他就是在小牧・長久手一戰，沒把馬匹借給三好秀次的男人。可兒從軍旗上的家徽以及赤備隊軍裝，便知戴著頭盔的武士正是井伊直政。

「今日之戰，由福島左衛門大夫為先鋒。在下是指揮先鋒的可兒才藏。大人超越先鋒，軍法難容！」可兒言道。

直政單獨下馬，走向才藏。為了讓才藏放鬆警戒，直政告訴才藏，自己不會超越先鋒，定會依法行軍。

「這位是家康公之子，下野守大人。」

馬上的才藏因為直政彬彬有禮，也不禁對忠吉低頭行禮。

「我等為了一觀先鋒戰況而前來視察。請讓路，我等不會造次。」

直政語畢，從容地騎馬向敵陣前進，沒多久直政、忠吉就消失在霧氣之中。

才藏這才發現被虛晃一招。

「請止步！」「等等！等等啊！」

才藏雖出言阻止，卻為時已晚。霧氣讓直政隊順利過關。

不久，直政與忠吉越過中山道，來到宇喜多隊陣前。直政從身邊的武士手上接下已經點火的火槍，大喊：「德川家臣井伊直政來也！」瞄準敵軍發射，槍聲響徹關原盆地。接著，忠吉也跟著報上姓名：「德川家臣松平忠吉來也！」隨即發射子彈。

死士組成的小隊，接連發射槍彈。子彈雖消逝在霧中，卻也達成德川家直政、忠吉岳婿倆率先出擊的功能。二人相視而笑，若戰後因違軍令而受質詢，直政打算切腹謝罪。

驚慌失措的宇喜多隊立刻還擊。

被直政超前的可兒才藏立刻率八百名火槍隊，瞄準宇喜多隊射擊。火槍的煙硝與朝霧一同緩緩飄盪。

東西軍以此戰為契機，將前線距離一口氣縮短至射程範圍內，並開始相互射擊。因為濃霧，無法得知戰果。雙方繼續前進以槍彈互擊，整個關原盆地因為數以萬計的槍枝同時發射，槍聲震耳欲聾，周遭山脈也隱隱震動。

接著，雙方放出數萬弓箭，弓箭震動發出嗡嗡聲，戰場上的天空彷佛被黑色的蜜蜂壟罩。弓箭刺入敵軍陣營，兩軍之間的距離更為縮短，雙方出動長槍隊。嘶吼聲中兩軍皆奮力突刺眼前敵軍。

井伊直政、忠吉停留在發射子彈的位置，看著福島隊氣勢奔騰地衝向宇喜多隊，待木俣率兵前來才加入戰局。

宇喜多隊激烈衝撞福島隊。

我軍揮槍、壓制、突刺、劈斬拿下敵軍首級，不久便開始呼吸紊亂。情勢一轉，換敵將激勵敵兵奮戰，加上新兵反擊、壓制、突刺、左劈右砍拿下我軍士兵首級。兩軍交戰之下，關原盆地成了人間煉獄。

敵我難分的狀態下，火槍毫無用武之地。長槍隊出動，以槍劍刺向敵軍護甲、頭盔，一時火花四起。將士鮮血四濺，哀鳴遍野。鮮血染紅草木與土地，牧田川、關藤川血流成河，就連池塘都因為流入鮮血而混濁不堪。

兩軍交戰，雙方皆賭上武士之志與寶貴性命數度激烈纏鬥。

福島隊受敵軍壓制時，正則怒髮衝冠地奔馳於前線大喝：「我等乃先鋒。進攻！進攻！」看著正則的身影，福島隊士兵猛烈反擊。西軍雖遭壓制卻也不甘示弱，宇喜多隊立刻反攻。這一進一退之間，雙方已經有為數眾多的士兵戰死沙場。

東軍右翼的黑田隊、加藤隊、細川隊、田中隊欲取石田三成首級而奔向笹尾山。石田三成隊由部將島左近、蒲生鄉舍應戰。

西軍一度暫停弓箭、火槍攻勢，但為阻止東軍前進，再度從拒馬後方，同時發動火槍射擊。激烈的槍擊戰持續數十分鐘後，島左近親自率領一隊出戰。三成以五門大砲掩護島左近。不久，雙方開始肉搏戰。東軍原被島左近隊壓制，但火槍隊繞至側面狙擊島左近隊，西軍將士紛紛中彈，連島左近本人都受到槍擊。

島左近在部下士兵的協助之下回到拒馬後方，卻已一命嗚呼。島左近是三成破格重金禮聘的名臣，深受三成信任。在關原初戰便失去島左近，對三成而言是一大打擊。

細川忠興因痛失愛妻迦羅奢而怒氣衝天，親自持太刀領著兩個兒子衝鋒陷陣。猛烈的攻防之下，三成隊也遭受敵軍壓制。在三成隊右方佈陣的是島津隊，但島津隊卻未參戰，只擊退來襲的東軍，東軍一退便維持陣形不加以追擊。島津立場不明，就在他遲疑的期間，將士一個個犧牲。

三成派出密使要求島津救援，但使者被趕回來。三成無奈只好親自策馬前去拜會島津豐久，拜託島津從側面攻擊。然而，卻遭島津拒絕。

「今日各隊皆陷入苦戰，沒有餘裕顧全四周勝敗。」

島津已經不再向著三成。

三成黯淡地回自己的陣營指揮。

滿腔怒火的三成一邊作戰，一邊下令揚起狼煙。如此一來，松尾山的小早川秀秋、南宮山的吉川廣家、毛利秀元、笠原山的長束正家、安國寺惠瓊等人便會來援。然而，卻無人對三成的信號有所回應。三成咬牙切齒，仰天長歎。

福島隊與宇喜多隊重複一進一退的攻防戰。本多忠勝、忠朝靜待出動時機，仔細觀察雙方的攻防戰。

眼看福島隊就要潰散，正則拚死抵禦。

忠勝想：「就是現在！」現在就是攻擊宇喜多隊的良機。忠勝下令五百名精兵出擊，自己抄起蜻蛉切腳踢馬腹出動，忠朝也緊跟在後。忠勝抄小路繞到宇喜多隊側面突擊，敵軍因為出其不意的攻擊而驚慌失措。宇喜多的士兵轉眼便死傷三十名左右。正則見狀大喜，不斷激勵士兵：「本多隊來援，撐下去！再撐一會兒！」本多隊不斷斬殺敵軍，宇喜多見狀令前方已經疲勞不已的士兵向後方撤退，福島隊因此得以恢復生機。

忠勝在亂軍之中率五百名精銳馳騁戰場，從側面支援有危險的福島隊、藤堂隊、京極隊等盟軍。將槍柄削短的忠勝一個又一個地打倒敵人，待盟軍挽回頹勢後，再前往下一個戰場支援。忠朝跟隨著父親出征，父子倆互助奮戰。

從東軍望向西軍，左翼為西軍要塞，有大谷吉繼、戶田重政、木下賴繼、平塚為廣、大谷吉勝等隊。大谷隊等各隊將士皆為勇將。尤其大谷隊一展死士精神，擊退齊聲吶喊洶洶而來的藤堂、京極等人所率士兵，雙方局勢不相上下。

家康若見盟軍陷入危險，總會情不自禁的咬指甲，這是從年輕時就有的習慣。眼見敵我雙方一進一退戰況膠著，家康不禁咬起指甲來，並且開始後悔沒等秀忠到場就宣布開戰。若是考量時機，其實有餘裕可以等待。不過，家康旋即打消這個念頭，轉念想：「事情已至此，與其後悔，還不如寄望小早川那個小鬼。得把那小鬼拉攏過來才行！」

在尾松山佈陣的小早川秀秋，年方十九，以前曾與家康交好。然而，三成向小早川提出誘人的待遇——小早川若助西軍，至秀賴大人十五歲為止，可任關白一職——秀秋自朝鮮一役以來，對三成深惡痛絕，但因為關白一職的提議，讓小早川在戰中仍然無法決定要選擇東軍或西軍。

秀秋暗自思量：若從側面攻擊福島隊、藤堂隊、京極隊，可為三成、宇喜多獻上戰功。只是，三成是否真的會將關白之職讓予我？我又是否有任其職之器量、能保住高於三成和宇喜多的地位呢？抑或者，選擇家康比較令人安心？

家康急得像熱鍋上的螞蟻。為催促小早川反叛，下令以火槍射擊笹尾山。

眼見家康發動火槍攻擊，秀秋終於下定決心。

「我軍追隨家康！攻擊西軍、攻擊三成、攻擊大谷、宇喜多！」秀秋發了瘋似地對家臣下令。

小早川隊八千人，齊喊殺聲由松尾山長驅直下，突襲大谷隊側腹。家康見狀，欣喜若狂。旋即下令發動總攻擊，家康麾下三萬人中，有二萬人是尚未參戰負傷的士兵。

大谷吉繼預料小早川可能反叛，早已做好準備。大谷隊、戶田隊、平塚隊大怒，奮戰殺敵。三隊拚死阻擋也只是暫時擊退小早川隊，一直作壁上觀的西軍脇坂、朽木、小川、赤座等隊隨後呼應小早川一起叛變，不僅擊垮戶田隊、平塚隊，最後連大谷隊都為之潰散。大谷吉繼乘輿指揮全軍，但最後還是自刃身亡。此時，約莫是下午一時許。

接著小西行長隊也被擊垮，往伊吹山方向逃走。宇喜多隊受到影響而陷入混亂，秀家也往伊吹山方向逃亡。

當時，小西隊與宇喜多隊敗逃的士兵中，有部分逃往島津陣內。島津義弘下令：「擾亂我軍者，不論敵我，殺無赦！」島津隊無情斬殺靠近隊伍的士兵，敗兵只好避開島津隊而逃。

三成隊在小西隊、宇喜多隊逃亡後惶惶難安，最後也逃不了崩毀的命運。

三成也離開戰場，往伊吹山方向逃亡。

西軍陣中，最後留在關原的只有島津義弘與外甥豐久，也因此島津隊孤立無援。井伊直政隊、福島正則隊、本多忠勝隊群起圍攻島津隊。

本多家的丸本軍旗隨風飄揚，忠勝率軍突擊島津隊。島津奮力應戰，忠勝策馬激勵將士攻擊，忠朝則拿下島津三名敵兵。井伊隊、忠吉隊、福島隊確信此戰必勝，也加入突擊，島津隊人數漸漸減少。

島津義弘登上山丘，聚集幾乎只剩半數的殘兵。默默看著這一切，島津義弘心想到此為止了。他叫來島津豐久與重臣阿多盛淳，告知自己想在臨死前留下美好回憶，索性就衝進家康陣中，慷慨赴死。二人不同意，極力說服義弘突破敵軍防線，穿過牧田路往海路、薩摩國逃亡。義弘聽從豐久建言，豐久告知眾將士：「好好守護主公，衝破敵陣撤退！」

豐久之父乃義弘胞弟家久，早已不在人世。家久去世之後，義弘待豐久如親生子女，此恩豐久永難忘懷。

一團黑壓壓的旋風直衝敵軍陣中，那是一群視死如歸的士兵。福島正則下令避開這群死士，但其子福島正勝（日後更名為忠勝）認為不應縱虎歸山而挺身應戰。島津隊擊敗正勝隊，貌似朝正前方的家康隊前進。

擔任後衛的平岩親吉見狀，要求由自己擔任前衛殺敵。平岩得知鳥居元忠已死，好友為了替家康打贏這場仗而死，自己本應守護的信康也自刃身亡。平岩無時不刻地想，什麼時候輪到自己？想為家康鞠躬盡瘁的心意，家康亦明白。現在，家康的前衛有五千人，後衛也有五千人。家康答應平岩的請求，平岩便率五百名士兵在前衛佈陣備戰。

當然，家康的前衛前方尚有本多忠勝、忠朝隊、井伊直政、忠吉隊、小早川隊，其兵力約有一萬餘人。若被此陣包圍，島津隊將瞬間全數殲滅。島津隊仍持續前進，在抵達家康本隊前向右拐彎，為逃往伊勢而衝進牧田路。

直政隊、忠吉隊發動攻擊。火槍互相射擊，弓箭隊與長槍隊齊喊殺聲激烈交鋒。連直政隊都被決心一死的島津士兵擊退，直政滿臉怒色，大聲激勵士兵奮戰。島津隊雖一直有人傷亡，卻不放棄撤退。

忠勝、忠朝隊也加入追擊島津隊，另外福島正則麾下的士兵也一併參戰。

終於，島津隊踏上牧田路，忠勝隊、直政隊、忠吉隊、福島隊緊追在後。

為了讓義弘順利逃亡，島津隊殿軍數十人在牧田路的入口處備戰。忠勝隊、直政隊、忠吉隊、福島隊激戰之下，打倒殿後士兵繼續追擊。

島津義弘集合殘兵之後，發現僅剩二百人。

忠勝隊在前頭追擊。此時，島津豐久自願擔任義弘的殿軍。

「永別了！」

二人簡短地訣別，義弘便急忙向前趕路。豐久率四十名武士，拉著馬匹折返。忠勝隊依然緊追豐久隊，於是豐久下令使用「蜥蜴斷尾」戰術。

「蜥蜴斷尾」指的是讓持火槍與長槍的士兵隱身於路途中，刺殺追兵之敵將。敵將通常不會在先鋒，為避免前方有危險，一般而言敵將會在軍隊中央。因此，此戰法必須先撐過先鋒軍，等待下一批軍隊經過，瞄準鎧甲精美的武士，以火槍攻擊一次後，棄火槍取長槍突擊敵將。每隊間隔一段距離，第一隊配置十人，若十人都被敵軍斬殺，下一隊再配十人，如果敵軍仍攻擊不懈，便重複以上戰略。為了讓主人逃亡，即使犧牲自己的性命也要為主人爭取時間。如果能順利阻止敵軍前進，生還的人還能追上島津本隊一起逃亡，無奈這些人幾乎全數戰死。豐久命令同行家臣分成三段，每段各配十人執行此戰術。

豐久成為義弘替身，對忠勝自稱為義弘才逃走，忠勝隊因此緊追豐久。

忠朝亦在忠勝隊先鋒一行人之中，島津兵撐過先鋒攻擊，準備攻擊忠勝。島津兵一眼就能認出，頭盔上有鹿角裝飾的武士便是將領。忠勝來到最近的射程範圍內，十把火槍同時發射。

忠勝的坐騎乃名為三國黑的名馬。子彈發射的瞬間，三國黑前腳抬起，子彈正中馬身與馬首。三國黑是數年前，秀忠賜給忠勝的寶馬。小牧・長久手一戰，秀忠聽康政提及忠勝的忠勇事跡大為感動，故贈寶馬。秀忠要忠勝從自己的馬裡選一匹喜歡的，忠勝挑選其中一匹，秀忠將這匹馬命名為三國黑，意指此馬為三國第一的黑鹿毛②寶馬，亦可解釋為此馬乃三國第一名臣忠勝的坐騎之意。

三國黑當場死亡，但死時緩緩彎曲膝蓋，宛如沉入水中一般低下頭橫躺。忠勝因此未落馬，得以毫髮無傷。四、五個持長槍的島津士兵立刻瞄準忠勝突擊，但在靠近忠勝之前，就被忠勝身邊的隨從斬殺。

走在前頭的忠朝聽聞槍響回頭望，以為忠勝中彈，心想：「前方是殺父仇人！」急起直追島津豐久。忠朝已經做好心理準備，若父親陣亡，自己一定要為父報仇。

直政隊與忠吉隊緊追在後，直政與忠吉父子看著忠勝站在倒下的三國黑身邊，繼續追擊島津隊。島津豐久也成為「蜥蜴斷尾戰」的其中一員，被追兵忠朝隊、直政隊、忠吉隊其中一隊斬殺。

老臣阿多盛淳率領十五騎兵，待直政隊、忠吉隊一來便大喊：「老身正是義弘！」最後壯烈犧牲。

島津兵全數採取敢死隊戰法，義弘越過牧田川時，身邊的士兵已經不到百人。追兵直政在前鋒，忠吉則在隊伍中央。

島津隊最初的蜥蜴斷尾戰中，敢死隊約有二十人。道路兩旁各配五人，間隔五十公尺

②黑鹿毛指馬匹的毛色為漂亮的深棗色。

埋伏。直政乃先鋒大將，前面五人依照作戰計畫撐過直政攻擊，並發現忠吉身影。忠吉的頭盔上有銀製的太陽裝飾，鎧甲由黑線縫製。島津兵當然不知忠吉之名，只是這位武士明顯身著名貴的盔甲。五人依序發射子彈，其中一發擦過忠吉手臂，忠吉放開韁繩，馬匹速度減慢，五名島津兵趁勢以長槍突擊，無奈仍被忠吉數十名護衛擊退。

向前疾驅而去的直政聽聞槍響，察覺忠吉可能有危便立刻折返。這次換直政被狙擊，五發子彈中有一發擦過直政右前臂。草叢中衝出五人，直政用腳控制馬匹避開第一槍，左手反手拔出腰刀，俐落轉正手持刀突刺敵兵頭部。護衛前來救援手刃第二名敵兵，其他三名士兵旋即被十名左右的護衛團團包圍，全數殲滅。

直政策馬急赴忠吉身邊，問道：「有無大礙？」忠吉答：「岳父大人，只是擦傷。」忠吉發現直政右前臂滲出血來，反問：「岳父大人傷勢如何？」

直政得知忠吉傷勢輕微便安心重整隊伍，欲繼續追擊島津隊。然而，家康下達停止追擊的命令。此時約莫是下午三時半許。

島津義弘終於擺脫忠勝、長政的追趕，往薩摩方向逃逸。

在南宮山擺陣的西軍，聽聞槍聲響起便知已然開戰。長束正家與安國寺惠瓊派使者給毛利隊，表示希望與毛利隊會合一同出征，但毛利的前衛隊長吉川廣家為東軍內應，故拒絕二人要求。除此之外，毛利秀元佈陣於山麓，阻礙了長束等人下山攻擊的動線。午後，長束正家得知西軍敗北，未戰便往伊勢方向逃亡，長宗我部盛親亦退兵，安國寺惠瓊脫隊，吉川廣家、毛利秀元逃往大坂。

石田三成在政治手段與戰略上都遠不及家康，人望亦不可企及。結果造成諸將反叛，實質上能動員的兵力不到一半。

然而，三成本身善戰，而且十分執著於打倒家康。因此補足人力不足與調動不佳的缺陷。石田三成、宇喜多秀家、大谷吉繼諸隊浴血奮戰就是最好的證據。

大戰結束後，關原盆地屍橫遍野，山野因為鮮血而濕潺，周邊幾條河川更是血流成河。

家康轉移本營至天滿國西南方的藤川高台，進行首實檢儀式[3]。本多忠勝坐在家康身邊，替家康傳話給前來祝賀大勝的將領。忠勝的鎧甲上還到處留有沒擦乾淨的鮮血。

黑田長政率先前來，進營帳入口，便朗聲祝賀道：「內府大人，恭喜您大獲全勝！」

忠勝介紹道：「這位是黑田長政大人。」家康立刻從摺凳上起身，愉悅地回覆：「好！辛苦了！」

家康走到長政身邊，讚賞其謀略與功動，並取下身上配戴的吉光短刀[4]遞給長政。長政滿臉笑意地坐在家康準備的椅凳上。

接著，福島正則也進入營帳內，高聲祝賀家康戰勝敵軍。家康仍是笑容滿面地稱許正則。

「我可是睜大眼睛看著您與敵軍對戰啊！太精彩了！」

---

③由總將領或可辨識敵將之人，確認敵將首級的儀式。
④吉光指粟田口吉光，鎌倉後期的著名刀匠，尤其擅於製作短刀。

正則笑著自謙一番，隨後看著一旁的忠勝，稱讚道：「今日初次親眼一觀本多大人的武士風範、用兵手法，比傳聞更加威猛，令在下大吃一驚啊！」

「哪裡，福島大人浴血奮戰才是氣勢驚人。太精彩了！在下只是碰巧對上弱兵而已。」忠勝笑了笑。

「忠勝上場殺敵一向精彩啊！」家康適時地插話，並賜座給正則。

不久，直政、忠吉也到了，家康頓時收起笑容。直政、忠吉二人手臂上都包著白布，以弓箭皮囊固定，懸吊於頸部。直政大讚忠吉功勳：「忠吉大人擔任先鋒，俐落出擊。果真是虎父無犬子！」

「那是你調教有功啊！」家康稱讚直政。

直政、忠吉違反軍令擔任先鋒，但家康刻意不提。一旁的正則裝作無所謂的樣子，但其實內心十分不滿，畢竟現在若口吐怨言，只是徒然在難得的勝利中潑冷水而已。正則沉默無語，心想之後在正式論功行賞的場合再說也不遲。

家康令身邊的臣子拿藥來，詢問直政傷口在哪裡，並幫直政上藥。家康對忠吉道：「下野也受傷了嗎？這初戰實在太精彩了，你做得很好！」也幫忠吉塗上藥膏。

直政言道：「福島大人可能認為在下搶了先鋒的功勞，但那只是剛好遇上開戰良機，不得已只好率先出擊。請您多多……」

直政雖言詞含糊不清，但謙遜地問候正則。

正則見直政臉色有些蒼白。他是以赤鬼名號威震天下的武將，為了忠吉初戰功名與德川一族的名譽，即便受傷也想拿下先鋒之功，身為武士的正則也不是不能理解直政的堅持。正則在此戰中的功勳，眾所皆知。正則從頭到尾都支持家康，這從正則在征討上杉、小山評議、歧阜城攻略、關原之戰中盡心盡力便可知一二。

家康、忠勝皆暗暗祈禱正則能溫和回答直政之言。正則也了解二位的心情，而且自己也感覺到周遭沉重地氣氛。經過一會兒沉默，黑田長政從旁插話：「今天就先……」

正則打岔道：「您言重了。團體戰本來就不可能一人竟功，與敵人交手不論何時都能在最佳時機出戰才重要。」

正則溫和地回話。對正則來說，在目前的場合下，這已經是最安全的發言了。

直政起身默默對正則一鞠躬後，從容不迫地說：

「如您所述，在下亦如是想。那麼，今日之戰的先鋒，您認同是我等出戰吧？」直政再度向正則確認。

雖然並非正則本意，但也只能回答：「當然。」直政如此執著，正則不禁啞然看著忠勝與長政，而二人不約而同地避開正則的視線。至此，互相爭奪先鋒之功的事就再也無人提起。

召見前來祝賀的將領告一段落，家康身邊的坂部岡江雪齋建議家康舉行歡呼勝戰的儀式，但家康拒絕了。

「諸將領的妻兒尚在大坂，現在慶祝還太早。我想三日後進攻大坂，救出人質讓將士安心。在那之前，就先不慶祝了。」

家康拗不過忠勝、黑田、福島等人頻頻進言：「主公心思，諸將領一定明白。」還是舉行了小規模的慶祝。

所謂的慶祝，是指家康面東而立，諸將領以家康為中心排成八字兩列並面向家康。家康打開軍扇低聲喊：「嘿！嘿！」諸將亦輕聲回應：「喝！喝！」並且重複三次。

關原之戰後，直政與小早川秀秋等人參與攻擊佐和山城之役，最後也順利拿下佐和山城。

# 第三十九章　中山道軍與康政

話說八月二十四日，秀忠等東軍三萬八千人從宇都宮出發，沿中山道西進。

此乃二十二歲的秀忠初戰。秀忠身邊主要的將領有副將榊原康政與大久保忠鄰、軍師本多正信、酒井忠重、酒井家次（忠次長男）、奧平家昌（信昌長男）、本多忠政（忠勝長男）、真田信幸（昌幸長男）等人，再加上德川家的譜代家臣、信州、甲州、武州的武士。

中山道軍於九月二日抵達小諸，並召開戰略會議。會議中討論要如何處置堅守於上田城中，追隨西軍的真田昌幸、信繁（幸村）父子。從此地沿中山道前進，不出半日便可抵達上田。

大久保忠鄰言道：「早年，我軍曾敗在真田手下。這回乃秀忠大人初戰，憑藉秀忠大人威光，務必一雪前恥！」

大久保指的是距今十五年前，天正十三年（一五八五年）七月，真田昌幸、信幸率二千軍就大敗德川七千兵力，而當事人真田信幸，今日也一臉尷尬地出席會議。上田城一戰，秀忠亦有所聞。此戰大敗，對戰無不勝的德川軍來說是一大污點。

秀吉一統天下時，家康、昌幸都支持秀吉政權。真田信幸不僅娶本多忠勝之女為妻，弟弟真田信繁也娶大谷吉繼之女過門。上回征討上杉之役時，真田父子三人皆追隨家康，行軍至小山前的犬伏。當時真田家收到三成密令，父子激辯之後決裂。兄長信幸繼續追隨家康，而昌幸、信繁父子則加入三成並回到上田守城。

總將領秀忠希望手刃真田昌幸，帶著初戰的精彩戰功前進上方。大久保忠鄰之言，正中秀忠內心渴望。然而，軍師本多正信卻出言阻止。

「中納言大人，寶貴的初戰當然是與三成對戰較為合宜。現在可不是跟真田這種小人物纏鬥的時候！」真田只是個領地六萬五千石的地方領主。

副將康政悄悄整理自己心中的想法：

留下部分人力壓制真田，進入木曾路趕往京坂的確為上策。若三成本隊瓦解，真田也會投降。只是，應該也有能顧全秀忠與大久保臉面的作法才對。對手是昌幸，要拿下城池雖然不容易，但三萬八千大軍不分晝夜連續猛攻三天，真田應該也會要求議和。況且，家康尚未通知要從江戶進軍上方，我軍快馬加鞭前進，大約三、四日就能抵達，拖延四天左右應不成問題。只要定下攻城期限，拿下戰果後再西進不無可能！

康政心中其實有一部分是想對抗正信。

接著，身經百戰年屆六十的德川譜代家臣戶田一西簡短地說：「在下惶恐，不敢反駁大久保大人，但在下贊同正信大人所言。」

「贊同正信大人」這句話大大觸怒大久保忠鄰。此時，戶田認為留下壓制人力，趕往上方較為穩當。忠鄰十分厭惡光憑智謀取勝的本多正信，康政也不例外。忠鄰沉著臉貌似要開口說話時，康政以手勢制止並言道：

「的確，留下兵力壓制真田，趕赴上方地區確實為良策。不過，現在時間充裕，主公尚在江戶且未通知出兵。真田熟悉中山道地勢，善於用伏兵奇襲。若我軍不在此地一戰，等於是縱虎歸山。一戰擊潰敵軍，就算沒拿下城池也能震撼昌幸，這樣的戰果便足矣。在下惶恐，中納言大人此戰，必定帶給身在上方的諸侯一個好彩頭。」

副將康政此言讓秀忠豁然開朗，秀忠身為武將的滿腔熱血奔騰。正好，兄長秀康為了壓制上杉，人在宇都宮。秀忠不禁想像自己拿下上田成，瀟灑進入上方地區的樣子。然而，因為有戶田出言相助，正信不放棄阻止進攻上田。

「留下兵力壓制真田，趕赴主公身邊才是當務之急啊！」

正信言之有理，但康政認為自己的考量也不無依據。

「懼怕叛賊真田，只圖壓制而趕往上方，恐有所不足。要拿下真田小賊，三日足矣。進攻吧！」

忠鄰從旁附和道：「確實如此！」

這次換戶田發言：「與上方三成對戰，才是此行的主要基幹，基幹若倒下，昌幸這些枝葉便會自行凋零啊！」

「在期限內攻城即可！主公必定也在等著秀忠大人率中山道軍參與攻打三成一戰。」康政說。

正信再也按耐不住：「主公判斷機敏，若眼前為出兵良機，很可能會立刻開戰！」

正信十分了解家康用兵的智謀。

秀忠拿起軍扇，輕拍自己的鎧甲。

「我不能就這樣上京！我要代父親大人拿下可恨的真田。絕對不能就這樣縱容叛賊昌幸！我聽聞真田精於謀略，但在諸位能人面前也不過是滄海一粟罷了。」

秀忠已經下達軍令。康政、忠鄰等武將派人士歡呼不止，欣喜於秀忠的決定。

秀忠下令先說服上田城的昌幸，若昌幸反抗那就只好一戰。

真田昌幸乃老練又善於謀略的武將。他對前來勸降的真田信幸與本多忠政言道：「待我等打掃乾淨後，明日將拱手讓出城池。」然而，翌日卻派使者前來傳話：「要是打得下本城，儘管來攻！」出言挑釁東軍。

已經浪費一天，秀忠、康政、大久保忠鄰等人怒不可遏。

九月五日，秀忠率全軍移陣於名為染屋的台地上，與康政、忠鄰等人商討戰略、佈陣方法。會議途中，急於在初戰時立功的年輕武士牧野忠成，鑄下無可挽回的大錯。因為昌幸出城挑釁，牧野無視軍令，擅自開始攻擊。大久保忠鄰、酒井家次、本多忠政等隊也因此加入攻擊。昌幸請君入甕之計奏效，秀忠軍死傷無數，初戰迅速慘敗。

軍師本多正信得知戰敗勃然大怒，追究敗戰之責，主張流放率先出戰之人。忠鄰、酒井家次與牧野康成皆反對，康政也道：「目前須暫緩處罰！只因為戰敗就須伏法，士兵戰意萎靡無法應戰！」

康政也主張這是武士重榮譽才會如此行動，但正信絲毫不退讓，堅持：「罪證確鑿，身為軍師必須依法處置！」秀忠無奈只能聽從正信意見。

正信下令一人切腹，其餘七人流配邊疆。

關原之戰後論功行賞之際，井伊直政、本多忠勝認為懲罰過於嚴苛而撤銷。從本多正信堅持嚴厲處分開始，秀忠陣中的本多正信與榊原康政、大久保忠鄰、酒井家次等人之間顯然已出現一道鴻溝。

九月九日，秀忠退至小諸城召開戰略會議。

正信道：「在下一開始就阻止過各位。不過，事已至此我也不再提，重要的是今後之策。」

正信提出自己的計劃。秀忠軍依照正信的計策，在上田城配置兵力壓制，並準備西進。康政、忠鄰都認為只要重新擬定戰略，一定可以拿下真田。只是，如此一來又得耗上幾日，不得已只好聽從正信之言。當天，使者帶著家康在八月二十九日在江戶寫下的書信前來。家康於九月一日從江戶出發，並下令「在美濃會合」。驚慌失措的秀忠，九月十日才慌忙地從小諸城出發。

為了攻擊真田，已經耗費七日。從江戶派來的使者，因為途中河川氾濫等原因而姍姍來遲。家康此時已經抵達尾張的熱田，次日九月十一日便進入清州城。

秀忠於十三日抵達諏訪，接著進入木曾路。在山間小路行軍，一路多有上下坡道，地面又因為持續降下秋雨而泥濘不堪，尤其是輜重隊更是寸步難行。秀忠、康政、忠鄰等人焦急不堪。

秀忠十分擔心，問道：「康政，是否趕得上開戰？」

康政只能出言安撫：「主公一定會等中納言大人抵達才開戰！」

秀忠軍雖派出先發使者，但過半天便被康政一行人追上。雨天行軍，即便是徒步都難以向前推進。

秀忠於十六日抵達木曾的福島，十七日抵達妻籠。無奈此時已傳來關原大戰的捷報：「我軍於十五日在關原會戰，德川軍大勝！」沒能參與至關重要的一戰，秀忠、康政、將士三萬八千人有如落水狗，全軍懊悔不已士氣低落。

中山道軍一戰反而更讓真田名聲大噪。秀忠悔不當初，更氣自己的無能，而康政等人也不斷自責。

秀忠、康政快馬加鞭，十九日抵達赤坂，二十日抵達與東海道交會的草津，終於追上家康本隊。

忠勝、直政晉見秀忠，轉述大戰與家康情形，並安慰秀忠道：

「中納言大人，主公這次大獲全勝您就……」

秀忠仍然面容憔悴、心痛不已，二人見狀更是同情。

即便已經抵達大津，家康仍不願召見秀忠。不止秀忠，中山道軍的人家康一概不見。

康政透過忠勝、直政轉告家康中山道一路上發生的事情始末，並再三要求晉見家康，只是家康仍未允許。忠勝、直政二人也同時向家康陳情：「主公，康政大人從四天前就已經要求晉見了。」

家康心想，二人連袂懇求，也不好再拒絕下去，便允許讓康政晉見。

康政先對遲來參與重要一役道歉，並請求家康原諒，而家康卻未表示願意原諒此事。

康政懇求道：「參戰來遲，責任全在康政一人。無論如何請主公饒恕中納言大人，允許中納言大人晉見吧！」

家康聽過直政、忠勝等人轉述來龍去脈，向直政問道：「據說你們來遲，是因為江戶送出的信件晚到，途中又在進攻真田城池時遇到麻煩，此話當真？」

康政細細思考如何報告事情的始末。首先，針對毫無辯解餘地的真田之戰詳加解說並致歉，接著說明家康的信件九月九日才送達陣中。家康傳喚當時的使者，證實當時遲到的原因是因為河川氾濫。除此之外，出發前家康並未明確指示秀忠可否對真田發動攻擊，便將中山道軍託付給秀忠。此外，因為家康認為自己會連絡何時從江戶出發，所以只含糊地下達在美濃會合、後續再聯絡等命令，這也是造成中山道軍來遲的原因。因為康政有條不紊而冷靜地回答家康疑問，讓家康明白整件事情的經緯。家康亦不得不承認自己也有疏失。很顯然地，關原之戰大獲全勝才讓家康有餘裕自省。

然而，家康開口道：「就算如此，也不能犯這種錯！不但城沒攻下，真田也逃之夭夭。身為主力軍隊，最後連重要的大戰都遲來一步！」家康不禁大嘆一口氣，脫口而出：「我軍會在關原陷入苦戰，就是因為你才智不足，中納言又不中用！」

「在下罪該萬死。」

康政再度平伏於地，接著略為抬起頭嘗試向家康諫言。

「此戰大獲全勝，皆因主公機敏的戰略。康政一向深感佩服。」

接下來才要進入正題。家康面無表情地聆聽。

「恕在下僭越。主公不是應該等中納言大人到場後再開戰嗎？」

四十年來一直在家康身邊出生入死、征戰無數的男人如此問道。康政十分了解如何在家康面前應對進退。畢竟這種事，除了康政以外也只能找忠勝商量。

家康認為康政確實言之有理。在關原與敵軍一進一退陷入苦戰時，自己確實咬著指甲凝望戰況，心想當初是否應該等待秀忠。不可能有人知道當時自己曾經後悔，但康政卻洞悉我心。家康心想，雖然打贏這場戰，但說實話，若不是當時秀秋決心叛變，我軍不可能這麼簡單就獲勝，而多年的辛苦經營都會化為夢幻泡影。家康這個人的特徵之一，就在於願意不斷自省。

直政雖然表面上稱讚家康判斷時機非常機敏，但言外之意是指家康思慮不周。等待，或許會讓西軍多一點時間準備，但東軍堅如磐石不可能輕易動搖，況且待秀忠前來還能顧全秀忠顏面。

康政知道家康沉默時，就表示正在思考，於是換個角度言道：

「為父者若見孩子有不是，當然會直接喝斥。然而，主公以避不見面來表達憤怒，是否合宜？主公，不，內府大人乃一統天下之人，中納言大人亦如是。一統天下之人拒絕與身為一朝之臣的孩兒見面，閒雜人等會臆測內府大人對中納言大人的想法，並加以渲染廣傳於天下。其結果，中納言大人必受他人侮辱。若是如此，不僅是德川家的損失，更是天下人的損失。這件事必定將煽動天下使之不安，更將產生莫大的誤解。請內府大人務必召見中納言大人，並當面斥責、訓誡。另外，請以廣闊的胸襟、為人父的立場憐憫中納言大人。」

康政邊說邊想起家康長男信康的自殺悲劇，家康亦如是。

康政雙眼濕潤。二人沉默了一會兒。終於，家康看也不看康政，自言自語似地說道：「雖說是不肖犬子，但他卻也是一朝之臣啊！」

康政的話語讓家康的心情溫和不少。

當夜，家康召見秀忠。家康對秀忠言道：「幸好此戰大勝，否則萬一我軍戰敗，中納言可是要成為我軍雪仇而戰之身，整頓好隊伍前來也就罷了，全軍慌慌張張又疲勞困頓，甚至三三兩兩地前來，成何體統！」

秀忠不敢抬頭，全身汗流浹背，痛苦地說：「請，請您饒恕。」秀忠只能一直平伏叩首。

「本來這場戰只要打贏三成即可，像真田這種小角色就算再怎麼堅守城池，最後也只能投降。中納言身邊一定有人這樣建言吧！」

家康一問，秀忠沒提正信之名，只說戶田一西曾經如此建議但自己並未採納，十分慚愧。

「你幼稚的判斷與爭取戰功之心造成無可挽回的錯誤，就算是切腹也難以彌補！」

秀忠不禁痛苦低吟全身僵硬。

「然而，中納言必須克服這次失敗。剝奪三萬八千名家臣上戰場立功的機會，你已經無以回報他們在漫長征途中的辛勞。給我好好記住這件事，莫再讓我丟臉！父子之間若有嫌隙，乃天下之不幸。切莫再犯下相同的錯誤，你身邊可是有許多優秀的家臣啊！」家康以這席話作為會面的尾聲。

因為這次經驗太過慘烈，後來在大坂之役時，秀忠又再度鑄下大錯。那時，康政已經不在人世。從江戶出發的秀忠，一心想著絕不能遲到，讓軍隊以超出負荷的速度延東海道前進。雖然抵達戰場時間還綽綽有餘，但因為太過著急趕路造成士兵疲勞不堪，反被家康怒斥。然而，事實上家康仍然十分疼愛敬畏父親、禮儀端正的秀忠。

秀忠想起可靠的康政，親自提筆寫下「康政之忠義節操，德川家子子孫孫切勿忘懷。」

話說，真田昌幸、信繁父子如何處置？真田仍在上田城奮戰。只是，如今德川軍大勝，以挾天下軍隊之勢的德川軍為對手，真田也知道這是最後一戰，結果顯而易見。真田信幸透過岳父本多忠勝傳話，希望家康能放過父親與弟弟。此時，信幸甚至對忠勝說：「願用自己的性命來換二人平安。」

忠勝將信幸的請求轉達給家康。家康震怒，忠勝仍不放棄繼續拜託家康。然而，家康卻毫無讓步之意。

「信幸守忠義之節，一直追隨主公。施恩於信幸放過真田父子，其他曾經敵對的大名也會安心，並如風行草偃感化敵人。如此，主公只要等著，天下便手到擒來。」

家康與信幸會面，表示看在信幸孝心的份上，將真田父子流放至高野山。

初冬，家康在下江戶途中，於岡崎城稍作休息，並與直政、忠勝、康政等人擺設宴席，慶祝關原大戰勝利、祈願德川家興盛。

酒菜一道道端上來，搭配著將士述說大戰的故事，宴會中不時傳來爽朗地笑聲，處處充滿歡樂。在歌舞樂音停下來時，忠勝喃喃自語懷念地說：

「忠次大人要是在場，不知跳了幾次惠比須舞呢！」

周遭的喧鬧頓時靜了下來。眾人皆回想起時常跳著慶祝漁獲豐收的惠比須舞，已故的酒井忠次。

家康凝視著天空，回應道：「是啊！我也想起了忠次。」

家康放下酒杯，與忠勝相視後深深頷首。直政眼眶濕潤，不斷說著：「正是、正是。」

外頭寒氣陣陣。五十年前，岡崎城外的河川邊，美麗的櫻花散落在忠次鎧甲上。今夜，冬天裡只剩枯枝的櫻花樹，粗重的樹枝強健地向四周伸展。

西軍的三成、安國寺惠瓊、小西行長被捕並斬首。宇喜多秀家流放八丈島，毛利家領地削減、島津保住自己原有領地、真田昌幸、信繁父子亦遭流放，而小早川秀秋領地增至五十一萬石。豐臣秀賴因為被立為西軍總帥，降格為攝津（今大阪府西部、兵庫縣東南部）、河內（今大阪府東部）、和泉（今大阪府南部）領地六十萬石的大名。

東軍福島正則領地增至四十九萬八千石，鳥居元忠之子增至十萬石，黑田長政、石田輝政、松平吉忠皆增至五十二萬石，藤堂高虎也增至二十萬石。

井伊直政轉封至樞紐之地近江佐河山，增封至十八萬石領地。本多忠勝也轉封至要地伊勢桑原，增封十萬石領地，原有大多喜五萬石領地由次男忠朝繼承。榊原康政則依舊擁館林的十萬石領地。

# 第四十章　三將之死

關原之戰中井伊直政負傷，因傷口被細菌感染而病情惡化體力衰退，一年後臥床不起，連起身都有困難。

某日，自知死期將至的直政，把木俣守勝叫來臥榻邊，告訴他自己所知的西國大名情報。

「尤其是福島正則大人、加藤正清大人的動靜，要好好掌握。切勿怠惰觀察西國諸侯與大坂之間的聯絡。傾盡才智也要盡早摘除與豐臣家相爭之苗芽。若發生什麼萬一，為報主公大恩，務必守護主公征討豐臣家！」直政交代木俣最後的遺言。

木俣把這些遺言告訴家康。

慶長七年（一六〇二年）二月一日，櫻花含苞待放之時，直政撒手人寰，享年四十二歲。

榊原康政喜好打鼓，出陣前總是會打打鼓，沉澱心情。端正坐姿、調整繃鼓皮的連繩，深呼吸後才開始打鼓，這是康政一直以來的習慣。

晚年，康政臥病在床，興致好時會讓照顧自己的侍女們打打鼓。

某日，家康派使者來探病。康政在睡衣外披上小袖和服，才召使者入內。

「我這病懨懨的樣子接見大人，真是失禮了。」康政向使者問好。

使者轉達家康的慰問之意後，將家康親手製作的藥品、當季的花草、鮮魚等物轉交給一旁的臣子。

康政滿懷欣喜頻頻道謝，並詢問使者：「主公別來無恙？」使者回覆家康身體健壯。康政言道：「那真是太好了。請轉達在下十分思念主公，一定早日治好這一身病，親自向主公道謝。」

接著，康政臉色一沉，問道：「話說，那老傢伙是否平安？」

使者馬上意會老傢伙指的是本多正信。正信乃相模國玉繩城，領地二萬二千石的城主。

使者答道：「聽說還很健康，不過也已經一把年紀了……」使者盡量順著康政的情緒回答。

「把那種人放在身邊，不知道會不會影響主公健康？我等因為他覺得心情鬱悶至極！」康政說。

使者不知如何回答，只好轉移話題，請康政多多保重便離開館林城。

另日，將軍秀忠亦派使者前來慰問。

康政身著禮服接見使者。使者於上座宣讀完秀忠的慰問之詞，康政眼泛淚光回禮道：「在下感激不盡。」並邀請使者一起聆聽鼓樂，作為此生美好的回憶。

鼓樂響起，聽完一段後，康政慎重地告訴使者：「在下彷彿與將軍同席聆聽鼓樂。」

康政對使者滔滔不絕地訴說與家康、秀忠之間的回憶。康政也抱怨，關原之戰是秀忠初戰，因為第一次征討上田城失利，連援軍井伊直政也沒能拿下上田城，秀忠才會強烈希望攻陷上田。只是，正信硬要懲罰自己人的失誤，導致最後沒能拿下上田城。使者只能頻頻點頭附和。

「在下惶恐，希望將軍一定要平安，並打造出太平盛世。在下來世願為天狗，守護秀忠大人。」

使者銘感五內，回答道：「一定，在下一定如實轉達此言。」

慶長十一年（一六〇六年）五月十四日，紫陽花盛開之際，康政結束長達五十九年的人生。

盟友康政逝世後四年，本多平八郎忠勝也面臨死亡的到來。

蜻蛉切長長的槍身收納於槍鞘中，裝飾在忠勝房裡的橫樑上。關原之戰，是他最後的戰場。

染病後，忠勝時常想起戰時的回憶。前往戰場時，自己總是興奮地心跳加速。

穿上甲冑，騎著馬。前方的視線又高又廣，一股無以名狀的榮譽感陣陣襲來。接近敵軍，從隨從手上接過蜻蛉切，馬上就能感受到其中蘊含著巨大的能量。忠勝可以感覺到從後腦勺正中央湧出不可思議的力量。

瞄準敵兵，腳踢馬腹，忠勝可以感覺得到，進攻時總會發出如低音太鼓般地沉靜音頻。視力、聽力瞬間提升，渾身帶勁。突擊時，馬蹄聲與心中的節拍互相融合。就連橫越過的草木、擦過頭盔邊緣的陣陣風鳴都被吸入體內，化為強勁的力量。不管是在姉川之戰，還是一言坂，或者是隔著龍泉寺川追擊秀吉，甚至是在關原大戰時，忠勝總是被這聲音鼓舞。

忠勝對長男忠政留下這幾句話：「持長槍上戰場的人，要注意自己的死狀。率兵馬上戰場的人，平日就要珍惜人心。」

又道：「武士可以不必拿下敵將人頭，亦不必建功立業。武士貴在遇難題而不退縮，能與主君共進退，即便是戰死也要守節義。切勿聽信武士道以外的信條。盡心守節義，救天下脫離苦難方為大志。老身自十三歲便仕奉大御所[1]，因為主公德高望重我才有今天。平八從今以後仍會追隨大御所左右！」

慶長十五年（一六一〇年）十月十八日，忠勝歿，享年六十三歲。

（全文完）

①大御所是古代用來尊稱隱居的親王、攝關大臣的父親，後來成為幕府將軍的尊稱。

## 川村真二

現任領導者商業研究所代表。從事經營教育諮詢工作，兼職作家。曾任日本能率協會管理中心講師、實踐女子大學人類社會學研究所聘僱講師。

1948 年生，青山學院大學經濟學系畢業。曾任職於日本能率協會等機構，其後成立公司，以企業管理、領導能力、幹部教育、解決問題、邏輯性思考、思想改革為主題，舉辦研習、演講等活動。

主要著作有《福澤諭吉：真男人的一生》、《工作的意義，生存的意義》、《打動人心一百句》、《管理的答案永遠在現場：58 個真實故事，讓你學會領導》（以上為日本經濟新聞出版社發行）以及《恩田木工》、《真田信之》（以上為 PHP 研究所發行）。

## 日本歷史系列叢書

**戰國諸葛　竹中半兵衛**
15X21cm　464 頁
單色　定價 320 元

**2014 年日本 NHK 大河劇主角 ---- 黑田官兵衛終生感激的盟友！**

**不求名利，單純為軍略賭上人生！**

日本戰國時代的安土桃山時代武將。美濃國不破郡菩提山城城主竹中重元之子，西美濃十八將之一。日本戰國時代的代表參謀，與同期的黑田孝高並稱的「二兵衛」。

以現在的形容方式或許可以說他是心靈的化妝師，比起人類社會中的實際利益，他更重視的是人類的生活方式以及美學。

一生不求名利，只懂得運用自己與生俱來的軍略，進而引導秀吉走向勝利的這個男人．竹中半兵衛。比起名聲更在乎人生的美學，本書詳盡敘述了這位三十多歲便不幸病逝的名軍師傳奇一生。

瑞昇文化　http://www.rising-books.com.tw
＊書籍定價以書本封底條碼為準＊
購書優惠服務請洽：TEL：02-29453191 或 e-order@rising-books.com.tw

## 日本歷史系列叢書

**天才軍師．黑田官兵衛**

15X21cm　224 頁

單色　定價 280 元

**看完 NHK 大河劇「軍師官兵衛」還意猶未盡嗎？**

**日本戰國歷史達人「熱血威爾」說：**

**《天才軍師．黑田官兵衛》這本書比電視劇還要精彩！**

從小開始研習兵法、精通戰術，與同齡孩子在玩樂時，他總是扮演軍師角色，14 歲失去母親後，在父親及淨土宗僧侶圓滿的建議下，除了飽讀詩書，更開始精進武藝。19 歲完成元服成年儀式，22 歲迎娶了播州志方城（加古川市志方町）城主櫛橋伊定的女兒阿光，同時繼承姬路城家督。自此開啟官兵衛令人嘆為觀止的曲折人生。

歷經日本戰國三豪傑，得到織田信長的重用、幫豐臣秀吉取得天下、引起德川家康的恐懼，一生中經歷無數戰役，卻從未打過敗仗，可說是亂世中的奇才，並被冠上「得他即得天下」的美名。想一睹黑田官兵衛波瀾起伏的一生，全收錄於此，是戰國迷的絕對珍藏版！

瑞昇文化　http://www.rising-books.com.tw

＊書籍定價以書本封底條碼為準＊

購書優惠服務請洽：TEL：02-29453191 或 e-order@rising-books.com.tw

## 日本歷史系列叢書

**這不是我知道的**
**日本戰國史**
15X21cm　256 頁
單色　定價 250 元

**拋開原有常識，日本戰國史「再」更新！**

**日本歷史學家加來耕三親自撰寫，顛覆你對歷史的認知！**

有史學家說：「戰國時代是信長搗了『統一天下』的『麻糬』，由秀吉捏成形，家康則是坐享其成。」事實的真相究竟如何呢？在這個時代，群雄是如何各據一方，又是如何戰鬥、如何生存呢？

由日本歷史學家・加來耕三親手自撰寫，不同於其他史學家的戰國史，打破一般人的既定印象，不再只是限於書本上的「正史」，主張「歷史要活用才有意義」、「無法活用於日常生活的歷史沒有意義」，始終致力於「秘史」上。

日本史上最風雲湧起、動盪不安、改編為最多動漫畫、日劇、電影及遊戲的戰國時代，光看目錄就令人瞠目結舌，直呼「這不是我知道的日本戰國史！」

歷男、歷女們出乎意料的歷史真相即將引爆！

瑞昇文化　http://www.rising-books.com.tw
＊書籍定價以書本封底條碼為準＊
購書優惠服務請洽：TEL：02-29453191 或 e-order@rising-books.com.tw

## 日本歷史系列叢書

**一本最簡單易懂的**
**圖解日本史**

15X21cm　288頁
單色　定價 300 元

**本書搭配漫畫，讀日本史就像聽故事般，一點也不乏味。**

**書末特別附錄摺頁歷史朝代表，一目了然！**

**歷史關鍵人物提要，讓你在看大河劇時輕鬆搞懂人物關係。**

書中詳細記載了日本的興替衰亡，早期為向中國納貢的親魏倭王，一路走向德川幕府，締造長達 260 年的太平盛世。近代黑船來航不得以開港通商。亞洲第一個政黨國家之一，以侵略國之姿站上二次大戰的舞台，戰敗後經濟的振興……。以歷史事件為主線，社會發展切入，藉單一事件講述時代趨勢，生動明瞭的呈現出歷史發展之脈絡。

此外對於這個時代的平民生活與藝術發展亦有介紹，在大時代下有非生即死的戰國武鬥，亦有平氏源氏的政爭，當然也有人民日常生活的軌跡。

期待讀者可以一邊享受歷史趣味，一邊認識日本兩千年的進展。

瑞昇文化　http://www.rising-books.com.tw
＊書籍定價以書本封底條碼為準＊
購書優惠服務請洽：TEL：02-29453191 或 e-order@rising-books.com.tw

日本歷史系列叢書

戰國公主＜江＞
15X21cm　192 頁
單色　定價 260 元

**這一次，從公主們的角度來認識日本戰國時代吧！**

**完全揭露〈阿江〉波瀾萬丈的一生**

自戰國時代到江戶時代，在這改朝換代、動盪不安的時期，阿江歷經三次政治婚姻，最後終於登上德川幕府御台所之位。這個時代同時也是奠定大奧基礎的時代，讓我們一同來回顧這群站在歷史舞台背後，堅毅不屈的女性們所留下的腳步吧！等解說，讓讀者盡可能理解書中專業術語。即便是不熟悉醫療領域的人，也能藉由本書，理解醫療環境的現狀。

在無可奈何的政治婚姻中，找尋自己的幸福！

阿江一生中總共嫁了三次， 12 歲時嫁給佐治一成，佐治最後行蹤不明，之後嫁給秀吉的養子豐臣秀勝，但秀勝 23 歲時就戰死沙場上；最後嫁給小自己六歲的德川二代將軍，登上德川幕府御台所之位。除了權位之外，阿江更擁有丈夫的專寵與獨愛，兩人執手走過 30 個年頭，得到最後的幸福！

瑞昇文化　http://www.rising-books.com.tw
＊書籍定價以書本封底條碼為準＊
購書優惠服務請洽：TEL：02-29453191 或 e-order@rising-books.com.tw

## 日本歷史系列叢書

**中英日對譯**
**漫畫圖解日本史**
15X21cm　200 頁
單色　定價 250 元

**看日本歷史學英日，雙語閱讀能力三級跳！**

日本史專家跟兒童英語老師聯手合作，用簡單的英、日文描述日本史。戰國時代、明治維新、甲午戰爭……，全部都用簡單的中・英・日文來表現。

大河劇中風采可敬的人物、動漫畫中驚心動魄的歷史事件，在本書都將用三種語言進行介紹。其中使用的單字與文法都很簡單，讀者可以在閱讀日本史的同時，一併學習日語與英文！一書在手，同時吸收語言與歷史！

瑞昇文化　http://www.rising-books.com.tw
＊書籍定價以書本封底條碼為準＊
購書優惠服務請洽：TEL：02-29453191 或 e-order@rising-books.com.tw

**TITLE**

德川四天王

**STAFF**

出版　瑞昇文化事業股份有限公司
作者　川村真二
譯者　涂紋凰

總編輯　郭湘齡
責任編輯　黃思婷
文字編輯　黃美玉　莊薇熙
美術編輯　謝彥如
排版　謝彥如
製版　明宏彩色照相製版股份有限公司
印刷　桂林彩色印刷股份有限公司
　　　綋億彩色印刷有限公司
法律顧問　經兆國際法律事務所　黃沛聲律師

戶名　瑞昇文化事業股份有限公司
劃撥帳號　19598343
地址　新北市中和區景平路464巷2弄1-4號
電話　(02)2945-3191
傳真　(02)2945-3190
網址　www.rising-books.com.tw
Mail　resing@ms34.hinet.net

初版日期　2016年7月
定價　320元

國家圖書館出版品預行編目資料

德川四天王 / 川村真二作；涂紋凰譯. -- 初版.
-- 新北市：瑞昇文化, 2016.06
412　面；21 x 14.8　公分
ISBN 978-986-401-101-8(平裝)

861.57　　105008881

國內著作權保障，請勿翻印 ／ 如有破損或裝訂錯誤請寄回更換
TOKUGAWASHITENNOU
Copyright © 2014 by Shinji Kawamura
Illustrations by Noboru Nishi
Originally published in Japan in 2014 by PHP Institute, Inc.
Traditional Chinese translation rights arranged with PHP Institute, Inc.
through CREEK&RIVER CO., LTD.

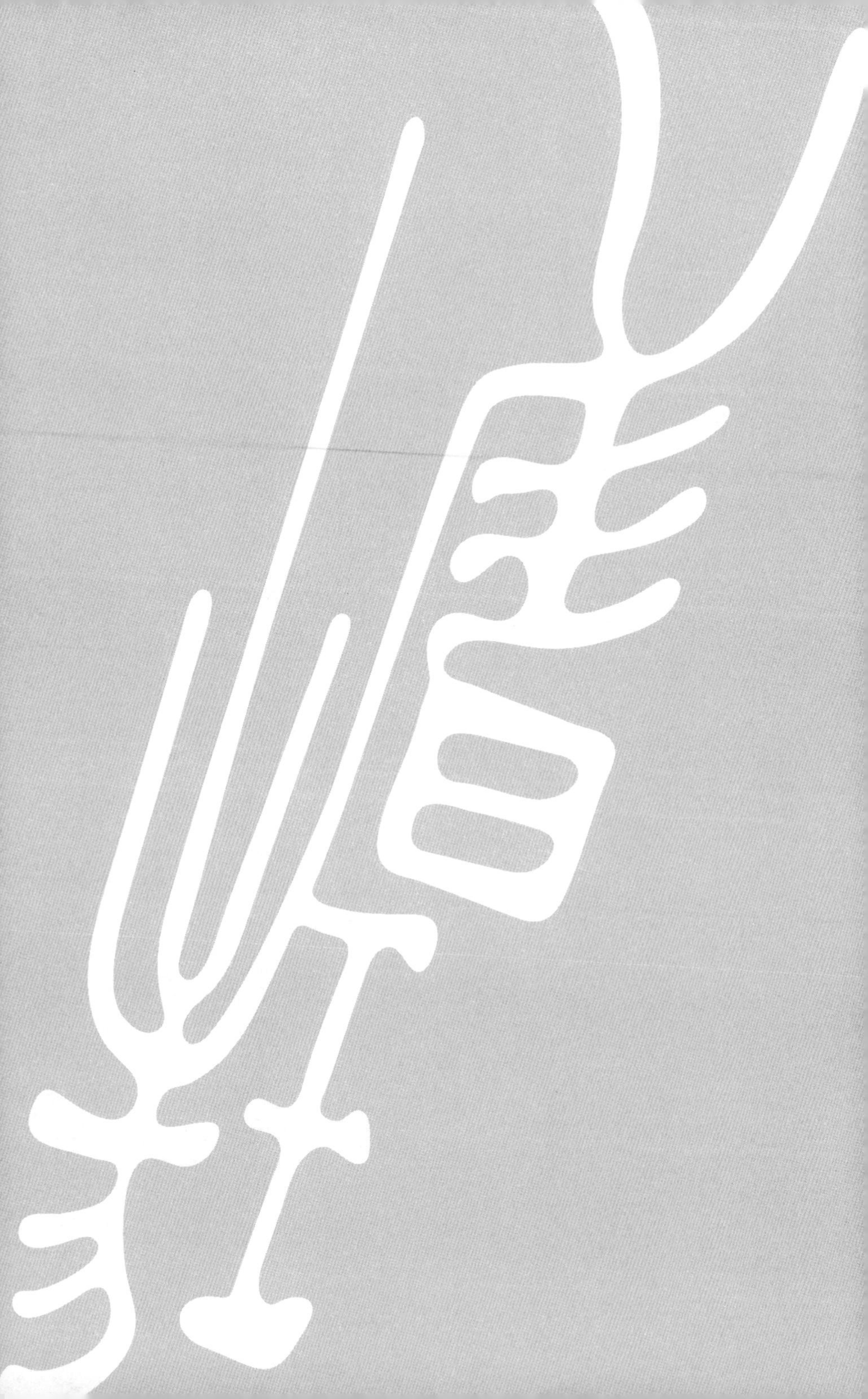